装脏

林树京 著

作家出版社

献给

施丽水　林玉亭

目 录

装脏　　1

坠落　　29

空游　　79

手中之海　　151

红土路　　193

夫人妈　　267

装脏

郝幽默

八年前,**郝幽默**还是一张娃娃脸,眼睛很大,说夸张一点足足能占到整张脸一半的篇幅,能发光的那种,不似星星,反倒像一轮满月。他是我签的第一个艺人。

车已经在盘山公路上开了五六个小时。

车窗外的风景换过一茬又一茬，却又没换过似的，一边是山，另一边是万丈悬崖，感觉总有绕不完的圈，如同鬼打墙。就这么一条山路，几乎没有岔道，导航里的志玲姐姐已经很久没有出声了，哪怕她娇滴滴地说一句"转角遇上爱，要小心一点哦"，都可能瞬间驱走弥漫在车里的这股困意。

副驾上的郝幽默正歪头大睡，呼噜声不知从鼻腔还是口腔里，巨石一般滚将出来。我越开越生气，索性一个急刹，把车停了下来。

郝幽默猛地往前蹿，醒了。

"到了？"他眯着眼，口水挂在嘴角，"不像啊，这不还在半道儿上吗？怎么停了？"

我懒得搭理他，叼上烟打开车门。走到悬崖的一边，目力所及是一望无际的山峦起伏，不是那种崇山峻岭，这里的每座山峰都圆润无比，覆盖其上的树沿山坡倾泻而下，异常浓密，以至远远望去，只能看到一片暗绿。我把双手拢到嘴边，对着远山大喊了几声，许久回音才随湿润的空气传了回来。

不知什么时候郝幽默站到了我边上，他在搜寻什么。突然他哇哇叫起来，指着远处一座山林："你看到了吗？应该就是那里了！"

我循着手指处望去，隐约可见接近山顶处有一片小小的空地，像头上的斑秃，有座红砖瓦房坐落其中。不仔细看则罢，细看便觉赫然醒目。

"快到了！"郝幽默说，"就是那座庙。"

"那还有好远吧，你没听过望山跑死马吗？"

我钻回车里，重新摆弄起导航。这山里大部分时间是没有信号的，导航并不怎么管用。最大的问题是，郝幽默连那座庙叫什么名字都不记得了，可就算还记得，我猜地图里也应该是搜索不到的。我们只能定一个大概的方位，其他的就听天由命了。车继续前行，依然是平坦而又曲折的水泥路，但郝幽默不睡了，能感觉到他躁动了起来，紧盯远处的山，嘴里小声地嘀咕着什么。

终于山路不再盘旋，车钻进密林。

没多久，郝幽默突然又哇哇叫道："停！停！往后倒！"

车跟随指示倒了几十米路，最终在一条石阶边停下。石阶很是残破，几乎要掩埋在青苔和湿土里，坡又陡峭，抬眼望去，像一条灰白色的拉链从山顶垂了下来。至少有六十度角那么陡，望不到头。

"你是说要爬上去吗？"我难以置信。

"应该是吧,我只记得这条路。印象中它还要更陡一些。"

我把车停好,背上包。郝幽默已经抢在前头爬了十几级石阶。他手脚并用,肥硕的屁股高高翘在半空,虽然靠脸吃饭,但这几年他可真没少长肉。等我也往上爬时,才发现石阶上到处是鸟以及各种动物的粪便,一不小心,手就能扑上一坨湿黏的屎。山林很是幽静,偶尔被几声清脆的鸟叫声打破。打破这幽静的,还有我对郝幽默不停的咒骂,越往上爬我怨气越大,后来竟也骂不动了,山林间就只剩我们俩急促的喘气声了。不知爬了多久,只听郝幽默对着下面的我接连喊着"到了,到了"。抬头看他撅着的屁股都能感应到他的兴奋。

等我爬完石阶,郝幽默已经坐到庙门前狭窄的台阶上歇了好一会儿。

"就是这儿,"他示意我看匾额,匾额方方正正悬挂在大门上,结了几个蛛网,"原来它叫隐霞庙。"

我绕过郝幽默走到庙门口。庙门半掩着,天色将黑,里面一片灰蒙,看着不像有香火的样子。

我推门走了进去,厚重的木门发出一声沉闷的吱呀,庭院里几只受惊的鸟腾地飞起,扑棱着,又不舍离去,在空中飞旋一阵后,四散停落。

是一座很小的山庙,只有正殿,一块残破的石碑孤零零立在庭院中。庭院本没有铺地砖,想来当初应该只是把地夯实罢了,经年未打理,如今已是杂草丛生。抬头看去,在这一片素朴将就里,正殿的几个檐角不知为何异常繁复高调。可惜塌了一角,走进殿里，你能看见缺角的墙面有灰黄的雨迹，那一角，地面也长满了厚厚的青苔，不留神就会哧溜打滑。正殿的地板由古木铺成，已经松动朽坏，踩上去吱呀作响，脚劲儿大的估计能把它崩出几片木屑来。殿里供奉一尊我叫不上名的神像，真人大小，油漆已斑驳脱落。供桌还在，蒙着一层灰，一个香炉孤零零摆放其上。从正殿往后绕去，是个更小的后院，两间小房并排着，一间厨房，一间寮房。厨房里只有一口土灶，一口缸，以及散落的柴火；寮房里也只有一张床板，斜立墙角。到处是灰尘和蛛网。

以这山庙的规模，就算未被遗弃，平日里应该也是门可罗雀。

我问郝幽默怎么知道这里的。

他答："有位老人带我来过，很多年前了。很灵的，我求的后来都应验了。本是要来还愿的，谁承想竟断了香火。"

山里，从白天到黑夜只是转瞬间。从庭院往上看，山顶那浓荫的绿，刹那就变成了墨黑，以千钧之势压下来。鸟鸣也跟着凄厉起来，角落里的草丛不时晃动，发出嚓嚓声，像有动物蹿了过去，却遍寻不着踪影。

"看来只能在这儿将就一晚了。"

郝幽默故作无奈，我看出他并不感到害怕或遗憾。我们在寮房里生起火堆，火光在墙上跳跃，也在郝幽默脸上跳跃，把他的脸映照出一片红光。他翻下床板，擦也没擦就躺了下去。又把头枕到双臂上，闭目凝神，一副志得意满的模样。我的怨气也不知道是什么时候消散的，好似在这一片幽黑里，人会突然超凡。

我抽出一根柴火，举着四处闲逛。主要想读读那块石碑。火光凑近，才发现经历风吹雨打，石碑上的字迹已不甚清晰，勉强认得一些字。大意是南宋末年，有位将军被朝廷追逃进山，心灰意冷，便独隐于此，因山林遮掩，抬望只见巨木，不见天空，遑论霞光喧嚣，故将此地命名"隐霞"。后将军不知所终，有道士慕名而来，在其归隐处始建本庙……

八年前，郝幽默还是一张娃娃脸，眼睛很大，说夸张一点足足能占到整张脸一半的篇幅，是能发光的那种，不似星星，反倒像一轮满月。他是我签的第一个艺人。当时签他，正是看中这双会说话的眼睛。如今他——用粉丝的话来说——确实是长残了，眼睛的版面被肥肉挤占了不少，也不再放光了。那时公司初创，他来面试，我设想是按照英俊小生路线来打造他的，后来实在接不到偶像剧，只能勉强推着他去演搞笑电影。结果歪打正着，票房爆了，他也跟着一炮而红，从此成为屡破票房纪录的超一线喜剧明星，就更不注重身材管理了。

怎么说呢，郝幽默绝对是个钻进钱眼里的人。面试时我问他对公司还有什么要了解的，他就直接问："林总，银行里有一百万是什么感觉？"当时我兜里还没有一百万呢，我对他的问题表示震惊，打了个岔也就过去了。第一次拍戏领到了片酬，他拎着个大包来公司，我掂了一下，说装了啥怎么那么沉。打开一看，六沓百元大钞。我说你怎么把片酬全取出来了，他说想感受一下什么叫数钱数到手抽筋，然后就把钱拆开一张一张数，数来数去数了十几分钟，他才确认，银行没给错，是六万。

"我以为六万有很多呢，还专门带了个大包去柜台取。"他说。

有次去他家，看到他床头贴着一张泛黄的纸，是从某本鸡汤书里抄来的"有钱后的五个变化"铁律，歪歪扭扭的字写道：

1. 眼神变得坚定，充满自信，敢于面对任何挑战；
2. 心情愉悦，再也不会失眠，不会抑郁；
3. 不再刻意地维持某些关系，不喜欢的人和事可以随时让它消失；
4. 按时吃饭按时休息，身体越来越健康；
5. 身边会越来越多地出现在你穷的时候见不到的笑脸、鲜花和掌声。

娱乐圈浮浮沉沉，最近两年，郝幽默已经接连三部戏票房惨败了。这三部烂片像三根针扎破了他日渐膨胀的野心。他说要带我来一个神秘的山庙，我知道他求神拜佛是想东山再起，便收拾行李，与他驱车八百公里，来到了这里。

"真清静啊！"他保持着把头枕到双臂上的姿势，"虽然爬了那么高的石阶，满身汗臭，但整个灵魂却像被洗刷了个遍。"

我问他既然扑了空，是不是明天就可以回去了。他却摇头，"我是来还愿的，还愿有很多种方式。明天我带你去个地方，我们在那儿住几天。就当修行吧，好不好？不只是我，你也该停下脚步看一看，想一想了。"

"想咱俩解约的事儿吗？"我气头又上来了。

这八年来，公司把他从寂寂无名之辈打造成喜剧大咖。不得不承认，在经纪业务上，我的确靠他挣了不少钱，笼络了很多资源，这些资源顺理成章地也用给了旗下的其他艺人；同时因为他，公司才有机会投资、制作一系列大卖的喜剧片。我们携手闯荡，哪怕因为那三部烂片惨败导致公司处境困顿，我也从未想过放弃。然而，合作即将到期，郝幽默毫不客气提出续约条件：要公司股份。他把话说得很好听：你不看轻我，我也不看轻公司，各取所需才能走得长远。

"今天不聊这个，今天咱哥俩谈谈心。"他堵住话头，随即又翻身坐了起来，递给我一根烟。他叼着烟，把头凑向火堆，猛吸几口，烟点燃了，他吐出长长的烟柱。气氛陡然沉重起来。他说：

"我当了八年搞笑演员了，一个抑郁症患者从事着搞笑行当，这事儿本身就挺可笑的，对吧？出名，有钱，都是我想要的，但搞笑不是我想要的。已经八年了，我经常在想，我能不能别再搞笑了。"

我想起好几次，郝幽默板着个死鱼脸，场记一喊"开拍"，板打下去，这张脸就快速调动起来，做出各种浮夸表情，监视器后面，大家憋着不笑却乐个不停。但导演"过"声刚落，郝幽默又板起脸来，动作之神速，活像脸上安了个开关按钮。他离开镜头，冷漠地钻进房车，把自己锁了起来。

他埋怨我不给他接苦大仇深的文艺片，"我肯定能演得特别好，说不定还能拿影帝"。

"文艺片你又不是没演过，成了吗？票房就区区两百万，也没见拿什么奖。大家习惯看你搞笑，哪怕你哭得死去活来，大家还是觉得好笑。"迟疑片刻，我还是补充了一句，"你这辈子也就只能搞笑了。"

我们陷入了沉默。对话像被火堆吞噬了，又像溜出门外融入了黑暗中。我们并排和衣而睡，却都翻来覆去，并未睡着。火势越来越小，直到变成火苗，变成灰烬，整个寮房彻底暗了下来。

黑暗中，郝幽默转过身背对我，开始自顾自地说话。他的声音像被这暗夜漂洗泅染过的一条河流，清冷孤独地流动在这狭小的寮房里：

"我很小的时候就是个搞笑演员了，既能搞笑，演技还好。我爸打工死在广东，我妈跟人跑了，再没回来。只剩奶奶了。奶奶年纪大了，啥也干不了，还是得下地干活儿。我们看天吃饭，也看人吃饭。倒不是别人对我们不好，是我们怕别人不对我们好。奶奶教我，不管见了谁都要咧嘴笑，要说好听的话。你让别人笑了，别人就算不对你好，至少不会欺负你。我听奶奶的，大家都说我是个爱笑的、没心没肺的孩子。等我长大了一点，我才知道他们是说我脑子不好，只会傻笑。

"其实奶奶说得不对，自己爱笑或者逗笑别人，并不会让所有人接受你、同情你，反而会让他们欺负你。班里我是跑腿的，所有人都可以使唤我，谁不开心了都可以揍我两下。我的本能反应不是反抗，而是脸上挤出笑，脑子里飞快盘算着还能怎么逗笑，好让同学别再嘲笑我，孤立我。就这样恶性循环。

"我每天战战兢兢。每一个人的每一个眼神，每一句话，每一个动作，都能轻易牵动我的神经，跟个提线木偶似的。我不甘心沦落到这么下贱的境地。但我唯一能采取的方式，好像也只有逗大家发笑了。有一次我喂鸡，踩到鸡屎滑了一跤，全身上下沾满脏东西，十几只受到惊吓的鸡在我身边啼鸣飞窜。我不敢哭，相反，我出于本能笑了出来。一旁的大人小孩也跟着笑了。大人们夸我乐观勇敢，小孩们信以为真，那一刻我被塑造成了一个英雄。我收集各种搞笑段子，偷老师用来消遣的笑话书，经年累月，终于把自己打造成一个真正幽默的人，就像我的名字一样。人们喜欢跟我聊天，跟我聊天能使他们开心。

"我这辈子都在搞笑。所有人都笑了，唯独我笑不出来。小时候我靠搞笑苟活，长大后靠搞笑赚钱，但我却非常讨厌搞笑。我特别看不起我这样的人。对，从某种意义上来说，我这是忘恩负义……"

郝幽默的自我剖白滔滔不绝，我虽由他说去，却也跟着一夜没睡好。山里的蚊子尤其毒，清早起来一看，我们俩身上都被咬出大片大片的红疙瘩。我催促郝幽默赶紧走，他却扭捏起来，不肯走了。

我又恼起来："你爱走不走，我先行一步。告辞！"

我背上包，连滚带爬下了石阶。清晨山里湿气重，石阶本身窄且陡，此时就跟上了肥皂水一样，一不小心就能哧溜滑下去。我倚着车门点上烟，还在想着这厮什么时候能下来呢，就听一声尖叫，郝幽默重重跌了个屁股蹲儿，一级一级往下滑，所幸抓住石阶边一棵小树，这才停了下来。

　　他放开嗓子嗷嗷大哭。一边哭一边嚷着："这是尊神在训斥我呀！"许久他才止住哭声，撅起屁股手脚并用爬了下来。虽然昨晚他对我剖析了内心，但我仍暗自觉得可笑：不愧是喜剧演员，哪怕镜头外给自己立了一个严肃忧郁的人设，但一举一动仍是这么好笑，不愧天生吃这碗饭的。

　　"没事吧？回北京。"我打开车门示意他上车。

　　"原本我想着算了，不去了，但尊神肯定是生气了，才让我摔这么一跤。我们还是得去。"说完他兀自往前走，很快拐进了一条羊肠小道。

　　我追过去，问他去哪儿，什么地儿这么邪乎？

　　他答是那位带他来这座山庙的老人，得去看看他。

　　"那么偏僻的地方，你是怎么认识老人家的？"

　　"偶遇，路上偶遇。都是缘分。"郝幽默一瘸一拐的，步履却相当轻快，"翻过跟前这座山就到了。很久没走这条道儿了，这么多年却是一点儿没变啊！"

　　"车开不到的吗？"

　　"要能开到，就不至于这么一成不变的了。那个小山村可真是穷！"

　　我们沿小道儿往山下走，天空显出湛蓝来，笼罩在山上的云雾也渐渐散去。山谷狭长却很平坦，长满了不知名的花草，蝴蝶在香气中飞舞，倒是很美的景色。我们穿行其间，裤管被浸湿，还沾满了泥土。不过翻山之路就没这么惬意了，依然是陡峭的山坡和细如血管的羊肠小道,好在茂密的树林挡住了正午的烈日。爬到山顶,脚下山沟里一个小而孤独的村庄赫然入目。

"就是那儿,叫西坑村。古时候叫栖卿村,多么文雅的名字啊!传说有几个文人雅士,带老婆孩子来这里隐居,后代繁衍成了这个村子。这里的方言,'西坑'听着跟'栖卿'很像,久而久之,大家就叫西坑了。也不知道为什么放着古雅的名字不叫,反倒这么粗俗的名字就被盖章认证了。"郝幽默气喘吁吁,双下巴不停抖动,"看着像不像桃花源?像是像,只不过桃花源里人人自给自足、自娱自乐,而这里的年轻人都出去打工了,世面见多了,想要的东西也多了,就再不愿回来了。"

"以前的人想进来,现在的人想出去。是这么个理儿。"

"咱们不也是想出去的人吗?"

难得我俩竟达成了共识。

进得村里,已是午后。我俩随意找了个人家,花钱买了口饭吃。都是普通的家常菜,或许是饿了,郝幽默对一道据说是当地的特色菜情有独钟。一种味道非常奇特的野菜拌豆腐,那野菜的味儿我是吃不惯的,辛辣,带着一股馊酸。郝幽默一人吃光了一盘,还嚷着再来一盘。我阻止他,怕他吃坏了肚子。

村民们惊讶于我俩竟能拐到这个掩藏于世外的村里来,算起来,他们已经有几十年没有贸然闯入的外来客了。我骗村民我们是拍电影的,来采风,将来说不定还会来村里拍摄。不知道村民是没认出来,还是压根就不认识郝幽默,我原想把他喜剧大咖的身份披露出去,以求些便利,刚开口,郝幽默就给我使了个眼色,不让我说下去。

听说我俩是搞电影的,众人引以为奇,村长也来了。他们把我俩当作贵客招待起来,安排村里最好的房子歇脚。郝幽默问村长,那座庙,怎么荒了?村长不以为意,说:"这村子,净剩老人了,爬不动那座山,慢慢就没人去拜了。几年前有人从石阶上摔下来,死了,就更没人去了。都说尊神不灵验,连善男信女的命都保佑不了。依我看,这地方,不只年轻人,连尊神也不想待了。"听完,郝幽默神情黯然,像陷入了什么不得了的思考当中。

在这个村子里,更多的时候,郝幽默总是莫名兴奋。这里并没有镜头,但他还是按下了调动搞笑细胞的开关:先是狼吞虎咽把饭粒粘到脸上,被一个小孩嘲笑"长了颗白色的痣";后又绊倒在门槛,摔了个狗吃屎。更不得体的是,他主动给围观的村民讲起笑话段子,像开了个课堂,众人被逗得哈哈大笑。我只能解释,我们要拍的是个喜剧片。

我私下训斥郝幽默,作为电影人要文雅一些。他却耸耸肩,不以为然,说他也不知道为什么会这样,"我很讨厌自己这样,但就是忍不住,跟中了邪似的"。我又问他想拜访的老人在哪里,他说死了,他早知道他死了,但还是想来村里看看。我很是恼火,又担心再有别的灵异事件发生,就不再和他辩论。

后来几天郝幽默作妖不断,每次上厕所或洗澡都要咒骂几句:嫌弃村里的厕所太原始,一进去就想吐;嫌弃洗澡水太凉,每晚准点哇哇叫,搞得全村人都知道他在冲凉。就这么小的地儿,我经常找不着他人,不知道他跑哪儿去了,山里没信号,我怕他出事，只能干着急。村里那个破旧的小学趁暑假要重新装修，我俩捐了点钱，他非要自己出力，结果撞倒漆桶、坐断椅子、摔碎粉笔盒，帮了不少倒忙。他又自责起来，说自己衰神附体，以前不这样的，怎么现在啥活儿都干不了了。他要我把他干活的场景拍下来，说出去了可以宣传他是下乡扶贫的"爱心人士"。我批评他，既然是来修行的，就不要作秀了，修行若非发自内心，就是伪善，伪善是要被雷劈的，刚好山里被雷劈也便利。我对他越来越没有耐心，以致两人冲突争吵不断。在又一次被拒绝拍视频后，他抢过我的手机，朝山下扔了出去，彻底把我激怒了。

如果没有村民的阻拦，我俩肯定得打起来。

郝幽默止不住地骂骂咧咧，说我作为经纪人根本不够格不专业，我能有今天，全凭他当初一炮而红，以一人之力滋养了整个公司。是我不知好歹，是我不懂感恩。

我愤怒不已：

"告诉你，我还真看不上你这种伪君子！事实就是这样，你是我的赚钱工具而已，我也是你的赚钱工具而已，我们俩互为赚钱工具，没有谁欠谁的！你犯得着这么较劲吗？你这算什么修行？就只是你给自己找点心理慰藉罢了！装什么清高！"

还没说完我就傻眼了，郝幽默竟然哭了。他咧开嘴，那双八年前还会发光的眼睛闭了起来，流出两串透亮的泪水。真是个无赖汉啊！他边哭边说："咱俩谁也别说谁，你和我，就是一类人！"

我和郝幽默吵架的事很快传遍全村,当晚村长就带着他女儿来调停了。女孩叫毛毛,在县里上学,是村里唯一一个高中生。村长意思性劝了我俩几句,就不再说话,反倒毛毛对我俩的身份感到好奇。

她先注意到我:"你是不是个明星?"

我瞥了郝幽默一眼,没先被引起注意,他有点尴尬,但他还是忍不住接了茬:"别逗了,明星才没这工夫走进大山。"毛毛这才循声把目光转向他,她很肯定眼前坐着的就是那位喜剧大腕郝幽默,并因此突兀地尖叫了一声。郝幽默连忙否认,说自己是大众脸。毛毛倒也不再纠结,她问我们认不认识什么明星。

"他认识比较多。"郝幽默指了指我。

"你认识徐凡吗?我是他的粉丝。"毛毛双眼放光,让我想起八年前郝幽默的那双大眼睛。

徐凡是新晋顶流爱豆,我诧异于他的影响力竟然波及这小山村里。徐凡在圈里是出了名的渣男,塌房是迟早的事,我虽不至于要夸他多优质,但也不想让毛毛失望,便推说不认识。

"那你都认识谁呢?能给我讲讲他们现实生活里是什么样子的吗?"

我们在门口坐着,蚊香的烟柱随着微风荡漾。你就这样看看月亮,看看星空,再看头顶的黑山,也不觉得它可怖了。树林沙沙响,知了叫成一片。不远处,农田里有浅黄色的微光,那是萤火虫。

在这样的气氛里，人的倾诉欲会不自觉地流淌出来。也可能如郝幽默所说，是中了邪，很多事情你明明不想做，却忍不住去做了。

我讲了第一个故事：

我合作过一个女明星。她主演的文艺片入围了欧洲的一个国际电影节，这是多少演员求一辈子都求不来的，何况这个女明星还是第一次演电影。真的撞大运了。但女明星刚出道，还没赚钱呢，家里也很穷。女明星只是演技还不错，长相身材都很普通，没有品牌愿意借衣服给她走红毯。老板要借钱给她，她不肯，怕还不起。女明星穿得很寒酸走上了红毯，不出意外，被时尚媒体嘲讽得体无完肤，说她丢脸丢到国外去了。

就这样好几年过去了，女明星还是没火起来，只能演些边边角角的角色。女艺人就是这样，到了三十岁还没露头，基本上就没戏了。这时候她倒是找老板借钱了，说她弟弟犯了事，需要钱周转。老板借给她大几十万，没多久她合约到期了，就没再续。也没见她再拍戏了，彻底离开了娱乐圈。

所以艺人如果没红起来，是很可怜的。你看到的永远只是那些成功的，其实冰山下面还有很多你看不见的。

娱乐圈就是这么残酷。

"我能知道她是谁吗？"毛毛问。

我拒绝了她。接着给她讲了第二个故事：

我一个朋友，很想当导演，从农村去到北京。一路厮杀，被很多无关却必须的事情牵扯了精力，至今还没完成这个梦想。

为了梦想，有的人可以破釜沉舟，有的人却不愿放弃眼前的蝇头小利。他就是后面这种人。现在他已经快四十岁了，除了赚钱，一事无成。问他后悔吗，他说不知道。也谈不上后悔吧，就算真的当了导演，说实话，可能也拍不出来什么好电影。

他经常挂在嘴边的话，不是羡慕这个富二代，就是羡慕那个男明星。他羡慕他们可以不用去考虑生计问题，不用为五斗米折腰，不用因为各种障碍而放慢追逐梦想的脚步。哈哈，告诉你一个八卦，现在他谈了个富二代女朋友。所以，你知道他现在考虑的是什么吗？他很少考虑当导演的事儿了，当导演可不是想拍什么就拍什么的，背后的资本厉害着呢！他说他要挣很多很多钱，让他儿子也当个富二代。

不过，他到现在都没结婚呢，哪来的儿子？家里可着急了，等着他回去传宗接代呢！但他根本不当回事，那个农村，他已经回不去了，他也不想回去。回去干吗呢？十八岁就出门上大学了，对那个所谓的故乡而言，都是陌生人了。

你要知道，无论梦想能不能实现，追梦的人永远都走不了回头路。

"这算哪门子故事？有没有八卦一点的？"

毛毛对我的故事失望不已，不间断的呵欠使她的眼眶盈满了泪水。

"娱乐圈对外行人来说，是绯闻是八卦，光怪陆离。其实明星也都是普通人，他们有好人有坏人，有人成功太快，也有人熬得太久。无论在哪里，除非你特别了解一个人，否则不要轻易片面说他人是非，给他人下定论。"

我真的中邪了，竟然跟一个高中生扯这些。然而我的话还是像泉眼的水不断冒出，直到毛毛起身准备走了，泉水才戛然而止。我为今晚的倾吐做了个总结：

"你们的茶余饭后，其实是他们的人生。是他们出卖了自己的人生，来换取所谓的荣华富贵。"

人都散了，周围陷入一片漆黑，只有头顶的一颗灯泡发出昏黄的光。灯泡周围，蛾子洪水般地涌过来，急促地扇动翅膀，胡乱地飞。

郝幽默瘫坐在竹子做成的矮椅上，整个肥厚的脊背压到椅背上。他斜睨着我，不屑地"喊"了一声。

我看向远处的暗夜，没理睬他。

许久我们都没有说话。后来他缴械投降，主动开口："那么无聊，要不我们聊聊许阳吧。"

我的心揪了一下。

一旦开口，郝幽默就很难收得住。他说："你很久没和许阳联系了吧？我前些天见过他，你肯定猜不到他变成什么样子了。像个老头，可修身养性了。他就坐在摇椅上跟我聊的天，摇着摇着，我感觉他都快睡着了。以前我们天天喝酒，现在他也不喝了，改喝茶，家里整了套茶具，泡久了，泡得发黄了。对了，他还在一家游泳馆当跳水教练，就在体大边上。四十多岁了，突然说要追求儿时的梦想。这种中彩票的暴发户，他们的心态咱真是没法理解，可能是挣够钱了，生活空虚。"

我没有接茬。

郝幽默直起身子，谨慎地说："我给你提个建议，我要的股份你可以从许阳那边挪给我，这样就不会动到你的奶酪了。"

见我愣神，他又催促我答话，"你怎么想的？这事儿总得有个解决吧？不然我不会再跟你干下去的。"

"许阳救过我的命。"我说。

郝幽默笑起来，笑完说："还救命恩人呢？你都多久没跟他联系了？"

我打断他："别想了！联不联系和背不背叛不一样。"

"林北树，我太了解你了，这样兜圈子没啥意思。"郝幽默有些不耐烦，"你要想，这么多年了，光分红就分了他多少，已经给足回报了。再者说，现在公司这个鬼样子，说值钱吧，是还值点钱；说不值钱吧，等它垮了，也就一文不值了。所以你也别假惺惺的，收回他的股份对你来说，真算不上是什么伤天害理、突破底线的。"

我转过头，报之以冷笑，然后一字一板地说："我跟你不一样！"

"哪里不一样？"他语气急促起来，有点气急败坏的意思，"自大敏感冷漠现实势利贪婪，为了目的不择手段，哪一样你没沾边？你跟人家小姑娘讲的那第一个故事，我都没好意思戳穿你。徐艺梦她弟犯了事，你借她钱了吗？还觍着个脸说借了大几十万。她退出娱乐圈也是你跟人家解约的吧，因为她一直在给公司赔钱。娱乐圈是很残酷，你更残酷。这些天我跟你掏心掏肺，你动过哪怕一丝的恻隐之心吗？真的，你就是坨冰，冷酷无情！"

"那又怎么样？她弟出事我是没借她钱，但以前呢，我拿过多少钱给她？我要她还了吗？你刚出道时我也刚创业，多难啊，我又给过你多少钱，要你还了吗？再说，她弟干的确实是犯法的事，谁都帮不了她。"

"随便你。咱们说回第二个故事。你不会忘记你那部三十分钟的短片了吧？哪一年拍的？六年前还是七年前，有点小钱就急不可耐地想着圆梦了。我可记得一清二楚，为了支持你我才演的那部大烂片。呵呵，人生最痛苦的事，莫过于像你这样，怀抱了二三十年的梦想，原以为自己很牛，掏饬完才发现啥也不是。还有脸跟一个孩子说什么资本剥夺了导演的话语权，你不就是资本吗？你投资的哪部戏真正是冲着艺术去的？你已经彻彻底底把电影当成了赚钱的工具，别以为我不知道你是怎么溢价的，再下一步估计就该拿电影洗黑钱了。还说什么对电影的敬畏心，真是虚伪！"

"我哪一点犯法了，需要你来指指点点？"

"你是没犯法，但真的，我越看你，就越发现你不是个东西，活脱脱的斯文败类！啧啧，没人提醒你不要那么趾高气扬、目中无人吗？"他放慢语速，挑衅地说，"哦，我差点儿忘了，你一个真正的朋友都没有。北京没有，你那个回不去的故乡更没有！"

我长吁一口气："你又好到哪里去？不然陪你进山的人，就不会是我了！"

第二天一早起床，我又找不到郝幽默了。

这种与世隔绝的生活，郝幽默倒是过得心安理得。我也开始在山沟里四处溜达，感受微风和急雨。有过一两次，我俩淋成落汤鸡，躲到同一个屋檐下，都是狼狈而快活的。

在一个破落的土屋前，我见到了他。他坐在地上，背靠树干睡着了。树不高，却极其茂密。阳光洒在屋前这片空地上，空地长满齐腰高的杂草，土屋的主人辛苦开垦出的这片院子，不知经历多少年，终究还是被大自然夺了回去。清风徐徐拂过杂草，最后停驻在土屋廊檐下。

屋子很小，从外面看约莫也就左右各一间房，中间应该是正厅。看着很有些年头了，是泥土混着石子垒起来的。左屋边墙塌了一半，从外面可以看到墙上贴了一排奖状。奖状原该是金黄色的，常年暴露，已经发白，无非是"三好学生""成绩第一名"

之类。获奖的学生叫毛良田。再往里看，正厅摆了个供桌，歪歪扭扭，一层厚厚的灰。供桌上除了一尊面对着里墙的神像，以及一个香炉，别无他物。

大门紧锁着，是一把再寻常不过的黑色铜锁，仔细看，锁孔都锈住了。西坑村有很多这样的房子。年轻人外出打工再没回来，老人挨个离世，它们就成了没人住的房子。这些房子像一棵棵被抛弃的树，守在原地，等着一天有人拿钥匙重新打开它们。假如等不到这一天，绝望攒够了，它们会轰然倒塌，只留一堆由泥土和石头构成的残骸。

"你说的老人，生前住这儿吗？"我回到树下，问郝幽默。

他睁着无神的双眼，说明肉体已经醒了，只待灵魂归位。他没有出声。耳边只有树叶摩擦的沙沙声。好一会儿他才点了点头，表示确认。

"毛良田，你认识吗？"

"你看到那些奖状了？"

他保持坐姿，仰起头靠着粗大的树干，似乎这棵树给了他无穷的安全感。

"毛良田是我。"他说。

我有点错愕，脑子里飞快地回想着这些天里郝幽默中邪般的异常。

"老人是我奶奶。"郝幽默揉了揉尚还惺忪的睡眼，接着说，"我爸打工死在广东，我妈跟人跑了，只剩奶奶和我相依为命。奶奶干不动活了，挣不了什么钱，我们靠百家饭接济活着，头都抬不起来。我十岁那年奶奶死了,村长帮着我把她埋了。买不起棺材,就用草席卷起来埋了。这次回来找了好久没找着墓在哪儿,野草长得可快了。"

"没问村长吗?"

"不问了。你看,这村里没一个人认出我,也没一个人记得我哪。就这样吧。对着山里磕几个头,奶奶能接收到。"他保持着背靠树干的坐姿,淡然地说着,"埋完奶奶我就离开这里了。我还记得那天下着雨,我头也不回地走了,走了好几天才走到县里。我扒火车去广东找我妈,没找着,倒是让一对姓郝的夫妻收留了。因为我擅长搞笑,那对夫妻就给我取名郝幽默,很随意的吧,那时他们沉迷于一部肥皂剧,主角就叫'幽默'。他们只想要一个儿子,是谁并不重要。几年后我离开了他们。"

郝幽默扶着树干站起身,忽然感到一阵眩晕。他扶着树干等眩晕过去。

他说:"你再陪我去一趟庙里吧。"

我们俩翻过山。郝幽默依然走在前头,我能感受到他的迫切。他步伐很快,穿过荆棘也毫不迟疑,他不记得自己穿着短裤,光着的小腿被刺挂出些微血痕。一路上不停有苍耳粘上他的衣服,开启它们漫无目的的流浪。走到那片长满了不知名野花的山谷,郝幽默才放慢了脚步。

他轻声哼唱起一首新近流行的民谣:

　　绿色稻田上的南方农民

在收集脚底下的阳光
外出人的灵魂都回来了
乌鸦一般将田埂填满
我希望成为太阳
让每一个戴着眼镜的逃亡者
在所有人的目光里微笑

郝幽默招呼我坐下。他随手摘下一株饱满的蒲公英，鼓起腮帮子吹了起来。蒲公英像受到了惊吓，跌跌撞撞四散逃去。他躺到草地上，双臂环抱到脑后，跷起二郎腿。

"你看到我家供桌上那尊神像了吗？"他问。

"看到了，面墙的神像，我还是第一次见。怎么？"

"神像是我转过来的，我是想看看，它背后的装脏里还有没有东西。我奶奶以前总爱把钱藏进神像里，有一次被我看见了，就给我讲了个故事。说是古代，云南王要向皇帝进贡一颗宝珠，又怕半道被劫，思来想去，最后把宝珠吞进肚子里，等到了都城，再找大夫把宝珠取出来。奶奶说，宝贝放进身体里是最安全的。后来我知道，这跟人们会把最珍贵的，或者最痛苦的回忆装进脑袋里，是一个道理。当时我不解，那肚子不会疼吗？要是疼死了，那宝贝就拿不出来了。奶奶说，尊神是不会肚子疼也不会死的，更不会生气，他是来保佑我们的，不在意这些。宝贝放在神像身体里，没人敢去动它，想什么时候拿出来，就什么时候拿出来。"

"那神像里还有东西吗?"

"什么都没有了。也许我当时走的时候,已经把里面的钱拿出来了。"郝幽默自嘲地笑着摇摇头,"我没有把这段回忆装进脑袋里。"

说完,他艰难地坐起,再艰难地起身,沿小路走去。边走边继续他的故事:

"奶奶经常带我去隐霞庙,刚破晓就出发,月亮升起才回到家。我们走得很慢,实在走累了,就在山谷里歇一会儿。奶奶会把装供果和香火纸钱的小篮子放在身边,眯起眼晒太阳。她脸黧黑黧黑的,满是皱纹。庙里只有一个道士,没什么香火。但方圆百里也就这么座庙了。奶奶跪在尊神前祈求孙子长大后能出人头地,成为受尊敬的人。

"离开那天,我把钥匙装进小铁盒里,在树下挖了个洞埋起来,跟埋时间胶囊似的。我想起奶奶也是这么被埋进土里的。钥匙还有个铁盒子装着,奶奶却只有一张草席。我于心不忍,把钥匙挖了出来。一路走到隐霞庙的石阶下,我决定把钥匙放进庙里。我爬上石阶,走进庙里,又绕到后院,确认道士不在,然后来到主殿,跪在神像前,祈祷能顺利找到我妈。神像看起来很凶,外面电闪雷鸣,我哆嗦着,一边哭一边搬来凳子垫脚。我使出吃奶的力,把神像转了过去,神像的背面有个木疙瘩,一抠,木疙瘩掉了,露出里面的装脏。我祈求尊神原谅,把钥匙塞了进去,又把木疙瘩装了回去,把神像转了回来。我以为这样钥匙就永远不会丢了,钥匙不丢,我就能随时回来。

"那天走到庙门口,我腿就软了。庙断了香火,不知道神像还在不在,钥匙还在不在。我暗自决定,如果钥匙不在了,那我们就立刻回北京。进了庙我很忐忑,你要问我希不希望神像还在,我也说不清,又希望它在,又不希望它在。晚上火堆熄了,我翻来覆去睡不着,很多次都想去主殿看看钥匙还在不在。我忍住了。但现在,我想去看看。"

郝幽默跪到神像前,双手合十,念念有词。他浑身颤抖着,像是哭了,却又没哭出来。他起身走到神像前,把它转了过去。一层厚厚的灰抖落下来。神像背后的木疙瘩扣得很紧,他费了好一会儿工夫才把它抠下来。木疙瘩掉到供桌上,一把钥匙也跟着蹦了出来,在木桌上发出沉闷的一声撞击。

原本应该是一把银白的钥匙吧,如今蒙上了一层灰绿色的霉菌。郝幽默捡起它,在衣服上搓了又搓,直到它恢复了一些光泽。他看着手上的钥匙,像是要把齿纹刻进脑子里。很快,他又把钥匙塞回去,扣上木疙瘩,转回神像。一气呵成。

"就这样吧。"他说。

坠
落

在**许阳**的叙述里，十八岁以前，他每天都过得浑浑噩噩，跟着堂哥穿梭在不同的工地。到处都在建设，从三环、四环到五环，活儿特别多，他也有使不完的劲儿，一年到头几乎没有时间休息，也就不用停下来胡思乱想。但其实回头看，他的很多想法的确就是在那几年逐渐形成的。许阳铁了心要在北京扎根，就算成为不了奥运冠军，他也要通过自己的奋斗来发财，来成为人上人。

这个老破小社区在体育大学边上。许阳给我发来地址时，我不以为意，等车开进小区，才感到不对劲。我给许阳打电话，问他地址没错吧，怎么我进了一个老破小。他说没错，就大门边上那幢楼。

我左手拎着两瓶白酒，右手提着一堆吃的，就像八年前他来看我那样。等我气喘吁吁爬到顶层六楼，他已经站在门边迎接。

"你住这儿？"

"搬过来一阵子了。"

"你那大平层呢？"

他把我迎进屋里，但没回答我的问题。

是个四五十平方米的开间，左右两面墙都是大书架，上面摆满书，地上墙角也摞满书，仿佛我们进入的是个逼仄的旧书店。初极狭，才通人。一张单人床孤零零地塞进书堆里，床头还是一摞书，一本书摊开着，倒扣在枕头上。房间尽头是个小阳台，里面摆着一张看着极陈旧的竹摇椅，以及茶几和一张靠背凳。

我跟着许阳穿过书堆，来到阳台。从这里看出去，小区里杂乱地停满汽车，老人们带小孩趁夜色尚早遛着弯，到处弥漫着烟火气息。

他坐到摇椅上张罗着泡茶，我则坐到靠背凳上。

"大平层抵押了，还债。"他这时才说道。

我心往下一沉，脱口问："发生什么事了？"

"投资房地产栽进去了，破产了，这套开间也是租的，好在债已经还得差不多了。"等水烧开的当口，他点了根香。

"哪个项目？怎么赔光的？"

"不提了，都过去了，你不把它当成坏事它就不是坏事。"

我只好不再追问，转而提议喝酒。他拒绝了，说已经戒了好几年，以前酗酒闯过太多祸。我苦笑道："我倒是接了你的班，这些年喝酒停不下来，喝出肝硬化了。"

"严重吗？"他惊讶地问。

"也就那样吧，医生不让再喝了。"

"应酬还那么多吗？"

"更多了，跟各种人喝。等这条命霍霍完了，也不知道最终能换来多少钱。"

"能不喝吗？或者少喝？"

"你说呢？尤其最近，每晚都得喝。你知道公司这两年的情况吧？我是脑袋时刻别在腰带上，一不小心就得玩完。想活下来就得贷款融资，要钱哪那么容易呢？除了郝幽默，也没人帮得上忙。他倒是乐意帮，最近还给我介绍了个女朋友，是庄威的女儿。庄威你知道吧？就是那个地产大佬。但是谈恋爱嘛，进展没那么快的，解决不了眼前的问题。所以，我是没得选择，只能被推着走。"

"悠着点吧，别等身体垮了才后悔。"

许阳语重心长地说，我能感受到他的真切。

"没办法，趁着还不算太老再拼一拼吧。我都好几年没体检了，不敢去，怕再查出什么病来。"

接着，我跟他讲起最近 A 公司老总猝死的事，死因是手上的电影项目资金链断了，他没日没夜扑在找钱和处理剧组的连带问题上，结果某晚血压飙升，洗澡时摔倒，人就没了，也是四十来岁的年纪。还有 B 公司老板连续好几年票房惨败，加上签约的头部艺人吸毒被抓，原本风光无限、趾高气扬，公司倒闭后，人消失了一段时间，说是去终南山修行，都知道其实是跑路了。最近他试图东山再起，经常出没于各种饭局酒吧，低声下气求投资的模样，太过不堪。

我讲这些故事，是为了说明自己同样已陷入困境、孤立无援、如履薄冰，哪怕眼前一切顺遂，我也得趁正值盛年，为将来积累更多筹码。讲完才意识到，这些悲观的案例可能会触动他因投资失败而自暴自弃的神经。我很懊恼，但看起来许阳并未往心里去。他理解了我的本意："你向来这样，不管处于什么位置，都没有安全感。"

说完他低下头，开始泡茶。边泡边问："你还想当导演吗？"

我没想到他会提出这个问题。当年他投资我的公司，前提条件就是我必须拍一部自己的电影。创业第二年，我确实拍了一部文艺片，然而没有得到任何反响。不可否认，它的失败有很多外在因素，但也的的确确因为这次尝试，我那三十几年的梦想、心性，已经统统被清除荡平。

"早就不想了。"我讪笑着找补，"但是，这几年公司倒是培养了几个新导演。"

他没有言语，埋头泡茶。泡的是工夫茶。温壶，洗杯，高注，刮沫，程序烦琐。到滚杯时，他才抬起头看我，说："你还记得当初为什么来北京吗？"

"来北京，"我轻轻一笑，"谁来北京不是为了发展呢？"

他终于泡完茶，把茶杯放到我跟前。然后叹了口气，换了个话头，说："咱们得有四五年没见了吧？"

八年前，许阳突然发来短信，说要来看看我十六楼的家。

打开门，只见他左手拎着两瓶白酒，右手提着一堆吃的，笑意盈盈。午后，在我那间小屋里，许阳拉开窗帘，日光如万马奔腾闯了进来。

我嘲笑他："这是地下室创伤后应激障碍的表现。"

那时我们已有几年没有联系。之前住地下室，许阳跟我同一楼道，房间就在我斜对侧。我住一间不到十平方米的暗室，而许阳屋里，有扇小窗可以看到外面，因为朝北，阳光从未光顾，但好歹光线还能透一点进来，使得昼夜分明；把手机举到窗前，偶尔也能收获一两格信号。小窗嵌在天花板下方二十厘米处，长条状,最多也就半平方米,是块没法打开的玻璃。

第一次被邀请进去,我感叹:"你这屋堪称豪宅了。"

"夏秋是挺好的,一到冬天就漏风,能把人冻死。"

许阳举着哑铃,一边喘着粗气一边说。这狭小的屋里,除了床,就两样东西最为醒目:一样是健身器材,哑铃、壶铃、拉力器、弹力绳等堆在角落,一对吊环从天花板上垂下来;另一样是空酒瓶子,一箱一箱摞起来,等攒够了,他会拿到门口卖给收废品的大爷,再一箱一箱搬进新买的酒。这是一种我无法理解的反差。许阳一边用运动来充实自己的肉体,一边用酒精摧残自己的灵魂,对这两样对抗的嗜好不亦乐乎。

那个日光盈盈的午后,我们喝酒诉说这几年里发生的事,依然是我在喋喋不休地说,许阳三言两语应和着。后来我实在坐不住了,非让他好好说说自己,他才终于说道:

"你相信吗?我搬出地下室没多久就中了彩票,两千万。我买了套房子,还剩下不少,这些年啥也没干,光霍霍了。"

我难以置信,对他提了一连串关于中彩票的过程细节以及选号秘诀的问题,然后再问他:

"那么多钱是什么感觉?"

他话总归比以前要多一些,断断续续地,表达了这些意思:以前没钱的时候总想着要有钱,有钱了又想干点什么,不一定要挣更多的钱,我只希望能给自己增加一些做人的底气。但我文化水平低,也没什么经商头脑,被骗过不少钱。思来想去,朋友里也只有你最靠谱,所以来找你,看看能不能一起干点什么。你想当导演，我可以支持你拍戏了，虽然出不了力，但出钱没问题。

许阳淡然地说着，我却百感交集。他走后，我特意搜了一下新闻，那阵子北京并没有中大奖的报道。对我们这种井底之鼠来说，彩票无疑是可遇不可求的天梯。许阳光速抵达了梦想，是否真的要归功于彩票，我好奇过，却也终于不再纠结真相。

那年我被刘鹏宇辞退后，从母亲那里要到一笔钱——老家卖地的赔偿金，开始创业。公司初创，万事艰难。我接受了许阳的投资。很快，公司步入正轨，不再需要往里投钱了，往后每一年，都是由财务给许阳发报表，打分红，他从未过问公司的发展情况，到后来更是再未露面。

"纯粹就是在分钱。"郝幽默说得咬牙切齿，好像分走的是他的钱。

事实上，来这个老破小之前，我已经好几年没见许阳了，可以说到了杳无音讯的地步。或许是真的太久没见，我感觉他话又多了一些，他辩称跟读书有关，然后转头看向那一摞摞书。并没有马上回转过来，他一直盯着，仿佛那里有块巨大的磁铁吸引着他。他说："我读了很多书，文学类的、专业类的、商业类的，不怕你笑话，也有不少心灵鸡汤类的。"

顺着他的目光望去，我注意到右边的书架上摆着一幅油画。画的是蓝天白云下，一个男孩从崖上跃进同样碧蓝的大海里。画面定格在跳水者起跳后的瞬间，此刻他正张开双臂，像从悬崖跃下试飞的雏鹰。

我收回目光，问道："听财务说，你在教孩子跳水？"

我记得他地下室的那个房间，床头柜有一个十四英寸的小电视，下面垫着个小影碟机。他收藏的碟片屈指可数，无非就是"古惑仔"系列、"赌神"系列和《英雄本色》之类。他终日坐在床上靠着墙，无精打采地反复观看那些宣扬"义气"的港片。北京奥运会开幕了，他终于收起碟片包，每晚追看比赛。看比赛的许阳来了精神，最常干的就是一边就着花生米喝酒，一边为成功者欢呼、为失败者惋惜。尤其爱看跳水比赛，只要有跳水，他就请假窝在家里，从预赛到半决赛、决赛，一场不落。

我看向他。他穿短袖短裤，看得出肌肉很紧实，没有半点以前沉溺于酒精时那样浮肿的痕迹。他笑了一下，说自己都觉得不可思议。

"我小时候只会跳水，没等长大就放弃了，现在又把它捡回来了。从跳台到水里，只有几米高，但那是飞翔的感觉，从六岁进体校开始，我就知道这种感觉。"

他起身，钻进书堆走到书架前，眼睛凑近那幅油画。

"这画是一个画家画给王胜水的，王胜水转送给了我。王胜水，我童年的记忆里只有王胜水。王胜水说，画上跳水的这个男孩可以是他，也可以是我……"

许阳看着画，几近痴迷。他陷入回忆当中。那晚，不期然地，从他讲述的记忆碎片里，我终于拼凑出他此前吝于与人分享的前半生的轨迹——

王胜水，这个与许阳同龄的男孩，连名字都是天赋的，冥冥中就注定他这辈子将以水为生，在水里称王。从小他就非常英俊，最出色的是他那双睫毛，又密又长，闭上眼睛，睫毛尖能触摸到黑眼圈的边缘。他总是挂着一对黑眼圈，不知道是没睡好还是贫血，总之，一个小孩有这样的黑眼圈不是什么好事。但麦龙波教练以此为傲，经常在大会上夸奖这对黑眼圈，说它们是王胜水用功的有力证据。

唯一遗憾的是，王胜水个头不高，要比许阳矮上半头，到十三岁两人分开时，这距离已经拉大至一个头。这可能和透支训练以及营养跟不上有关。王胜水家里很穷，他父亲送他进体校，是奔着培养世界冠军去的，他深信只有跳水才能彻底改变儿子的命运。

大家都恨王胜水，尤其在校内比赛的时候。每个季度体校都要举办比赛，比赛成绩计入个人积分，而积分排名关系到派谁出去比赛，以及将来谁能进入省队。王胜水和许阳是麦龙波在校内扬眉吐气的关键选手，当时麦龙波也才二十多岁，这一拨进来的八个小孩是他带的第一批学生。他不是个省油的灯，一点都不懂得低调，为此没少给孩子们带来麻烦。第一次比赛，王胜水和许阳包揽了小组第一，当场他就雀跃不已，一手一个把两人抱起来到别的教练跟前显摆。当天还在食堂摆下庆功宴，据说他请了同组的所有教练，但最终来的只有脸色铁青的总教头。

所有人都不喜欢麦龙波，跟着也就恨起他的得意门生王胜水。

许阳喜欢在十米台下看王胜水往下跳。抬头望去，他身体绷得笔直，黝黑的身体在蓝天下闪耀着水光，他收紧核心，向下一跃,很快就钻进水里消失无踪。起初王胜水的英姿还能博得台下众人喝彩,等他拿了第一名,下次比赛,大家再看他上台就如临大敌。他发挥得越好,整个场面就越安静。

没两年,王胜水就被麦龙波拉着去跟十几岁的师兄比赛去了。麦龙波事先并没有跟孩子们打招呼,他拉着八个孩子到泳池边上,然后让稀里糊涂的王胜水去换泳裤。等王胜水站到台上,他才说是要和最厉害的那个师兄比赛。

"好好跳。"麦龙波附在王胜水耳边小声说,"跳输了也没关系,咱们小;跳赢了,咱们可就赢麻了。教练这张老脸全仰仗你了。"

这种二人比赛是没有裁判的,全靠众人心中那杆子秤。王胜水没太多心思,虽然难度系数没有对方高,但每一跳都堪称完美,何况对方最后两跳还失误了,激起的水花跟波涛汹涌的海浪似的。麦龙波高高举起王胜水,昂着头颅往外走,后面跟着七个屁大的小孩,活像得胜的孩子王。

那晚熄了灯,许阳和王胜水躲在被窝里啃大白兔奶糖。大白兔是麦龙波给许阳,让许阳跟王胜水分着吃的,至今许阳都不明白麦龙波为什么要过自己一道,而不直接给王胜水。每次王胜水得胜,许阳都能从麦龙波那里得到几颗大白兔,为此他特别期待各种突如其来的比赛。他对同床的王胜水说:"如果再和师兄比赛,我觉得你可以前面假装丢分,给师兄们一点面子,你看他们脸都挂不住了。"王胜水永远一副寡淡的样子,赢了比赛也不会让他高兴一些,他回答"懂了",下次比赛依然全力以赴。他一根筋，除了跳水什么都不会，什么也都不想管，大家叫他跳水机器。

机器是要被经常修理的。那场比赛之后，师兄们开始在路上截住许阳和王胜水。准确说，是截住王胜水。他们一伙每次人数都不固定，少则三个，多则五六个，每个人都比许阳要高一个头不止，比王胜水就要高出两个头。领头的叫段秉国，就是那个输了比赛的家伙。这是个刺儿头，又瘦又高，一看就是放牛班的孩子，如果不是被家长送进体校来，估计早被关进少改所了。他也不废话，上来就把王胜水按到地上，挥舞拳头一顿暴揍，其他人则负责把两人包围起来。挨揍的时候，王胜水气都不吭一声，也不反抗，他的脸剐着沙石路面，剐出了几道血痕，他看向许阳，无声地发出求救信号。趁所有人注意力都在王胜水身上，许阳倏地穿出重围，从地上捡了块大石头，朝人堆里砸过去，可惜没砸中人，反倒还提醒了他们，这里还有一个同伙等着挨揍呢。

两人满身伤地回到宿舍，王胜水无事一般，该干吗干吗，到点就呼呼睡着了。许阳却咽不下这口气，躺床上失眠了，满脑子想着下次要如何反击，如何复仇。梦里许阳成为大杀四方的英雄，段秉国一干人等臣服在他的枪炮之下。他浑身充满力量，正义感和成就感无限膨胀——他觉得他保护了应该保护的人。

王胜水不爱说话，许阳也不爱，所以两人能处到一起。当然处在一起他俩也很少说话，他们经常默默结伴而行，默默一起做同一件事情。如果开口，那必然是他们认为非常重要的话。这是他们的相处模式。他们发生过一场对话，这场对话改变了许阳的人生。王胜水说：

"我爸爸让我少说多做,除了训练,其他什么事情都别干,什么麻烦都别惹。他给我算过命,说我能成为奥运冠军,只有成为奥运冠军,我才能发财,才能成为人上人。"

许阳问王胜水:"你发财后,想干吗?"

王胜水回答:"我想去北京,参加奥运会。"

许阳说:"笨蛋,你要先参加奥运会,才能发财。"

那时北京甚至都还没开始申办奥运会,但他们认为奥运会这么重要的比赛,理所应当就是在北京举办的。

冲着如此宏伟的梦想,每次王胜水赢得比赛许阳都感到骄傲,好像他才是得胜的那个人。他们晚上躲在被窝里吃麦龙波奖励的大白兔,什么话也没说,然后心满意足抱在一起入睡。那时候许阳远没王胜水出色,好像成为千年老二都是理所应当。许阳应该是个晚熟的人,或者是王胜水不经意间传输给他很多成功经验,等岁数再大一点,他的成绩突然往前猛蹿,甚至有几次打败了王胜水。这时他们已经知道奥运会是四年一届,是在全球不同的城市举办。成为奥运冠军的梦想不只是王胜水的野心,不知不觉也扎根在许阳幼小的心里。在赢得胜利后,许阳内心起了变化,他慢慢意识到,原来自己也可以拥有王胜水所拥有的掌声、奖牌,甚至梦想。

那些年迎来送往的,慢慢有些新的孩子进来,也有一些孩子退出。退出其实很正常,有的觉得自己不适合这个行当,有的扛不住训练强度,也有的原本也只是被家长送来磨炼磨炼而已。但许阳那时却认为那些人的退出,都是因为看不到希望,而他和王胜水，不仅积分位列一二，进入省队简直只是时间问题。更重要的是，他们俩都有成为奥运冠军的梦想。

我要超过王胜水。这种欲望从萌生的那刻起，就以不可阻挡之势迅速蔓延开来，它越来越强烈，强烈到让许阳不安。他宽慰自己，专业上的竞技并不意味着自己卑鄙，就算亲兄弟也难免要一争高下。同时他偷偷观察王胜水，王胜水还是那副寡淡的镇定自若的模样。

带着这种不安的自我怀疑的心态，许阳从十米台上摔了下来，整个身体横着拍进水里。那是一次省级比赛的最后一跳，麦龙波冲到泳池边，看到许阳红肿的身体，他心疼自责，险些流下男儿泪。这种心态的摇摆，直接影响了许阳以后每次比赛的发挥，他越想超过王胜水，就越容易出错。好像触发了某种魔咒，从那次比赛起，这道魔咒就牢牢将他封印，无法解除。

他哆嗦着坐到地上，仰头看向台上的王胜水。和许阳一样，王胜水已经是个小伙子了，他绷直身子，像等待时机把鱼叉刺向水里的少年渔夫。那时许阳唯一的心愿，是王胜水也能失误一次，这样两人的分数就扯平了。他暗自祈祷着。这算是一种背叛吧？不知从什么时候开始，背叛的种子悄然埋到他心里，它生根发芽，最后在所有人都不注意的时候突然盛放出恶之花。许阳感到难以承受的痛苦，痛苦让他直犯恶心。他在泳池边吐了起来。

终于省队来选人了。选拔赛前两天，王胜水突然消失了，他没出现在训练场，也没回来睡觉。许阳担心不已，直到看见王胜水和父亲跟在一堆领导屁股后面进入行政楼，他才恍然大悟。他怒不可遏，觉得受到天大的欺骗和不公。那天很晚王胜水才回到宿舍，他掀开被子的瞬间，许阳抓住他的手，腾地起身拉着他往外走，一直走到空无一人的训练场。许阳像对待犯人那样审问王胜水：

"你和你爸贿赂领导去了？"

"没有贿赂。"

"那你爸干啥来了？"

"来见省队的人。"

"这就内定了？不是还有最后的选拔赛吗？"

"我不清楚。"

"省队只要一个人你清楚的吧？"

"我不清楚。说不定这次会选两个呢，我觉得我们俩都可以去。"

那一刻，许阳感觉王胜水的话语里充满了假装和虚伪，而他被蒙蔽了整整七年！

其实以两人的积分，哪怕那场选拔赛跳得再出色，许阳也是没希望赢过王胜水的，王胜水他爸也压根没必要来公关谁。他已经甩开所有人一大截，所谓选拔赛只是走走过场罢了。但许阳没算过这笔账，他不知道为什么他那么在乎，却没想过去算一下。那阵子许阳总是处于混沌的状态，内心充满莫名的忧虑。也有可能他已经算过积分，只是无法接受事实，才导致记忆产生了偏差。总之，王胜水父亲成了那最后的一根稻草，是王胜水父亲激起了许阳的怒火，怒火更使他丧失理智。如果没有看到这对父子卑躬屈膝尾随领导的那副模样，也许许阳大可等一年，再去省队和王胜水会合。

选拔赛上，许阳漠然地看王胜水跳最后一个动作。他心想：无论王胜水好还是不好，都与我无关了。就这样，王胜水像只雏鸟从悬崖纵身一跃，在即将触地的刹那，扇动翅膀飞了起来。那一刻他成长为一只雄鹰，翱翔在广阔的天地间。无可挑剔，这是人世间绝美的身姿。

许阳裹着毛巾靠在墙上，像被掏空了身体，感觉非常虚弱。彻底绝望的乌云笼罩着他，他认为自己这辈子再无法超越王胜水了，经此一跳，王胜水已经飞向天际，而他也终将沉入水底。冥冥中早就注定，王胜水才是水里的王。许阳感到迷茫，在绝望的乌云里，曾经唯一的去路被切断了。那一刻，许阳不认为跳水对他来说还存在着哪怕一丁点儿的意义。

王胜水赢了，被很多认识的、不认识的人簇拥着走出赛场。路过许阳身边时，他扭头透过人缝，向许阳投去内容复杂的眼神。

更衣室里，许阳看着镜子中光着身子的自己。轻狂的少年，脆弱的少年，这具躯体遍布训练带来的各种创伤，用不了多久，它们便会消失无踪。据说人体细胞六至七年会彻底更换一次，体校七年，这一刻，他彻底不认识自己了。

从那天起，许阳就在心里放弃了成为奥运冠军的梦想。对他内心汹涌的波涛，许阳父亲没有任何察觉，父亲始终觉得进入省队是迟早的事，今年不行可以明年，明年不行可以后年。但许阳已决意退学，拉拉扯扯闹了一年。这一年里，他用过无数方式表达自己的抗拒：逃课、打架、消极训练、与教练争吵……他的成绩一落千丈。

最后，一切结束在许阳父亲给他的一记耳光里。麦龙波把许阳领回家，领到许阳父亲跟前，他只说了一句"你这孩子我带不了了"，转头就走，连商量的余地都没有。看着麦龙波离去的背影，许阳父亲许久才缓过劲来，耳光就是这时候落到他脸上的。他差点跌到地上，但他不害怕，他像犟驴一样重复着：

"我就是不想跳水了！我就是不想跳水了！"

"几个月后，我跟着堂哥来了北京。"许阳对我说，踏上列车的那一刻，他正式成为大人。他趴在窗台上，这样的姿势看起来像在对着窗外吐烟柱，但现在他连烟都不抽了。

在许阳的叙述里，十八岁以前，他每天都过得浑浑噩噩，跟着堂哥穿梭在不同的工地。到处都在建设，从三环、四环到五环，活儿特别多，他也有使不完的劲儿，一年到头几乎没有时间休息，也就不用停下来胡思乱想。但其实回头看，他的很多想法的确就是在那几年逐渐形成的。许阳铁了心要在北京扎根，就算成为不了奥运冠军，他也要通过自己的奋斗来发财，来成为人上人。而这种幼稚的坚决，跟王胜水不无关系。

干工地活儿永无出头之日。十八岁成年那天，许阳做了个决定：离开堂哥。那天是星期天，他给自己放了个假，没告诉堂哥。正值七月，一大早，天就像蒸锅锅盖罩住了这个城市。潮湿脏乱的早市拥挤着许多卖菜、卖肉、卖鱼的摊位，四周环绕着一

45

圈破旧的早餐馆。糕点摊在早市深处，夹在两家卖熟食的摊位中间，许阳绕了好几圈才终于找到。油腻的猪头、内脏挂在四周，空气里弥漫的腥臭味熏得他肠胃翻滚。他买了三块蜂蜜蛋糕，应该是买太少的缘故，老板娘白了他一眼，一边把钱塞进油渍斑斑的腰包。

像许阳这样的农民工，在都市生活，却像游牧民族逐草而生，随工地的搬迁在北京边缘游移。平时许阳就像堂哥的影子，又像他的孩子，这天之前许阳确实还是个孩子，现在他头一回独自来早市。早市出口有家花店，许阳走过店门又退了回来，想了一会儿，还是走了进去。他分不清里面陈列的都是什么花，同时也有点害羞，因为他穿着沾满洗不掉的泥渍的工地衫。终于，他鼓起勇气，问店员哪种花最便宜。

"康乃馨、玫瑰、百合都是比较便宜的。您要送谁？"店员是个跟他差不多大的姑娘，一口京片子热情招呼他。这是第一次有人称呼他为"您"。

"送我自己。"

姑娘笑了，也许是因为第一次遇到像他这样给自己送花的浪漫的农民工。她从花筒里抽出一枝向日葵递给许阳。

"送给您吧，不用钱。"

她指着几片焦黄的花瓣，眼睛眯成了一条缝。

许阳坐了很久的公交去西山。他手里攥着向日葵的茎秆，爬到山顶。烈日正盛，从山顶俯瞰，整个北京城像一副方方正正的棋盘，它就摆在那里。许阳第一次这样看它，甚至到了着迷的程度。直到太阳西下,灯火渐次点亮棋盘。而他成年了,他将以不同的姿态重回棋盘。

许阳从兜里掏出蜂蜜蛋糕,点上一根红色蜡烛,再将它吹灭。这是他人生中第一次做这么有仪式感的事情,也是到目前为止绝无仅有的一次。

他独自搬到了地下室。把向日葵插到一个新买的长花瓶里,它再未见过阳光,很快就枯萎了。当时许阳也没有想过,未来十年,他将不断辗转于北京这些大同小异的地下室,像只不断搬家的鼹鼠,少年的意气风发逐渐深陷泥潭。

夏夜的风失去踪迹,取而代之的是沉闷的空气。许阳从摇椅上站起身,扶着窗框往天空望去,灰蒙蒙一片,什么也看不见,但他预测就快下雨了。十年与世隔绝的地下室生涯没有使他丧失对天气尤其是雨天的敏感。

"我刚来北京就是这样的天气,湿浊闷热,晚上就下起了暴雨,我困在地下室,是你把我救了出去。"我说。

回忆像感冒,会传染人。

2008年盛夏,我研究生毕业,扛着所有家当来到北京。

那个装着冬装、被褥和书籍的蛇皮袋,至少有二十公斤重,提手已经和袋身彻底分家。一路我扛着出火车站,拽着上公交车,倒了两趟地铁,又坐了两站公交,终于把它从身上丢了出去。它滚下车,依着惯性,在地面翻滚了几圈后终于停下。站牌边密集的人群像海浪躲开礁石那样倏地弹开。

阴郁闷热的早晨,我浑身淌汗,身上的臭味足以媲美海鲜市场上的臭鱼。人群躲开我,像躲开某种病毒。一个花裙子女孩迎了上来,她毫不犹豫地认出了我。我的行囊、体味、风尘仆仆,都跟她的其他房客如出一辙。

北京东三环外有不少这样的老破小社区,楼栋散落着,下楼没走几步便是外面的马路,并不是传统意义上圈围起来的小区。地下室旅馆的入口,隐藏在这栋十六层居民楼单元门的右后方。

"戴眼镜,我们这里几乎没有像你这种戴眼镜的,除了许阳。"花裙子在柜台后落座,开口就说得我莫名其妙,"长那么高,倒不像南方人。"

我觉得她有点不礼貌,便笑了一下,没有理会。

后来听其他房客叫,才知道她小名小芳。小芳递给我一张表,上面字迹歪歪扭扭、密密麻麻写满了租户信息。填完表,我环视起这间小屋。这里说是柜台,其实也是一个小卖部,一排两延米的开放式货架顶到天花板,里面塞满了各种生活用品。小卖部堪称旅馆的喉舌,连接入口和通往地下室的楼梯。楼梯没有拐弯,直直往下伸展。管理员小芳像包租婆那样,拎着一大串钥匙领我去房间。我顺势把蛇皮袋踢下了楼梯。

楼梯尽头,三条射线从这里出发,左中右各一条,六行隔间沿着射线整齐地对向排列。虽是白天,但光线暗淡,仅有头顶每隔三米布置的昏黄灯泡,照出这筒子楼的轮廓。你看不到射线的尽头。

小芳带我走进右边那条射线。

五百元的只剩这间了,没得选。她麻利地转动钥匙,拉开房门。可以看出她并不愿在此多做停留,也无意听我发表意见。她扔下一句话,转头就往她那间位于地平线上的小卖部走去。

"灯的开关在门边上,有什么问题来找我。"她说。

走进这暗室,扑鼻的霉味呛得我接连打了几个喷嚏。摸开灯,我才发现那往外敞开的,竟是一道铁制的防盗门。这防盗门,肩负着保护这不到十平方米暗室的重任,看起来有些滑稽。看清这个房间可太容易了,一张上下铺正对房门,铺位和墙壁中间塞了一张小桌,小桌下摆着一个方木凳。满墙的白腻子已经发黄,上面残留着一些海报撕下来的印记——也许是某任前租户贴上的偶像海报,每晚得看着这个生活在不同世界的明星,才能安然入睡。地板是寻常的米黄瓷砖,缝隙里满溢着一道道黑色的油腻的污垢。依然是一盏昏黄的灯泡,在头顶俯视这简陋的一切。

没多远就有一个菜市场,卖些蔬果和便宜的日用品。我花几十块钱,买了劣质的竹席、脸盆、衣架、热水壶,再把用了七年的被褥铺上,这小小的暗室便是我在北京的第一个小家了。唯一有生气的地方,可能是桌上那竖立摆放的二三十本书,它们跟了我好几年,并将陪伴我直到拥有自己的房子。

有好几次,我感觉自己还在学校宿舍一样。站在房门口,一眼望不到头的筒子楼格局。全部租客共用一个水房和卫生间:水房里,是一道水泥做的、未加修饰的腰线高的长条水池,十几个水龙头在上面一字排开,刷牙洗脸洗衣服,都在这里完成;水房左右是男女两间简易淋浴房,房内连隔板都没有,仅有三五个常年供应冷水的花洒无聊地对望着；卫生间隔间倒不少，只是男女共用，你很难知道蹲在隔壁的是男是女。

空气像凝固了一样，闷热无比，我焦躁地在楼道里走来走去，疑心是地下室不通风的缘故。从我把蛇皮袋滚下楼梯那一刻算起，五个小时内，我已经冲了三次澡，几乎挨个试用完淋浴房那为数不多的几个花洒。后来我决定去楼上透透气，这才发现下午的天比中午还要湿浊闷热。

我坐到马路牙子上抽了根烟。才三四点，天就黑了一半，几道闪电划破灰幕，带着劈倒马路两旁杨树的气势，吓得我赶紧往回跑。前脚进屋，几颗豆大的雨点混杂着泥尘砸下来，在干燥的路面上留下粉身碎骨的印迹。继而有更多雨点前赴后继，参与到这场惨烈的集体自杀当中。

原来地下室里是听不到雨声的。就连劈天盖地的雷鸣，到了这斗室也得偃旗息鼓。就这样，奔波疲累，加上缺氧闷热，我竟昏沉沉睡了过去。

不知道几点，我被屋外惨烈的呼救声惊醒。具体那人喊了句什么，我完全没有印象了。我腾地从床上坐起，迷迷瞪瞪，只觉耳旁环绕着哗哗的流水声。那震耳欲聋的感觉，刚刚才促使我做了个梦，梦里我坐在老家榕江的堤坝上，听浪涛猛拍着江岸。

水不断从门缝里渗进来，荡漾着，像江浪一样轻轻打着床沿。我跳起来，双手从桌上摸起眼镜戴上，双脚扎进水里，从上铺拽下背包，朝那道滑稽的防盗门蹚过去。

我拧开反锁钮，压下门把手，往外推，防盗门却纹丝不动。

此时我意外地冷静,猜想是屋外的水位远高过屋内,水流从外头压着防盗门,才很难从里面把门推开。我整个身体顶住门,使出吃奶的力,依然斗不过外面的水流。我光着的脚底一哧溜,头撞到门上,整个身子也顺势滑到了水里。

我钻出水面,脱掉被蒙上一层水膜的眼镜,看到两只球鞋胶底朝上漂着——就像汪洋中翻覆的小船,忙不迭将它们捞了起来穿上。当我把眼镜扔到薄被上时,头顶的灯泡忽闪起来,为这紧张的氛围增添了些许恐怖的气息。我站定,深吸一口气,再次发力。后来再回忆起这段往事,脑子里呈现的是一个直角三角形:我的头和肩拧到一起,顶着门,身体和右腿蹬着水底的球鞋——这是弦;而门和地面,两个勾股直角边暴烈地撕扯着,直到它们中间,终于被顶出一道小缝。

就那么一瞬间,水从这道小缝涌了进来,我看到楼道里一片黢黑,水声在一片寂静中嘶吼着。很快,希望之门再次被屋外湍急的水流强行关上。

我环顾四周。没有窗户太令人绝望了。除了铁制的防盗门和没过大腿的水面,我已被冰冷的水泥墙、水泥天花板包裹起来。我想起小时候在屋顶清理自来水水塔,那水塔便是水泥做成的,方形的。我和母亲掀开铁盖,坐到塔沿上,一人拿一根拖把擦洗着水塔内壁。水塔里还有及踝的水,以随时供拖把沾水浸湿。不一会儿,我母亲忽然凄厉地叫起来,跌进水塔里。

"老鼠!"她惨叫着,双脚跺出水花,"死老鼠!"饶是母亲这样的农村妇女,也有软弱恐惧的一面。

我浑身冒起鸡皮疙瘩。一只浮肿的死老鼠漂在水塔的角落里，双眼圆睁，怒目看着眼前的一切。

此刻，我就像这只老鼠。

不能从这四面的水泥墙里突围出去，就只能等死。我不能等死，至少不能像只老鼠一样，悲惨地死在这地下黑牢里。我无法接受大水退去，众人对我肿胀变形的尸体说出轻浮的评判，就像我母亲那样对着老鼠惊声尖叫。

我蹚回床边，水面已经淹过竹席，浸湿薄被。我从桌上那排书里挑出《百年孤独》《追忆似水年华》《魔灯》《拍电影》等，把它们转移到上铺，好像身处高位，它们便能从这水灾里逃出生天。又把被子摊开，把挑剩的一摞商业投资之类的书放上去裹成包袱，拎到门前。我的身体再度和门、地面形成一个直角三角形，等门又被顶开的刹那，我把包袱塞进那道小缝里。

灯在这时彻底灭了。周围陷入漆黑。

楼道里的水像水坝开闸一样往屋里灌，一阵阵冷风游魂般在楼道里晃荡。我脱下背包，艰难地挤进缝隙里，用背力将它缓缓撑开。楼道的水已经淹到胸口。

出门右拐，走上二三十米就可以上楼梯了。我默念着，安抚自己的情绪。越往楼梯口走，水流越急，水位越高。实在走不动了，就躲进某个房门口的凹槽里大口喘气。时间随着水流滚滚向前，而我连这时是下午还是晚上都分不清楚。其实，即便没有这场暴雨，即便外面艳阳高照，在这地下室，你也很难判断这是一天中的哪个时刻。

水已经淹过肩膀,向我的嘴发起冲击。此时已无法站立,更别说行走,我踮着脚,双手张开撑在凹槽两侧。一心要来北京,没承想却是来赴死的。我不能等死,不能死在这不堪的地底下。强烈的求生欲望推着我迈开脚步,就在我从凹槽里探出头时,一块不明物体不偏不倚地砸中我的脑袋。

与此同时,我看到一团人影漂浮而来。

"要不是其他家有人没跑出来,我就不会下去了。"那个暴雨之夜,许阳光着身子盖在棉被里对我说,空调呼呼地在他头上吹出冷气,"你可能已经死了。"

我一边用碘伏擦着额上的伤,一边在镜子里打量眼前这个陌生人。他戴很厚的眼镜,体形纤细,但露在被子外面的肱二头肌却极为壮观。许阳自称广东人,我听不出有广东口音,该卷舌的地方绝不含糊,可比我这个福建佬强太多。此时,他的湿发耷拉在额前,如果吹一吹,那会是个三七分,就是年轻时的郭富城常梳的那种。

许阳不怎么说话,整个晚上除了讲一讲水灾,就是安静地看电视。在我的引导下,他有一搭没一搭地回忆两小时前发生的事。晚上八九点地下室开始进水,小芳就沿着楼道边跑边喊:水灾了,快逃。等水快淹没地下室的时候,有个被堵在路上的租客终于舍弃公交车,一路狂奔回来。刚走到楼梯口就大喊:"我妈还在屋里,发着烧,可能睡迷糊了!"于是许阳自告奋勇和他一起下去救人。两人把腕口粗的麻绳穿过裆下,绑在腰间,一路往前蹚，刚好我探出头来，才顺道把我救了，并带我来旁边的这个小旅馆里暂住一宿。

大水很快就被抽水机抽走。

水往里灌的时候，住在地底下的人们就像蟑螂一样，乌泱乌泱往外跑，不知道去了哪里。第二天放晴，你不知道他们又从哪里冒出来，陆陆续续回到这阴暗潮湿的地底下。

大门口乃至马路边，各种千奇百怪的生活用品，在太阳底下晾晒着。几个大妈围在一起，一边抹泪一边追忆昨晚那场惊心动魄的灾难。小芳在小卖部里和几个农民工模样的租客掰扯赔偿问题，租客说不过她，气势已然弱了下去。她从货架上拿了几瓶可乐，塞给他们，苦口婆心劝着。

我拉开门，走进那间十平方米的斗室。床还在原来的位置，桌椅躺倒在房间里难得的空地上。抖了抖薄被，眼镜掉了出来，在湿漉漉的地上发出一声闷响。装着衣服棉被的蛇皮袋卡在床底，费了九牛二虎之力才能把它拽出来，它淌着水，就像失血过多、奄奄一息的某种活物。湿漉漉的书，四处散落着，并没有因为我的特殊安置而幸免于难。因为逃命而舍弃的背包，在我脚边耷拉着，我蹲下身，像解剖死物一样拉开拉链，看已成废铁的电脑最后一眼。

你是找不到水位线痕迹的，据说昨晚大水吞没了整个地下室。就像在农村，电闸往上一推，水塔就会开始补水，从井里抽上来的水注入这个水泥筑造的容器里，直至满了，水流溢出来。如此周而复始。

人们说，这已经不是这个地下旅馆第一次这样发大水了。大家似乎习以为常，淹过，哭过，再默默收拾好残局。太阳还是照常升起，还是照不进这个城市的这个大窟窿里。

每天太阳在外面升起，地下室都要经历一阵骚动。防盗门或木门陆续被推开或拉开，人们拥向水房和厕所。不管洗漱还是解手，在高峰期都是要排队的。我经常恍惚，感觉自己还在火车上，火车行驶在幽暗的隧道里，长长的楼道随着火车头拐弯而转向。乘客们来到车厢尽头，排队等待解决各种生理需求。

水房和厕所的骚动通常不会持续太久，很快就会归于平静。人们匆匆钻出洞穴，觅食而去；直到半夜疲惫归来。

公共厨房紧挨着水房和厕所。人群散去的时候，我进去看了一眼，决定是否自己开火做饭。厨房里沿四面墙满满当当摆着十几个煤气罐，与之匹配的是十几个或单火或双火的煤气灶。地板上铺的鹅黄色瓷砖沾满油污，球鞋走在上面会被粘住，发出吱吱的撕扯声。有的灶台还算干净，有的炉灶上堆了一层厚厚的油垢，油垢已经发黑。也许是早饭过于匆忙，仅有的两三个水盆里堆满了没洗的锅碗瓢盆，一条破抹布油腻地搭在盆沿。更糟糕的是，油烟味、泔水的酸臭味，混合着隔壁厕所的尿臊味，不间断地释放出剧烈的令人作呕的破坏力，在这封闭的空间里，也在我的腹胃部左冲右突。我不得不退了出去，自我宽慰起来：比起泡泡面，或在外面随便吃点，置办煤气灶、煤气罐需要花更多的钱。

这里的租客，在附近餐馆、理发店、足疗店打工的占据多数，也有不少在菜市场做小本买卖的，工地跑活儿的，三教九流，不一而足。底层，大多时候是一个抽象的词语，在这地下室，却是具象的。

地下室隔间的墙壁非常薄，不管是砖块水泥砌成的，还是后来根据市场需求，把大间分隔成小间的三合板，都无法抵御声音的穿透力，这里的所有租客都深受噪声之苦。铁制的防盗门也不隔音，徒有其表。半夜里走廊空荡荡的，再细小的声音也会引来回声。可怕的是，时不时还有晚归的高跟鞋，在水泥地面上踩出有节奏的、带着阴森感的嗒嗒声，从楼梯口渐渐走近，经过房门，又慢慢走远。有时同居的姑娘们结伴归来，会被穿过楼道的蟑螂或老鼠惊到，不顾一切地尖叫起来，尖叫过后，便是幼儿啼哭声，大人咒骂声，好久才能恢复平静。

昼夜在这里失去意义。一个人在阴暗中只能听声辨影，在摸索中前行，像盲人一样，也像顺着霉气爬满我脖颈的湿疹一样。空气中的每一个细微变化——温度、湿度、气味乃至飘浮的细菌，都像深夜里的魔鬼，随时会伸出张扬的利爪，在你皮肤上留下一道道抓痕。

起初，许阳从不过问我的工作和生活。关于他的现状和过往，我也知之甚少，只知道他的日子并不比我好太多，对我却从不吝啬。他有时卖保险，有时卖房子，甚至会去工地搬砖头，美其名曰趁年轻多吃点苦，老了就什么苦都吃得。每到周末，许阳就会来敲我门，让我陪他去菜市场买菜，回来就在厨房开火，做出一顿挺像样的饭菜来。

让我稍感意外的是，许阳竟有一台机车。那是几年前他买的二手车。周末一有时间，他就拉着我去跑山。有时我们会驶上漫长的盘山公路，经过陡坡或是毫无遮拦的悬崖，天空碧蓝而又广阔。许阳最喜欢曲折的路段，他说只有压弯才能真正享受低空飞翔的感觉。风驰电掣，耳边的风在鼓噪，我们脑子里所有的神思都被吹走，越空荡越自由。骑到平地，许阳便手把手教我如何驾驭这台沉重的机车。他表现出极大的耐心，直到我也欢呼着，感到飞了起来。

"这不算什么。"许阳说，"冬天我从不封车，只有全身被冻麻了，才能体会什么叫真正的燥热。"

我没法解释，为什么那段时间我们就跟喝了酒一样沉溺且空虚，像挥霍最后的青春般义无反顾。但许阳经常压着嗓音，用一种过来人劝世的语气对我说：

"不能习惯住在这里，一习惯就废掉了。"

他经常说起他隔壁那一家三口。每天晚上，男人喝得醉醺醺回来，打开门就把女人从被窝里拎出来揍一顿，女人激烈地反抗，接着就是各种家具碎裂的声响，很快孩子会惊醒啼哭，最后女人和男人也一起痛哭。

这就是底层人的生活，很有可能将来我也会这么生活——意识到这一点，他买来小电视，重新看起跳水比赛。他躺进摇椅里，说道："你应该没法理解那种感受，就是第一次在电视上看跳水比赛的感受，当时我也不知道可以用什么语言来形容，后来我看到一本书里有过类似的描写：像揭开结痂许久的疤，连皮带肉掀开,鲜血重又从伤口涌了出来。我把这句话写到了本子上。现在想想,那时我真的很幼稚,以为只要看比赛,尤其是王胜水参加的比赛,就能让我找回少年时的斗志。"

那时,王胜水已经是全国冠军了,离奥运冠军仅仅一步之遥。许阳父亲每次打电话给许阳,都会不厌其烦向他讲述王胜水进了国家队,也在北京,他又拿下了什么比赛,跟什么领导握手合影,接受了什么采访,家里盖了多大的房子,如数家珍,好像王胜水才是他的亲儿子。

终于有一天,许阳颤抖着向父亲撒了谎:我在北京买了大房子。他恨不得能骑到王胜水头上撒一泡尿,却装作云淡风轻地说:"也没什么大不了的,你儿子在北京不也混得挺好的吗?"

许阳能感觉电话那头父亲愣了一下,然后父亲问:"你在北京到底做什么工作呢?"

他也愣了一下,然后说:"我啥都做,做啥成啥。"

从那以后,许阳只能用一个谎来圆另一个谎。在父亲吹嘘他儿子在北京买房的时候,没人知道许阳正陷于泥潭难以自拔。他频繁更换工作,赚了点钱就想投资,投资必遭失败。但他仍天真地认定这是他唯一的路:总会成功一次的,只需要时间,以及幸运女神的光顾。

这十几年里不是没动摇过。许阳发现自己逻辑上的一个重大漏洞:他热爱跳水,而"背叛"他的是王胜水,为什么他要因为王胜水而放弃跳水?等发现这个漏洞,已经好多年过去了。许阳懊恼不已,同时期待有一天能被叫回去继续跳水。他买回一屋子健身器材，它们在许阳眼里，就像即将撬开地下室隔板的铁锤、钢锯，为这昏暗的世界带来了希望。但他也知道，这种根本不现实的机会或期盼，随着时间流逝将越来越少，像沙漏的上半截一样，最终化为泡影。

在许阳的印象里，他父亲是最典型的乡下老人，没受过什么教育，大字不识一个，却有着极强的自尊心和虚荣心，心存望子成龙的妄想。要想实现这种妄想，他认为只能选择走捷径，然后一条路走到黑。这点，他和王胜水的父亲毫无二致。

那些年里，许阳父亲始终没有劝过他回老家。在他听到隔壁一家三口抱头痛哭的时候，在他被追债到无路可逃的时候，在他醉倒街头无人理睬的时候，但凡父亲劝过哪怕一嘴，可能许阳都会卷起铺盖，毫不犹豫地回去。农村的房子虽然也不体面，但总归是在地上的，那是人的生活，不是老鼠。许阳经常困惑，在向他报告王胜水的成功时，父亲为什么不把后面那句话也痛痛快快地说出来：

"你要是他，就好了。"

在地下室熬了两个月，我终于找到一份娱乐公司的工作。原本面试的是影视制作部门，没承想却被安排到了艺人部，给话题女明星宋飞仙做宣传。我很清楚，这份工作其实与我当导演拍电影的梦想，相去甚远。但所有人都以为我已步入正轨，即将大展宏图。

许阳往我屋里跑的次数越来越多。随着天气一天比一天阴冷，他的心情也愈加低落。每次来他都拎着酒，有时啤酒，有时白酒，后来我真是扛不住了，劝他别喝了，第二天上班脑子都在嗡嗡作响。

许阳每隔一段时间就会失业一次，工作换了一茬又一茬，按他的说法，什么都不想干，什么都干不好，不知道干什么才能出头。倒是在这地下旅馆里，一住十年。他总是一边喝酒，一边指着我桌上那一排书，说："北树，你的电影梦马上要实现了，你很快就会成为大导演赚大钱，而我，仍然什么都不是。"任凭我怎么解释我是如何操着卖白粉的心，赚着卖白菜的钱，他都只道是谦虚。他不知道，像我这种最底层的从业者，试用期一个月两千五，转正后也就三千多，只有拼了老命往上爬个七八年，才有可能做到像他以为的那样好几万。

接着他会问："你为什么那么想当导演？"

他很多次问起这个问题。起初我耐心告诉他，电影就像梦，而导演是造梦师，我想创造一个独属于我的梦幻世界；儿时我就喜欢玩过家家，喜欢把伙伴们聚集到一起，让他们按照我分的角色去演我编的故事。不知是这样的梦想难以理解，还是他喝断片儿了，后来他再三问起时，我便懒得多说，只告诉他：当导演，能名利双收。听完，他会拍拍我的肩膀，说："你小子给我太大刺激了，我更不能懈怠了。"

他对我的工作表现出极大好奇，事无巨细地询问我的工作内容，并努力从中挖掘所谓"商机"。终于有一天，他像是鼓足勇气，开口给我讲了一个他苦思冥想已久的商业创意，托我转达给老板。细听,原来是关于电影融资的,大意是他提供故事内容,让中文系出身的我来执笔,再由电影公司开发成IP,搬上大银幕。故事将来源于他身边的各种社会底层人士,保证拍出来极其生动煽情。

"想法很好,但不太好实现。如果真成了,你处在这个商业模式的最底层,是最容易被替代的,因此也将会是收益最少的。"我一边听一边点评。后来我问:"是你自己想出来的吗?"

他的双眼在厚厚的眼镜片后面,随着我的话语忽明忽暗地闪烁着光。他嗫嚅着说:"是我想的,门外汉嘛,是想得太单纯了吗?"

"怎么来的这些想法?"

"没事儿干,就钻研一下呗,看看有没有新的出路。"许阳顺势躺倒在我床上,酒气上来,他的脸发得通红,"反正是死马当活马医了。"

那时我才知道,在北京这些年里,许阳总幻想一夜暴富,存了点钱就想着用钱来滚钱,无奈时运和能力都不济,挣的那些辛苦钱全折进去了。我有点不忍,决定还是哄骗他,"想法我还是给你报上去吧,只是别抱太大期望。"

后来许阳没有再追问老板的反馈。那突发奇想,或者说那些心血,就像秋天里一片枯黄的落叶,被风扫到臭水沟里,没有人关心它将如何腐烂。很长一段时间,许阳都没有去找工作,也时常夜不归宿,我不知道他在忙些什么。他时不时会跟我探讨一些商业案例,提出很多大胆的项目规划。大多项目,听一嘴我就能发现许多破绽，起初许阳急了还会跟我争辩一番，后来他彻底败下阵来，终于放弃这些无谓的投资设想了。

小芳把厚厚的棉布帘挂到地下室入口，冬天就来了。

地下室的温度跟地上的并不一致，地下永远要比地上冷。两个世界的四季也不在一个频道上。在这里，秋天还没过完，冬天提早半个月就光临了；等地上的草木勃发了一个月生机，地下的寒气才会慢慢消退。

没有人会在夏天住进来的时候，关心暖气片是否存在。直到冬天我才发现，这里是一片纯粹而冰冷的地下世界。北方的冬天，没有暖气是最要命的。地下室不让点炉子，即便点上了，烟也无处消散。怕起火，电热毯、小太阳也是被禁止的。冬夜漫漫，一进入房间，我便穿上所有能穿的衣服，再把藏在蛇皮袋里的电热毯掏出来铺上，然后快速钻进被窝里。跟打地鼠一样，小芳会不定时来敲门，一进门就把手伸进床单底下，乱摸一气。

冬夜里寂静无声，你几乎听不到任何说话声、笑声、吵闹声。越进入隆冬，楼道里的回声越加空旷，姑娘们的高跟鞋和尖叫声也很难引起群情激愤了。租客们像集体进入冬眠的蚯蚓，无声地在地底下蠕动着，幻想地上的暖气片能接到这冰冻的地下室。

一层三十厘米厚的水泥板，就这样轻易地，把地上的温暖喧嚣和地下的冰冷孤寂隔绝开来。

我去二手市场买来小电视和影碟机，像许阳那样，在被窝里打发这无聊的寒夜。有时也看书。无论电影还是书，最好的结果是看着看着就堕入梦乡，否则便会失眠，在这密闭的暗夜里感受身上的热血在一点一点流失。有点讽刺，以前最好的兴奋剂，现在变成了最好的安眠药。

也有人把这恶劣环境过成诗的。那是一个我从来没有见过长相的邻居，我每天出去都要从他门口路过，他的门大部分时间是敞开着的，里面有一张桌子，上面放了一个方形的小鱼缸和小音箱。红金鱼，绿水草，缸里还有气氛灯和加氧的泵，偶尔音箱还会轻声播放一些古典交响乐。

即使十几年过去，这个画面我仍然记得。

许阳越来越颓丧。很突然地，他再不去碰那台机车了，它被锁到地下室入口边上，很快蒙上一层厚厚的灰。雪后脏水融化一地，往他屋里那扇狭长的玻璃小窗流淌，留下一道一道污痕。许阳经常盯着小窗发愣，魔怔了一般。这污痕也许在他心里也画下了重重的几笔，使得他气力尽失，再也举不起哑铃，拉不动拉力器。我在他屋里发现了几只蜘蛛，它们正勤快地在各种杂乱的健身器材间织出一张张密密麻麻的网。

很多次许阳跟我说，感觉自己被埋在了这地下室，再也活不过来了。在这寒冬里，白气缠绕着这番话，从他嘴里懒懒地钻出来，有如灵魂松松垮垮地从他身体里逃了出来。他走路轻飘飘的，像踩在云端。摘下眼镜，他的黑眼圈就和这地下世界一样，越来越暗淡。

接到派出所电话的时候，我正走在地下室往公司的路上。这是寒潮袭来的一天，天气预报说气温最低能有零下十六度。抬眼望去，眼前是一条灰蒙蒙的路，路上走着诸多像我一样行色匆匆的人。我裹紧棉服，无暇顾及脚下的污雪溅到了裤管上。

电话那头告知我，许阳赌博被拘留了，家属联系不上，需要我来保他出去。我脑子一蒙，这才意识到好些天没见到他了。很长一段时间，我有意和许阳保持着距离。负能量是个黑洞，它能吞噬周遭的一切，我一路从井底往上攀爬，此时更应保持警醒，心无旁骛向那个发着微光的井口前进。

我并未在拘留所见到许阳。民警说他已经被拘留十天了，要交两千元罚款才能出去。我打开钱包，盯着那张银行卡，我很清楚里面有四千元，再攒两个月，我就能凑够押一付三的房租搬到地上去了，就不再是只窝在地底下的老鼠，而是成为一个真正的人。

我没有施以援手。

那天许阳还是回来了。我从小芳那里拎来一件啤酒，又从菜市场买来许多硬菜，在许阳的锅灶上忙活半天。酒菜在许阳的屋里摆开，他耷拉着头坐在塑料矮凳上，凳子太矮，他把自己折叠起来坐着，膝盖抵到胸口。他始终没有抬头，但我看到他胡子拉碴，浑身散发着灰色气息。

我没好意思问他怎么出来的，反倒他先开口说找了一个以前认识的大姐帮忙，他满是歉疚，觉得为难了我，"我真不该向你张这个口，你才刚来北京。"

我在脑子里搜索着可以抚慰他的话，终于还是作罢。我点了两根烟，一根留给自己，一根递给他，他深深吸了一口。烟雾在这不到十平方米的小屋里无声缭绕，熏得他直晃脑袋。他还是没有抬头看我，他始终低着头。他的眼睛沿着久未打扫、布满灰尘的地砖，望向我穿着袜子和拖鞋的脚，望向杂乱堆放的啤酒瓶，望向墙角布满蛛网的哑铃和壶铃。

最后，他踉跄地送我出门。门在我背后关上的时候，我听到两声急促的反锁。咔嗒，咔嗒。

春天来了，而地下室的四季轮回还停留在冬季。往里掀开棉布帘，寒气扑面而来，像炎夏里打开了冰箱。人们从地底下钻出来，把潮冷了一冬的棉被晾晒在阳光下，静心听，你能听到噼里啪啦的声响，是螨虫尸体爆裂的声响。

为了短暂地忘却痛苦，许阳去各种廉价的场所寻欢。他有几个在工地结识的狐朋狗友，经常在一起喝酒。这些朋友并不能为许阳的复兴大计贡献什么力量，他们的功能就是陪许阳作乐，为他那些不着调的投资出些不靠谱的主意。这些所谓朋友的功能，和酒没有区别。

许阳所在的这家小餐馆，不到二十平方米的空间里，弥漫着积攒了十几年的浓厚的油烟味，这油烟味令人作呕，对他来说却习以为常。这一片是平房区，所谓的城中村，拥挤地生活在这里的当地人，期盼着赶紧动迁拿到赔偿款，翻身成为富人。屋里没有暖气，只能靠烧炉取暖；桌凳的年头应该和油烟味差不多久远了，要是用小刀轻轻一刮实木桌面，保准能刮出一层油来；凳腿是铁的,上面盖着橙色的塑料板,每次拖动都会发出让人顿起鸡皮疙瘩的声响。小餐馆是一对山西夫妻开的,十几年如一日,不见飞黄腾达,你能从老板娘的抱怨里感受到漫长的煎熬。

就是这样一个地方,却成了许阳的避世之地。

半夜十一二点,毫无意义的一天又将滑走。只有三桌客人,分坐在暖炉边的三张桌旁。这些陌生人,都是许阳叫不上名的熟面孔,每桌跟前都摆着啤酒瓶和玻璃杯,下酒菜永远是最便宜的毛豆和花生,有时也会点上稀稀拉拉几串烧烤。和坐许阳对面的酒友一样,这些人脸上看不出幸福的模样,嘴里却又吐出最扬扬自得的语句。都是些借酒消愁的酒鬼,各自欢饮,欺骗自己饮酒乃人间至乐。

如果没有父亲那通电话,那天晚上将会愉快而又麻木地结束,和许阳的很多个夜晚一样。不同于平日里的强势独断,电话里他父亲的语气稍显慌乱。

"我最近咳血了,身上这疼那疼。去医院查,说是肺癌晚期……我说儿子在北京,他们建议我去找你……"

春寒料峭。许阳裹紧棉服,棉服没有帽子,他竖起衣领,寒风刮得耳根生疼。他走在污水流淌的小路上,试图放空脑子,享受这最后一晚的清闲。当然这是痴心妄想,他全身流淌着一股无力感,腿脚发软,像踩着棉花。

父亲带来很多行李,可能打包了他一辈子所有的家当。许阳连拖带拽把几个蛇皮袋塞进出租车,引来司机一通抱怨。带父亲去哪里,这是眼前最紧要的问题。许阳想过去宾馆,骗父亲大房子在重新装修，一路的犹豫后，最终还是带他钻进了地下室。原本父亲还忙着唠叨对他的愧疚，唠叨行将入土还要儿子花钱治病，在许阳打开房门后，愧疚瞬间转变成了对他的质问和愤怒。

"这么多年了，你在北京都干了什么！"

许阳想，如果王胜水也混成这个熊样，他父亲也会是这样的伤心绝望吧？许阳无时无刻不在想着王胜水，好像王胜水才是他生命中最重要的那个人，是他人生观和价值观的领路人。

我敲了门，许阳无事一样把我迎了进去。老人佝偻着腰，涨红脸要跟我握手，我赶紧示意他坐下。我安慰他既然来了，就好好治病，钱的事情总会有法子。其实我能有什么法子？

我问许阳："医生怎么说？"

"太难了，号都没挂上……"他双手捂脸坐到床上。

昏黄的灯光下，三个男人就这样手足无措地坐着。许久，许阳才起身把热水瓶里的水倒进塑料脸盆里。他把蘸着热水的新毛巾递给老人，老人乖乖擦完脸，然后眼神空洞地看向地面。

这一晚咳声不停地从斜对面传来。随之而来的，还有老人止不住的叹息。两种声音夹杂着，在空荡的楼道里回响。租客们都裹进了被窝，没人抗议，也无人关心。

我去了趟银行，把仅有的四千元取出来，薄薄一沓捏在手里，轻飘飘的。我把许阳喊到我屋里，把钱递给他。许阳愣了一下，说："我不能要这个钱，你别管了，我会找到钱给我爸治病的。"我把钱强行塞到他兜里，"这是我仅有的积蓄，说实话，我之前没舍得用它来捞你，一直很内疚，现在你必须收下。"

我去找宋飞仙，哪怕她只是个三线女明星，却已是我在北京认识的人脉最广的人了。那时，她刚拍完一部惊悚片，又进了一个新剧组，还没从连熬三天通宵的夜戏里缓过来。她哑着嗓子打了个不到一分钟的电话，就搞定了任凭许阳如何奔忙都搞不定的挂号问题。

从地下旅馆到医院也就几百米的距离，那时我领着许阳和他父亲去找医生，确定一星期后住院穿刺活检。对许阳来说，这短短的路实则无比漫长曲折。那天阴得厉害，憋着一场春雨，在他眼里，这条路是铅灰色的，毫无生机的，像一条死路。他想，如果他像王胜水那样成功了，这条路是不是会亮堂一些？

那一个星期，许阳依旧夜不归宿，一回来，他就和父亲关在房间里吵架。从一开始压低了声吵，到后来吼着嗓子吵，歇斯底里的，有时甚至还会摔东西，也不知道是谁摔的。我多次指责许阳不该这么对待病重老父，他回答我的，永远是那句："我会找到钱的。"

周末我去陪他父亲。他父亲也是天天看体育频道。有一次，他指着电视对我说："我们广东人，最爱看的就是跳水。这个教练我认识，以前他也是冠军，我们县里的骄傲。"老人满眼放光，神色里的萎靡一扫而尽。

老人家很爱讲话，虽然他说的潮汕话我并不能全然听懂，但感觉是个有趣的老头。我带老头去坐地铁，去逛天安门、故宫，去游王府井。满满当当的行程，老头并不觉得累，欢天喜地的，好像去这些地方旅游，才是他来北京的正确打开方式。后来想想,可能这是他和这个世界告别的一种方式吧。看着老头兴高采烈的样子,我想象如果我那同样一辈子没有走出过农村的母亲也来到这个大都市,会是什么样的状态?对于我这个执意逃出故乡的逆子,她内心又带着怎样的期待?

天快黑了,那狭小的窗外下起雨来,雨打在地上,溅起一颗颗污泥。老头背着手,看斑驳的玻璃窗上的污痕不断增加,那神态像极了他的儿子。我看着老头,可能他都没有意识到自己早已老泪纵横,所以才没有抬手把泪水抹去。泪水流向他那布满沟壑的脸,就像窗外的雨,淌着流着,失去了方向。

晚上我久久不能入睡。我躺在下铺,盯着上铺的床板,这块床板可能是我在北京最熟悉的一样事物,我能不假思索说出它由几块木条并排钉成,每块木条各有几条纹路,木条上有几个黢黑的洞。在我蒙蒙眬眬睡着的时候,突然被一阵叫嚷声吵醒。老头爆发了,他的声音穿过许阳的墙,循着楼道径直奔袭而来,撞击着我的房门。他说:"你要是不回去,那我也没脸回去,不如就死在这里!"继而是许阳更为浑厚有力的吼声:"脸面算个什么东西?先治病!"

我钻进被窝,劣质棉花挡住了吵闹的侵袭。对自己的父亲,许阳永远处于一点就炸的失控状态,这点和我一样,对越亲近的人越没有耐心。我没有资格去谴责他。这夜晚太冷了,一条被子就能阻断正义的去路。后来我经常想,如果那晚我掀开了被子,敲开了许阳的门,是不是这对父子的人生就会因此而改变?

两人的吵闹,随着许阳那个简洁又暴烈的摔门声戛然而止。

第二天一早，门外传来杂乱的脚步声以及沸沸扬扬的说话声，我知道出事了，套上棉服就往外跑。许阳门口挤满了人，我扒开人群钻进去的时候，老人的脸已经蒙上了被子。

许阳瘫跪床前，面无表情。雨点还在敲打着那扇永远打不开的窗，窗玻璃起雾了，外面灰蒙蒙一片。

一切就像这场春雨，来得快去得也快。没过几天，小芳就开始登门，勒令许阳搬走。她手里抓着瓜子，站在门口一边嗑一边骂，她骂许阳害她的地下室蒙上鬼屋骂名，骂许阳把老父亲气死，是个不孝子。我惊诧于这样恶毒的话，能从一个十八九岁的姑娘口中说出。

许阳悄无声息搬走了，离开这个栖身数年的洞穴。没有告别，也没有人知道他搬去了哪里。我就这样跟他断了联系。后来我经常在北京的四环路上，看到一只被碾死的狗或猫，路过的车辆匆匆避开，又视而不见地远去。老头的死，许阳的离去，都是那样地寻常。没多久，那间屋子就住进来了别的房客。

新房客搬进来那天，小芳终于把厚厚的棉布帘撤掉了。对地下室的人来说，冬天在这一刻才算彻底消逝。生活在高楼大厦里的人们未曾想到，在他们要拉上窗帘阻挡暴晒的季节，还有人蜷缩在厚棉被里，渴望太阳的光顾。

春天将尽时，地下室起了一场火。

火灾发生时我在公司开会，等后半夜回到地下室，门口已经是乌泱乌泱跑出来的租客，消防车停了两辆，可见火势不小。得亏着火的时间点不算太晚，但火扑灭了也不让人下去。到了第三天，小芳通知我们可以回去收拾了。走下楼梯，这才知道着火点在另一边的楼道。那条楼道黢黑一片，没有灯，隐约能看到隔板被烧穿的一片狼藉模样。我们这边倒还好，只有白墙被熏黑了。打开房门，我这斗室毫发无伤，依然散发着困窘的气息，桌上那一排书依然蒙着一层灰。冬天一过，夜晚不复漫长，我就再没宠幸过它们。

就这样慌乱地，我带着这排书和一年前装着棉被、衣服的蛇皮袋逃离了地下室。我将这次逃离定义为"被迫"，那时我依旧囊中羞涩，如果没有这场大火，我的目标还是冬天前再从地下室撤退。搬离地下旅馆那天，我未曾想到，几年后政府会颁布地下室禁令，明确规划用途不是居住的普通地下室，不再允许经营性住人。

地下旅馆像深埋于地底的根系，在这盘根错节的根系之上，长出了枝繁叶茂的十六层楼。我租的房子就在我之前所住地下旅馆之上的最顶层。每天，阳光永远第一个照到我身上。

跟我合租这两室一厅的，是两个陌生人。他们一个住主卧，另一个住用隔板隔成单间的客厅，我则住在空间最小的次卧里。幸运的是，次卧里有个书架，我把那二三十本泡发了的书放上去，也才将将占去书架的一排。站在窗边，可以俯视周遭低矮的居民楼，可以鸟瞰不远处的环路。我喜欢到楼梯间里抽烟，推开楼梯间的窗，"大裤衩"就在不远处屹立着。晴天时，"大裤衩"用全身的玻璃竭尽全力反射着阳光，一片蓝色的光里有无数星星点点，看着就像白天里的银河。我趴在窗台上，点上根烟。我已经想不起是什么时候染上的烟瘾了,我看着烟从口中呼出,像看到自己的灵魂被吐了出去,复又被幽幽地吸进身体里来。

憋了整个夜晚,雨点终于在黎明前砸向这个老破小居民区。

"北京总是在半夜下雨。"许阳把身体埋进摇椅里,目光呆滞地望向窗外。我给他续了杯茶。出于本能般,他端起茶杯一饮而尽。随后,他缓缓起身,走到书架旁,抽出一本笔记簿,又从笔筒里取出一支笔。看他坐回摇椅,断断续续地写着什么,我猜,他应该是在记录这些许久未曾提及的布满尘埃的往事吧。我有些惋惜,正如郝幽默所说,许阳这人,还没到老头的年纪,就已经有了老头的做派。

我和许阳面对面坐着,倾听雨打在混凝土屋顶的声音,雨声混杂着摇椅弯曲的腿面滚过地板的哀鸣。大雨滂沱。我们同时想起了那个下起春雨的夜晚。那晚,春雨也是这样打在许阳斗室里那扇无法打开的窗玻璃上。

"就这样吧。算了。我当时就是这么想的。"许阳回忆道,"但是在绝症面前,任何想法都没有意义。"

在等待医院给父亲穿刺活检的那个星期里,许阳暴躁不安,最终他下定决心,给波姐打电话。波姐是把许阳从拘留所里保释出来的那位大姐。电话拨出后,响起了《致爱丽丝》的彩铃,彩铃很快终止,波姐"喂"的声音随之传来,那声音里带着一丝不自持的娇嗔。许阳深吸一口气。许多年来,无论多么困难,都没有走到这一步,而望子成龙的父亲促使他越过了这条底线。许阳还在体校的时候,波姐就认识了他,她跟作为赞助商的丈夫来看比赛,回北京后不停打电话鼓励他。许阳放弃跳水,但她没有放弃许阳。她不止一次要给许阳找关系找教练,不停张罗,不停被拒绝。最后,在电话里,她满是醉意却又如小女孩撒娇般向许阳哭诉:"你不知道我喜欢你吗?"

许阳握着电话,听见她说:"别担心钱,给我账号,我先给你打十万过去。"

童年的泳池浮现在他眼前,一股污水涌进来,慢慢泳池被染成了灰黑色。他从跳台上,一口气扎进这灰黑里去。

那晚波姐前往地下旅馆拜访。她大许阳将近两轮,搭眼就能看出是个贵妇,用很浓的妆掩盖皱纹,倒春寒里穿着与年纪不相称的短裙,厚重的红貂皮外套挂在身上,这让她看起来像极了一串老北京冰糖葫芦。她的高跟鞋敲打在地下旅馆长长的走廊上,咔嗒咔嗒的声音终止时,许阳的房门被敲响了。

许阳不知道她怎么找到这里来的。他从未透露过自己住在这样不堪的地方。

面对许阳和许阳父亲的错愕,波姐不动声色走了进来。她简短地关心了许阳父亲的身体,转头对许阳说:"你怎么住这样的地方?明天就搬,我弄套房子给你和叔叔住着。想住多久住多久。"

许阳注意到,她称呼父亲叔叔。

父亲怯怯地问她是哪位。她笑起来,眼角的皱纹夹着粉,"我是许阳的朋友呀。"她捂着鼻子,继续嫌弃道,"一股霉味,又湿又冷,也就你能忍受。可不能再让叔叔受这种罪了!"说着说着眼泪竟要掉下来了,"哎呀,我太心疼了,咱明天就搬。"由于受不了地底的环境,很快她就走了,走前她从包里掏出两沓钱塞给许阳父亲,让他买点好吃的。

许阳父亲呆坐床沿,浑浊的眼里噙满泪水。许久他才幽幽说道:"我不治这个病了。咱们回家去吧。"

"啥也别说,先治病。"

父子俩不再说话。许阳端来热水,给父亲泡脚。父亲无视热水的高温,顺从地把脚放进盆里。一股力量在他身体里集结,热水的滚烫勾出这股力量,他踢翻洗脚盆,热水洒了一地。他颤抖着,脸涨得通红,像火山爆发前的山体。然后他用尽全力怒吼起来:"你要是不跟我回去,我就死在这儿!丢人现眼的东西!"

许阳摔门而去,沿狭小的街道走着。他并非漫无目的,惯性驱使他回到了小餐馆。他喝得酩酊大醉,连老板娘都拒绝再卖酒给他。他醉倒在那条满是污水的小路上,直到雨点落在他脸上。许阳躺在地上,睁着眼,在路灯的映照下,雨点笔直地像无数银针一样,向下坠落,四处流淌。这是许阳第一次从这个角度看一场雨,它们冰冷地扎进他的皮肤里。

房门没锁,虚掩着。许阳轻轻推开,咿呀,它发出了一声叹息。黑暗中,他看到了此生最难以遗忘的场景:那张塑料矮凳被踢倒在地,一条短绳,一端系在吊环上,另一端悬挂着他父亲。

几天后,许阳坐在波姐车上,他们穿过半个城区去海淀她新买的套房。这是大都市的模样,崭新而又繁华,远甚于十几年前许阳刚到时的样子。人们匆匆穿过斑马线,又匆匆走在熙攘的街头。世界依然照常运转,好像什么事都没发生过,并没有增加一丝的哀伤。

客观来说,父亲的死,对许阳是一种解脱。从父亲死去的那一刻起,他就和故乡、和他的过往彻底切断了联系。他孑然一身,无牵无挂,不用再听到王胜水的消息,也无须再为满足父亲的虚荣心编造素材。他将心安理得苟活于世,从此不再焦虑自责。他得到了很多钱,过起了另一种更为颓废的生活。他依然酗酒,更加放荡不羁,他发现把世界踩在了脚下也不过如此。除了吃喝玩乐,人生毫无意义。灵魂不断膨胀,肉体也随之变得浮肿不堪。同样的逻辑对波姐也相当适用。她苦求多年最终获得,而许阳早已不复少年时那般的阳光健康、意气风发。很快,她用一笔更大的钱打发了许阳。

这笔钱,一部分许阳用来投资了我的公司,一部分用来投资别的。他以赞助商的身份回到老家,算是衣锦还乡。在省队当主教练的王胜水也来了。王胜水依然寡淡无话,但许阳能感受到他的激动。他们相拥而泣。不知道是谁的安排,晚上他俩睡同一间房,王胜水拎来沉甸甸的提包,拉开拉链,十几本日记厚厚摞到一起。日记从他少年时抵达省队那天写起,满是岁月的痕迹。里面承载着他在省队训练的艰辛,对于成功的热望。最多的篇幅,他用来记述对许阳的思念。

两人相对无言。那个漫长的只属于阅读和理解的夜晚,王胜水只在开头对他说了一句话:

"过分倾诉容易招人烦,但写作不会。"

外面虽然滂沱大雨,天总算也蒙蒙亮了。楼下陆续有车发动,传来咳嗽般喘不过气来的声响。整整半小时,许阳坐在摇椅上一声不吭,睡去了一般。整晚他都表现得像个迟暮老人,窝在摇椅里逐渐萎缩,直至成为一颗等待新生的种子。终于他说:

"天亮了,我一直在等你提出你的要求。"

这句话像不期而然从枪管里射出的子弹,令我稍感错愕。肯定是郝幽默提前通风报信了。当然,如果眼前这人不是许阳,我断然会对他为什么用一整个通宵的时间给我讲他前半生的故事进行揣测,而这些故事,是过往十来年里他从未讲给我听过的,好像他不动声色地筑起了一道城墙,把我禁围在设计缜密的瓮城里而不自知。但他是许阳,我不往这方面去揣测他。后来的确也证实,他用意不在于此,他早已做好退出公司的准备,只等我摊牌。

"我只是来跟你叙旧,没有什么要求。"

我活动着因困倦而变得沉重的手臂,若无其事地说道。

"那行,如果你想明白了,随时可以来。"

说完,他站起身,猛一下从摇椅的束缚中挣脱出来,摇椅在他身后剧烈地摇动着。他走到书架前,抽出一本书,递给我。

是王胜水的自传,书名很奇怪,叫《手中之海》。封面正是书架上那幅跳水少年的油画。

"每个人都在不停地推翻自己。"他语重心长地说,"历史的车轮滚滚向前,我们的车轮也是。不管是你还是我,都需要不停地调整节奏,改变方向。"

我把玩着这本书。说实话,许阳的故事,搁以前我是感兴趣的,如今却只能当新奇花边权且一听。而他这些看似充满哲思实则卖弄的话,并不能使我有任何反思。我前半生的信念不可能因为一个故事就土崩瓦解。然而这个讲了一宿的故事,的的确确使我临阵退缩了——多年来,我没有这么动摇过一个念头。我感到愤怒,我的愤怒来源于自己。

他坚持要我带走我拎过来的那两瓶酒,以及这本书,他说值得我好好读一读。

我匆忙下楼。

走出单元门,我把酒扔进了垃圾桶,直到上了车,我才注意到那本书还拿在手里。我把它塞进了副驾的储物盒,重重关上。

当我驾车行驶在被雨水冲刷一新的水泥公路上时,脑子里还昏沉沉地盘算着许阳给我出的这道题。在一个因早高峰混乱无序的十字路口,车差点撞到一个试图飞奔穿过斑马线的行人,而我甚至不知道是他还是我闯了红灯。

行人的伞飘落到地上,他顾不上俯身捡拾,只是指着我骂。玻璃车窗隔绝了所有的污言秽语,我看到他虽面目狰狞,却没有更进一步行动的意图。我就这样坐着看他表演,直到下一个红绿灯变换,他捡起伞悻悻离去。

他使我想起自己刚刚度过的这个不战自败的夜晚。

车停在那里。我做了个深呼吸,拿起电话,打给许阳,很平和地告诉他,我想要他退出公司。

如意料中那般,他毫不迟疑地说完全没问题,只是没想到我真开了这个口。

我问他不开条件吗?

他用轻松的语气说不开了。

我沉默了一会儿。是他打破尴尬,说:

"那就这样吧。"

空
游

一辆黑色商务车在马路对面停下,一个打扮入时的女子走了下来。她戴着太阳镜,鼻托下垫着一张纸;穿一条黑色无袖长裙,衩开到了大腿根部,雕出玲珑有致的身材。往下看,才发现她光着脚,娇嫩的脚在滚烫的水泥地面上一蹦一跳。她回过头车里说着什么,很快从车里钻出助理模样的女孩,手里的高跟鞋轻放到地面上。她两只脚先后踩上去,继而微俯下身,用食指把鞋后跟轻轻一拉,脚踏了进去。俯身的时候,她用右手轻柔地撩起滑右脸颊的大波浪鬈发,长腿从开衩里露出来,反出炫目的阳光。我认出她是宋飞仙。

上　铁皮柜

那年夏天，我游走在大昭寺楼顶，远远望着中心大殿的金顶在午后的阳光下闪着金光，内心突然沉静了下来。

相比寺里的人声鼎沸，楼顶几乎没有人。目之所及，只有蓝天、金顶、红墙、白屋。宋飞仙席地而坐，紧闭双眸，仰天沐浴着阳光。一进寺门，她就带我登上木梯，来到这空寂的楼顶。她什么都没干，没拜佛，没请灯，没添油，只是在这里安静地坐着。她自觉无颜拜谒佛祖，这具肮脏之躯，不配跪到释迦牟尼佛面前忏悔，甚至祈求未来。

"我很赞同一句话，说西藏是很多人的心灵原乡。"宋飞仙说。

这句话听着有点矫情，何况这次她的"原乡"拒绝了她——每回来西藏必要拜见的次仁活佛，今早以忙于佛事推却了她的请求。但她不颓丧，更不气恼，似乎因为认了命反而放下了一切。

进入寺门前，我们绕着八廓街走了一圈。

八廓街转经道是藏民朝拜的最后一段路,街道由手工打磨的青石逐块铺就,信徒们虔诚地叩拜,在青石板上留下了等身长头的深深印痕。沿街是一座座老式藏房,游客熙熙攘攘拥挤着,试图融入这虔诚的氛围里,于是他们有的穿起藏服,有的在二楼的茶馆里品尝甜茶;还有肯德基和必胜客的门店,吃不惯藏餐的游客们在此驻足。

走在青石板街道,时不时能听到擦肩而过的人小声说着"这不是那个女明星吗""素颜也就那样,差点认不出来""她来西藏忏悔吗"之类的话,宋飞仙充耳不闻。

我刻意走在她身后保持一段距离,免得她再被说换了个新男友。

在这条被藏民称为"圣路"的街道上,世俗的游客看到的是无尽的热闹,朝拜的信徒感受到的是无边的清净。

"我知道你住过地下室,我也住过。"

当耀眼的阳光悄然从她身上溜走时,宋飞仙低下仰起的头。她眯着眼看我,我感到诧异,以前从没听她说起过这段经历。

"住了两三年吧。我没上过什么学,也没钱,十八岁到北京就住地下室了。"她自顾自地说,"当前台,负责接待房客、记账什么的,包吃住,一个月一千,我记得很清楚。平日里我就在前台待着,睡觉才回房间。房间很臭,一股霉味。我特别喜欢点香,一根接一根地点,香能冲淡气味,怕时间长了,身上也沾了霉味,那是怎么洗也洗不掉的。后来我就喷香水,很便宜的那种。老鼠蟑螂到处跑,但我不怕,我就怕身上有味儿。到了夏天，还怕长疹子。跟你那时一样。"

或许是想起了当时我那窘迫的模样，她笑起来。

"怎么就开始回忆了？上年纪了？"我揶揄她。

"也是，十多年前的事儿了，就跟昨天发生的一样。现在回想，那两三年很快就过去了，好像也没多难熬。后来我去面试平面模特被选中，很快又拍了《遥远的远方》，就算入行了。"

"多好的宣传素材，竟然就这样平白浪费了。"

"我不想靠卖惨来获得关注。"她说，"大多数人都经历过不如意，如果因为我也曾受过一些苦，就能让他们内心舒畅一些，那有什么意义呢？看啊！连光鲜靓丽的女明星都受过苦呢，我们的坏日子也会到头的。不会的，很多坏日子是不会到头的。"

"不要那么悲观，很快就会好起来的。"

我在她身旁坐下。从这个角度望去，一朵云被夏日镶上金边，阴影遮盖住底下的远山。

"不是悲观。以前我来西藏，是为求事业；现在只想求一求内心的安宁。"宋飞仙望着远山被勾勒出的灰暗的淡影，"我看书上说：欲望玩弄人类。我觉得它说反了，其实是人在操纵欲望。所以我最近总在想，什么时候才可以放下这一切？"

我长舒一口气，不知道什么时候宋飞仙陷入了这谜一般的禅思。我参不透这禅思。如果有这天赐的能力，那何以我会选择继续做那一只被松脂埋葬的井底老鼠？我只知道，自己是不会主动打破这琥珀的，虽然选择权在我手上。

四年前，我的入职很偶然，像无用的贝壳被赶海人随机捡拾而去。

接到通知时，并没有想象的那般激动。这家公司在四季城，不属于行业龙头。面试很不正式，只有一个人事和我在会议室里对坐。人事连连摇头：除了研究生学历，没有经验，没有资源，实在很难录用。一个多星期后，又通知我去上班，电话里她的声音懒懒的，透露出提不起任何兴致的、勉为其难的情绪。

人事领我到工位，心不在焉地指着四周空荡荡的格子间，说这几个同事都跟宋飞仙进剧组了。

那是我第一次听到宋飞仙这个名字。老土的名字，我想。

"你不认识她？"人事露出惊讶的神色，"她是女明星，你来这里，是要为她服务，做她的宣传。"

"是不是搞错了？我面试的是影视制作。"

"目前我们只缺艺人宣传。"人事说，"等干得好了，再申请转岗吧。"

这个工作，与理想中的相去甚远。原想争辩一番，但我意识到，自己的确也没有任何选择的余地了。我悻悻坐到电脑前，搜索这个此前闻所未闻的名字。与这名字匹配的图片里，无不是浓妆、低胸露背、矫揉造作走在红毯上的性感女星。各种新闻资料都表明，她并不算红，却是个话题女星，而话题主要来自她和公司老板刘鹏宇扯不清的绯闻。刘老板经常投资一些脑残偶像剧，基本宋飞仙都能在里面演些女二号之类的角色。

那时宋飞仙在外地拍戏，我整天无事可做，如坐针毡，总感觉如果不是很快被开除，早晚也得主动辞职，另寻出路。

十几天后，我才见到宋飞仙。

那是夏季里最炎热的一天。所有树叶都疯狂吮吸着太阳毒辣的光。没有一丝风。地面的热气肆无忌惮地往上蒸腾，穿透球鞋，顺着腿和身体，钻进我的大脑，与躲藏于其中的焦躁、烦闷纠缠到一起。

我在公司楼下找到一棵茂密的树，在树荫的长椅坐下，点燃一根烟。

就在此时，一辆黑色商务车在马路对面停下，一个打扮入时的女子走了下来。她戴着太阳镜，鼻托下垫着一张纸巾；穿一条黑色无袖长裙，衩开到了大腿根部，雕塑出玲珑有致的身材。往下看，才发现她光着脚，细嫩的脚在滚烫的水泥地面上一蹦一跳。她回过头对车里说着什么，很快从车里钻出助理模样的女孩，把手里的高跟鞋轻放到地面上。她两只脚先后踩上去，继而微俯下身，用食指把鞋后跟轻轻一拉，脚便踏了进去。俯身的时候，她用右手轻柔地撩起滑到右脸颊的大波浪鬈发，长腿从开衩里露出来，反射出炫目的阳光。

她们绕过车尾，一路碎步小跑，消失在单元楼入口。

我认出她是宋飞仙。

提前并没有消息说她要来公司，但我很快做出决定。

掐灭烟，小跑跟过去，在电梯门关闭的瞬间，把手伸进去。

门开了。

"仙仙！"我做出惊讶表情，以此开启表演序幕。

85

女助理有点错愕,但还是往前站了一步,挡在我和宋飞仙中间。

"我是新来的同事,终于见到你了。你主演的每一部影视剧我都看过无数遍。"不等宋飞仙反应过来,我忙不迭地往话匣子里续上子弹。

原本宋飞仙是低头抬眼瞅我的,现在她抬起了头,正视着我。

女助理不再警惕,但仍未让步。

她轻轻推开女助理,问我:"真巧,你最喜欢哪个角色?"

"宝红。"我说,"这戏其实可以拿个影后的,可惜了。"

《遥远的远方》是她刚出道时拍的一部小众文艺片,票房只有八十万,知道的人很少。电影里她饰演妓女宝红,不可否认她演得灵动悲情,是有一定表演天赋的。

"你竟然知道这部戏。"宋飞仙微笑,两眼眯起了缝。

"其实我更希望你能多演文艺电影,偶像剧是能带来更大的名气,但对演员来说,太消耗了。"我开了危险的一枪,危险意味着机会。

电梯门在六楼打开了。女助理用胳膊肘把我拐到一边,回手环抱宋飞仙的细腰,走出电梯。

我深吸一口气跟出去。

"等等……"宋飞仙停下脚步,在女助理还没反应过来前,掀开了我的后领口,又匆忙松开。

无疑,这突如其来的举动,打乱了我的节奏。我不知道后颈上的湿疹是怎么暴露的,这简直比全身赤裸在人前还难堪。

我涨红脸愣在原地。

"我们走吧。"她昂着头，挺起胸脯走到了前面。

把我叫进刘鹏宇办公室时，宋飞仙已经换了衣服。黑色T恤，深蓝牛仔裤，素面朝天，马尾系在脑后。她盘着腿，就着一面小镜子卸妆。卸了妆的她，跟刚才判若两人。

"我讨厌化妆。"宋飞仙对着镜子嘟囔道，"你看，这才是真实的我。"

然后她盘问我：多大？什么大学？什么履历？什么星座？什么兴趣爱好？

她问我答，程式化的流程。直到最后，她问我是哪里人，我只答了"福建榕江"四个字，她眼里就闪烁起兴奋的光。说几个月前刚好在闽南待过，为一部电影去体验生活，这部戏后来暂停了，"不过不在榕江，在惠安。我知道，榕江离惠安不远。"

谈话时，我用眼角余光扫视刘鹏宇的这间办公室，这是我第一次走进这里。这里有一面超大的落地窗，可以俯瞰地面的车水马龙。

我始终觉得，公司的布局很奇特。老板、分管各部门的总监以及人力、法务、财务的办公室，沿四面墙环绕起来，包围着屋里数十个工位。外墙的窗全被领导们占据了。只要是上班时间，公司里的灯就得永远亮着，坐在工位上，你无从判断外面的天气阴晴，以及时间走到了哪里。

对我来说，工区是另一座地下室，只不过它高高耸立在六楼而已。所以每次走进刘鹏宇的办公室，我都有一种从地下室钻出来了的错觉。

算起来，从抵达北京那天开始，过去了将近两个月，我才终于找到这份鸡肋般的工作。那段充斥着无尽挫败和焦灼的日子里，每天，我都在等待任意一家投过简历的影视公司发来面试通知。但过了十几二十天三十天，邮箱的收件夹依然一片空白。

北京的影视公司有无数个，也许很快能找到随便一家接收，我却只想以知名公司来作为事业的开端。无可厚非，这是莫名的心气在作怪。小学那些年，每周五的午休时段，电视台会准点播放港台电影，有时是武打片，有时是喜剧片，有时是僵尸片。因为家里离学校很近，同学们在吃完午饭后，便成群结队踏进我家大门。就像乡村看戏一样，得提前占座，早到的可以抢一把小凳子坐在电视机跟前，晚到的，就只能靠后站着，或者站到最后排的长条凳上，抖着小腿看完整部戏。从此虚荣心让我认为，电影是全世界最美好的事物。高考填志愿，我报了戏剧影视文学，结果被调剂到中文。后来七年的中文系生涯并没有磨灭我的热爱，何况相比当语文老师或当秘书，对我来说，影视行业无疑是通往上流阶层最快速的通道。不可否认，这种热爱带着浓厚的功利色彩，因此我也要接受它所衍生出来的煎熬。

我只能等。

每天我都跑到网吧待上一小时。这家开在二楼的网吧，气味并不比地下室好多少，尽管我也抽烟，但网瘾者们无节制地释放出来的烟味，依然熏得我几度流出热泪。

地下室没有任何信号，把手机举到天花板上也不会有任何作用。这加剧了我的恐慌,生怕漏接任何一个电话。每天我都像朝九晚五的白领一样,卡着时间规律作息。我的上班地点在地下室以外的任一地方,我的工作是死等每一个可能打过来的电话通知。

我在著名的朝阳区游荡着。住进这个地下室之前,我就攻略了附近所有的影视公司。往北走是电视台;往南走是金城中心,著名的选秀公司在这里办公;往东走是住了很多艺人的百骏社区;再往东快到四环路,这里坐落着四季城。我经常流连于四季城的钢筋水泥森林里,穿过每一幢商务楼的走廊,徘徊在每一间影视公司的玻璃大门口。我发现,沉浸于迷路的快感,会加深内心的焦灼,而我需要这样的自虐来支撑自己坚持下去,直到撞了南墙。

每天我都要把剩下的钱摆到桌子上数。似乎每个面临绝境的窘迫的人,在花掉每一笔钱后,都有这样数钱的习惯。来北京第一天,交了地下室一个月五百元的房租,我手里就只剩下可怜的两千多元了。这几年工读的积蓄,是我所剩无几的退路。如果花完这些钱,工作还没有着落,那我将会流浪街头,或者乖乖回到老家,回到母亲的羽翼之下,安稳过完平凡的一生。

我制订了一个倒计时的规划。按找到工作后还得一个月才能领工资来倒推:每天正常花多少钱,这些钱够花几天;如果节省花,又能够花几天。最后的结论是,哪怕只吃泡面、啃大饼,也要弹尽粮绝了。

后来我很少再四处游荡,每多走一步路,就要多消耗相应的卡路里。为了不在夜里饿得发慌失眠,每到"上班时间",我就只是在地下室入口的马路牙子上坐着。洗干净的衣服被住客们晾在这里，充分吸收这难得的光照。而我，就像这些衣服，等待有人来把我收走。

早上九点多，服务员推门而入，接着从小推车里一样一样把早餐摆到那张小圆桌上。一盘金枪鱼沙拉，几片吐司和一条被切成片的法式面包；一盘煎鸡胸肉，一盘煎鱼，上面点缀着绿色九层塔叶子；黑咖啡和牛奶各一壶，坚果仁一碗；几只鸡蛋被放到白色的小瓷杯上，后来我看宋飞仙用勺子轻敲蛋壳顶部，剥开一个口子，蛋黄往外流了出来，她用小勺挖着送进嘴里。

"知道这是什么吗？"宋飞仙拿起一个状似国际象棋的木制品问我，然后像变魔术一样，手一拧，一些粉末便落在了鸡胸肉上。她自问自答，语带傲慢，"装胡椒粉的。"

每次参加活动，宋飞仙都会住带客厅的套房，平时就在这里开会、休息或者等候活动开场。房间里的天花板做成了教堂的穹隆形状，上面画着看不懂的西方壁画，水晶吊灯垂下来，晃得人眼花。望向窗外，远处的大海闪烁着光。

我走到窗边，二十八层，从这里看下去，街景如梦如幻，蛛网般在眼前铺开，渺小的车辆和人群漫无目的地行走。

在卫生间化了两小时妆，宋飞仙终于拖着超长超大裙摆走了出来。这件礼服胸线很低，得不时拽着，以防不小心滑落走漏春光——依照惯常，这将是她一会儿踏上红毯争抢版面的武器。她依然涂着标志性的烈焰红唇，但一张口回答采访，东北口音就会出卖这份冷艳。

刘鹏宇陷在沙发里，满脸不悦地发着牢骚："怎么又是低胸？我觉得总这样不行，得变一变。"

浮肿的眼袋挂在他满是赘肉的脸上，看得出昨晚喝了不少酒。他从批评礼服暴露开始，进而抨击宋飞仙在露面时表现得过于傻白甜，没有眼力见，不懂得看场合，接受采访时总是弄巧成拙做一些无脑的回答和举动。

这是我第一次见识到刘鹏宇的反复无常。如果不是入职时刘鹏宇亲口说，无脑卖萌和冷艳的反差是他专为宋飞仙制定的路线，此时我可能会很理解他的斥责。相信一旁的助理小乔和执行经纪辛迪也被灌输过这些，但她俩并没有为宋飞仙辩驳。

宋飞仙站着一动不动，听刘鹏宇的训斥。好一会儿才终于说道："我也不太喜欢这样的路线……"

"你是演员，琢磨好你的演技，其他的你配合照做就行了。"刘鹏宇很不耐烦地打断她，然后转向小乔，"我让你给她多找一些电影看，找了没有？"

小乔怯生生点了点头，没有答话，看向辛迪。辛迪什么也没说，只是耸耸肩。空气凝固了一般。

对于自己是否要开口说些什么，我稍许犹豫。默不作声等了一两分钟，终于还是鼓起勇气说道："我不是很能理解，话题女星这条路线已经走了好几年了，到现在团队还摇摆不定吗？要转型也不是不行，但不能把错归到艺人头上吧？"

所有人都不可思议地看向我，包括宋飞仙。原本我看她可怜,想帮她解围,好像却帮了倒忙。

她用一种疲乏的语气对刘鹏宇说:"你说的我知道了。"

后来我发现,宋飞仙天生就知道如何讨好别人。她经常用力地演出兴奋、开心的情绪,无论谁讲了个笑话,她都要配合笑几声。当然,偶尔也会据理力争,尤其会跟刘鹏宇吵架,有时吵得很凶,但也只是空有架势,她的每次反抗都会以全面溃败收场。

在这个团队里,我负责写新闻通稿、公关媒体,偶尔策划一些炒作话题。起初宋飞仙对我并没有特别的关照,电梯里的所谓偶遇,也没能帮助我拉近和她的距离。作为初来乍到的那个,我甚至明显感觉到来自宋飞仙目光中的那种自视甚高的俯视,这点和她与辛迪、小乔的来往不太一样。

那天活动结束后,其他人都去和客户吃饭了,我独自在套房客厅里写通稿。宋飞仙推门进来,她没有跟我打招呼,径自走进卫生间。等再出来时,已经换下长礼服,卸了妆。

她坐进沙发里。

"给我倒杯热水来。"

她命令的语气和面色一样苍白冷漠。

我把水递给她,关心她是不是不舒服。

她冷笑一下,说:"刚刚你觉得我很丢脸吧?我不在乎这些,私下再怎么丢脸,只要出现在公众面前,我就还是那个受追捧的女明星。你不用为我出头,那样只会让大家都难堪。"

我愣在原地,涨红脸。头一回遇到这样不知好歹的人。

她补充道:"不要向我向得这么明显,会吃亏的,小伙子。"

"别叫我小伙子,你也不过大我三岁而已。"

我不想过于卑微,但也只是嘟囔了这么一句,转头就坐回电脑前继续写稿。

她起身走到我旁边,低头看我。或许我也激怒了她,她才会发起反击。

"我比你大几岁不重要,但我走过的桥比你走过的路要多得多。"她扯出我的领带,语带不屑地说,"这种级别的活动,你看你穿的什么西装,夹的什么老年领带夹,镀金的吧?"

"没钱。"我感到羞耻,但也只能强压怒火。

"没钱想办法挣啊。"她说,"你念了这么多书,就是为了来写通稿的吗?"

我差点脱口而出:你呢?进入娱乐圈就是为了演那些烂剧的吗?但我忍住了。我捉摸不清她是在找碴还是在立威,总之她没给我好脸色,我也没让她得逞。以后我知道,这次可以算是我们之间很激烈的一次冲突了。转折点很快就发生了,就在扯出我的领带后,宋飞仙瞥见了从我背包里露出头的几本书。未经我同意,她把那几本书揪了出来。《电影镜头设计:从构思到银幕》《电影艺术:形式与风格》《电影是什么》。她念着书名,然后问:

"全是电影的书?你看得懂吗?那么厚,就这么随身背着?"

我停下敲键盘的手,答非所问:"我念这些书,就是不想再写这些烂俗的通稿。"

"哟,看不出来,你还有个电影梦呢?"她捧着书,默默退回沙发。

我转头看她翻书。翻得很慢。午后的阳光穿过二十八层的窗户，围绕着她。灰尘在阳光里安静地飞舞。

只有具象的书，才会有如此魔力。从那以后我明白，自己之于她有了一些特殊性。她需要的不是宣传，而是一个真正懂得电影和文学的人。

开始，宋飞仙只是和我讨论一些无关紧要的小事，好像在试探我的文化水准是否对得起她的改观。很快，她又一次提到去闽南体验生活的事。那部电影叫《惠安女》，如果拍出来，应该是部苦闷无比而结局又振奋人心的文艺片。

深秋周末，她偷偷约我到一个私人会所，像密谋一件不可告人的事情。

这个小包间有面小小的落地窗，暖阳穿透玻璃洒落一地，而窗外是一片草木的枯黄。她端坐沙发上，对我说："导演要的时间太长了，半年。拍摄也就两个月，另外四个月要体验生活。他很坚持。"

关于这件事的来龙去脉，她已经像祥林嫂一样念叨过无数遍——经过激烈的争吵，刘鹏宇同意让她接演《惠安女》，在惠安生活了一个月，她又被强行召回，因为一部偶像剧邀请她，开出不菲的片酬。毫无疑问，在与刘鹏宇的角力中，她又一次败下阵来。她给自己找了个"背负着全团队生计"的理由，作为这次溃败的心理慰藉。没承想，因为资金没到位，《惠安女》也被迫喊停了。

"演文艺片不挣钱我知道，就算一整年都不挣钱，我也愿意演。没错,是该趁年轻多挣些钱,但是,做演员,还是得有点艺术追求吧?"

她说得真诚,导致我有点恍惚。她迎合别人的评判,客观上却也培养出所谓的追求。她下一部戏是部小成本惊悚烂片,很快要开机了。《遥远的远方》之后,宋飞仙就没演过电影女主角,能演女主角,是她接拍那部惊悚片的唯一原因。我能理解,那是她的另一种追求,无论如何,至少是一次独挑大梁的机会吧。

宋飞仙说出她偷偷找我的真正目的:"我想帮帮导演,哪怕我自掏腰包投一点儿都行。但是林北树,我需要有人帮我判断这剧本值不值得,我不想白费功夫。"

她拿给我剧本。上面密密麻麻记满的笔记,记述了她对于角色的理解,对于某句台词的见地,以及对于如何表演的预设,认真到令人心生怜悯。

那个午后,我们一起在阳光中翻完整个剧本。

"通篇都在渲染惠安女的辛劳、能干和坚强。她们下海、打石头、修水利、开公路。她们两人一组,用一根粗而短的竹杠,下边套着硕大粗粝的花岗岩石条,每条重数百斤。"我一字一顿地说,刻意在语气中夹杂着一股权威,"她们很苦,这些元素也确实该有,但是做电影,更应着力去深究苦的根源,而不是像这个剧本,只有一味地赞美。"

"她们无非是想过上好日子罢了,这是一种正能量。"

"那这些女人为什么世世代代都活得这么辛苦,没个尽头?按理说,这么辛苦早该熬出头了,对吧?"

"有得改吗？"

"没得改了，基调在这儿摆着。除非重写，一切推翻重来。但这项目，不是还差钱吗？"

她没回答我提出的问题，反倒突然问：

"你老家那边，女人都是这么辛苦的吗？"

这是个难以回答的问题。我陷入沉思，许久才说："也许心灵上的苦，会比身体上的苦更难以承受吧。那个地方重男轻女，很多女人上不了太多学，只好依附于男人。一旦男人靠不住，就只能转而求靠于神佛。我倒希望她们都能有觉悟，推掉围城，走出来看看外面的大千世界。"

宋飞仙起身，走到落地窗前。天已薄暮，三两只麻雀仍不知疲倦在枯草间跳跃觅食。

"外面的世界，也不见得就全是好的。"她叹了口气说，"你看，天冷了，麻雀也越来越少了，前一两周还成群结队的。"

从我坐着的角度，可以清楚看到她的侧脸。我看她凝视着麻雀，心事重重的样子。

"又飞走了一只，只剩这只落单的了。"她轻声说道，"这种空无所依的感觉，挺可怕的。"

她转过身，坐回到沙发里，继而讪笑道："你相信吗，我私下能找的所有可以参谋的人，都夸我眼光好，看中了这个剧本。当然了，他们无时无刻不在夸我，就算我干了什么蠢事，他们也能找到奇特的角度来夸我。这就是空无所依的感觉。"

"我从不轻易夸人。"我笑着说。

她跟着笑起来。气氛松动了些。

"谢谢你替我说话,我找你碴儿,只是出于条件反射。"她突然提起那天的事,"你以前喜欢我这种路线吗,话题缠身,穿暴露的衣服,说无脑的话。"

"说实话,我不喜欢。但也有它的道理,如果你不走这种路线,可能就走不到现在这个位置。"

"我不是这样的性格,只能靠演,我很害怕演久了,就真的成了这样的人。"她疲惫地说,"你真觉得我演技好吗?我是说作品方面。"

"你悟性高,其实可以更好。差的只是机会磨炼。"

"我是不怕磨炼的。为了戏,我豁得出去。"她急着为自己正名,这样的着急显得她幼稚而又可爱,"有一回我来例假了,剧组赶进度,必须拍我投海自尽的戏。我就那样泡在海里,从早上泡到大半夜。拍完我已经虚脱了,双腿直发抖。我到现在还在想,幸好是大海,如果是水池就丢死人了。"

她边说边笑,像择菜一样,只从记忆里择出了好笑的那一部分。

走的时候夜幕已经降临。

宋飞仙凑到窗前,漫不经心掏出口红,往嘴唇涂上一圈,接着长叹一声:"也不知道还能这样年轻多久。"

我站在她身后,看到两张模糊的脸映在小小的窗玻璃上。这一瞬间我恍惚起来,感觉这两个模糊的人影被窗后的黑洞吸了进去。

这种感觉似曾相识。

然后，宋飞仙的影像走出了这扇窗。同时把我从虚妄中拉了出来。

"以后帮我看剧本吧，通稿那些，都不重要。"她说。

经常会有这样的时候。回到地下室，我把自己裹进被子里。四周一片阒暗，没有丝毫光明，只有冰冷的空气在耳边奔流。在这样的阴冷里，身体不合时宜地烫痒起来，我明白它并不需要一块冰来急速降温，相反，它像滚沸的火山迫切需要崩裂的地动将其引爆。出于本能，我把手伸向、紧握并摇撼着那棵坚挺无比却又战栗不止的苍树，直到灼热而湿黏的岩浆喷发四散。

每次如此的短暂欢悦过后，虚无和懊恼便会剧烈地涌动起来，把我甩进更为阴冷的寒夜里。整夜昏昏沉沉，脑袋里像装满了温水，煮着无力反抗的脑浆。躯干发烫，四肢冰凉，乏力感袭来得无声无息。我躺在四堵水泥墙围成的小屋里，半梦半醒间还在担心浑浊的空气会不会令人窒息。

这是个周末，阳光依然照不进地下旅馆这间密封的斗室。不看手机上的时间，时间便不存在一般。

我决定去找前台借个体温计。刚走到旅馆入口，手机疯狂地嗡响起来，无数条未接来电的提醒短信，逐一跃上绿色屏幕。显示的未接来电，不是刘鹏宇就是媒体。当我躺平在无信号的地下室时，宋飞仙出事了。

刘鹏宇的电话又追来了，几乎是扯着嗓子吼：

"怎么不接电话！"

我掀开门帘，走进冷风。

没等我解释，刘鹏宇就噼里啪啦布置任务，要求赶紧公关。狗仔队今天发布了一组图，宋飞仙挽着一个老男人出街，两人举止亲昵，有说有笑。新闻标题是"宋飞仙怒甩总裁情夫，新欢疑为神秘老人"。

刘鹏宇拔高了音调："处理不好就别回公司了！"

"那就说是仙仙她爸？她爸以前也从没曝光过的，对吧？"

像这种小型的危机公关，这几个月我已经历多次。我知道，追索真相对危机公关来说毫无意义，只要能把故事说圆了，围观群众就会掉转车头，去攻击那些"造谣"的人。

起初刘鹏宇对我的工作能力和初生牛犊不怕虎的态度极为不满。我书生气太重，对眼前这个充满绯闻、口水仗、今天谁吸毒明天谁出轨的浮躁氛围颇感无谓，却又不得不深入其中；作为新人，经验和人脉的欠缺，也曾使我无比焦虑。我犯过不少错，类似通稿不接地气、危急关头找不到媒体关系等等，都是宋飞仙担保，说我是脑子里有货的潜力股，才不至于被刘鹏宇开除。

我把所有的时间用来工作。早上早早起床，捋清当天要处理的所有事情；中午和影视部门的同事相约去拥挤的小餐馆吃饭，试图从他们嘴里挖出更多的行业经验；每天晚上我都在应酬，或者在公司耗到很晚，尽量磨蹭着不回家。地下室像个定时监狱，当我走下第一级台阶，棉布帘在身后落下，那场景就像宣告与世隔绝的时刻开启了。半夜里又经常被噩梦惊醒，每次醒来，我

99

的第一反应就是抓起手机看时间。屋里没有任何信号，也加重了我的焦虑。然而，就在寒风大军兵临城下，蟑螂在铺位和墙壁中间的小桌肆意游荡时，一个浮华喧嚣的梦幻世界又会在我的梦境中，恣意展开。

很短的时间里，一切就进入了佳境。必要的时候公然夹起尾巴做人，以此赢得上司的几句表扬，我倒也心安理得了。

住地下室那年，我和许阳过从甚密。许阳有一台二手机车，周末一有时间，我们就去跑山。

我骑上那台车，去探班宋飞仙主演的那部惊悚烂片。

片场在荒郊野岭，好不容易才找到地方。我把车停到宋飞仙休息的帐篷前，摘下头盔和手套，露出冻得通红的脸和手。

她闻声跑出来。

"哟，没想到你们读书人也兴骑机车呢。"她双手环抱胸前，微微后仰，摆出品评姿态，"还挺野性的嘛。"

"就是冷了点。"我咧嘴笑，面带羞涩。

"大冬天的，不要命了，竟然骑机车。"她边嗔怪边走回帐篷，掀开门帘后又回头向我招手，"还不快进来，冻死你。"

帐篷很小，仅两把椅子和一个小太阳，就几乎占去所有的空间。头顶吊一盏卤钨灯，显然是为夜晚准备的。像这种鬼片，很多场景都要熬通宵拍。

天色阴郁，像一块铅色的薄布蒙住山林。已经连续拍了一星期的大夜戏了，镜头前，宋飞仙正在荒山野岭中披发狂奔，感觉有鬼在后面追她。她跑得飞快,没一会儿就两腿发软,狠狠摔到了地上。工作人员连忙上去把她扶到帐篷里,一撩裤管,两只膝盖都破了,渗出血珠。

简单处理完伤口,人群就散了。

我安慰她,她倒不以为意,疼是疼,好在没有伤筋动骨。

为了活跃气氛,我揶揄道:"你可真拼啊,为这种烂片。"

"不管好片烂片,拿了钱的,就好好拍呗!"她拿起美式咖啡就跟喝水一样咕咚咕咚喝起来。刚放下咖啡,又迫不及待向我展示黑眼圈,说自己真快熬不住了,后面还有好几天夜戏,估计拍完得老上十岁。

"为这种烂片,不值。都是磨损演员灵气的东西。"

"你说得轻巧。谁愿意总在这种烂片里打滚呢?"她讪笑道,"况且,像我这样有名无实的女演员,又哪来的机会拍好片呢?"

说完,她陷入沉思,眉毛拧到一起。

我以为她的伤口又疼了起来,便凑过去查看,膝盖涂满红汞,显得伤口愈加触目惊心。

"小伤,不用担心。"她反而宽慰我,然后接着说,"说到底还是我的问题,不懂得把握住机会。两年前我参加一场代言活动,化妆时,品牌老板敲开门,说想单独跟我聊聊。他年纪不算太大,看着挺俊朗,体形也保持得很好。说实话起初我并不排斥他,但当他把手放到我大腿上时,我就反感到想吐,一刻也不想在那个小屋子里待了。我逃走了,当时想的是,如果这次不守住底线,那以后就再也没有底线了。"

"代言丢了呗？"

"丢啦。"

"刘鹏宇气疯了呗？"

"好几天没搭理我。"

我们一起哈哈大笑，然后宋飞仙又给自己灌了一大口咖啡。

越往后半夜，天越凉。每拍完一场戏，宋飞仙都要回帐篷里就着小太阳取暖，裹上羽绒服还瑟瑟发抖。她强打精神跟我说笑，眼球布满血丝。好几回，我话还没说完，扭头就看到她仰头呼呼睡去了。

她双手交叉胸前，大张着嘴，像幼儿园贪睡的孩童。有几次在她回到小帐篷前，我会装作熟睡的样子，眯着眼，偷偷观察她的一举一动。我看她拿起剧本，全神贯注地在上面涂涂写写，写完又起身安静地默背台词。有时跳起舞来，因为腿受了伤，动作幅度很小，但看得出是中国舞，她跳得认真，却略显浮夸，扭腰摆臀的。舞还没跳完，又跳起操了，一会儿开合跳，一会儿又是古早版的有氧健身操。我差点没笑出声来。

我突然想起来，前两天去寺里给她求了个平安符，还没给她。腾地起身，把她吓了一跳。她嗔怪着抱怨我动作太大太突然，这拍的可是鬼片。我没辩驳，只是笑着从兜里掏出香包递给她。

"专门给你求的，辟邪保平安！"

她愣了几秒，没有马上接过香包，回过神后才说道："拍这种戏，不害怕见到真的鬼才怪！"她用调皮的语气，仿佛自己说了一句特别幽默的话，泪水却先涌上眼眶。她仰起头，一边用两根食指轻轻抹掉眼泪,一边笑着说:"这是真的感动,不是困的。这辈子,就我爸送过我这种东西。"

她从羽绒服内袋里掏出另一个香包递给我。香包原本应该跟我这个一样是鲜红色的吧,如今变成了乌红,看来有些年头了。

"也不知道我爸这几天怎么样了。"她的眼神有些失焦,声音犹如梦呓,"白血病,前阵子来北京治疗,医生说日子不多了。没少折腾,化疗剃了光头,瘦得只剩一把骨头。"

宋飞仙眼神黯淡下来。过了半晌,才继续道:

"我妈在床上躺了几年才没的。那时候家里没钱,我来北京算很幸运了,第三年就拍了广告,拿到五万块钱,那是我人生中第一次挣到大钱。我很激动带钱回了老家。我爸妈看到这么多钱,吓傻了,问我是不是干了什么见不得人的勾当,后来又问当演员会不会被人欺负,会不会受委屈,不管我怎么说,他们就是不放心。就是那次回家,我发现我爸一直瞒着我得白血病的事。见他偷偷吃药,我也偷偷地找,才在被褥下找到医院的报告。我要回北京,我爸送我到车站,他在站台上抱了我,我到现在还记得那一次他抱我。他给我挂上香包,说从寺里求来的,里面装了香灰和平安符。他说:闺女,有任何不开心就回家来,我们不需要那么多钱,一家人能在一起就好。我差点儿没跟他说:没钱,你俩就没法好好治病,命都没了,哪来的家?但是我啥也没说,就让他好好照顾我妈。"

宋飞仙说得压抑,不免也使我想起自己的母亲。我的母亲,乐衷于把孩子围在自己的羽翼下。她原指望我能报考离家极近的闽城大学，毕业后好在本地谋个职位。然而，十八岁那年，我选择叛逃，出了有生以来最远的门，离她有多远算多远。

我们陷入沉默，安静地坐了十几分钟。直到门帘被工作人员拉开，一个被冻僵了的头伸了进来，喊宋飞仙去拍下一场戏。她这才从我手里拿过香包，又认真地把两个香包穿到一起，挂到脖子上。

"满满的安全感！"

她故作轻松，笑着走出帐篷。

我跟在她身后，走进这浩大的山野冰窖里。

宋飞仙脱掉羽绒服，身上只留一件白色的单衣，热气从全身上下逃窜而出，使得她看起来像一根冒着寒烟的冰棍。

再钻回帐篷时，她已经冻得全无血色。

她站在门帘后，向我招了招手："你来。"

我被领到了另一个帐篷。

宋飞仙在我前面，掀开门帘，里面空无一人。

两把导演椅，一台监视器，一个对讲机被遗落在监视器上。

"这是导演的帐篷。我交代好了，等他回来，带你学习。"她说。

我被不平的地面绊了一下，几乎是跟跟跄跄走了进去。

在这空荡荡的帐篷里，只有我独自战战兢兢地朝监视器走过去，像独自走在漫长的朝圣路上。

我俯身看监视器，屏幕被分割成两个部分，呈现出两个不同机位拍摄出的影像。

帐篷里异常安静。

我把手伸向监控器上的对讲机。颤抖着,像一个梦想当画家的人第一次触碰到画笔,一个梦想当钢琴家的人第一次触碰到钢琴。

我把它举到嘴边,轻声地模拟着发号施令:

Action,Cut!

宋飞仙的父亲还是没能熬过那几天。

病危通知来得很突然,而宋飞仙仍在山里熬着大夜拍鬼片。那些天阴沉沉的,憋着一场雪,接到电话时,雪刚刚落下来。宋飞仙失神地伸手去接那些稀疏而潮湿的碎片,脸色比它们还要苍白。剧组陷入慌乱。我帮她订回去的机票,安排去机场的车辆。车倒是随时可以出发,但制片人带来不好的消息,说去机场有一段路出了车祸,堵得水泄不通,根本不可能赶得上航班。

"但是,如果不坐今晚这班飞机走,等雪下大了,可能这两天都走不成了。"宋飞仙拖着沉重的身子,走出帐篷,抬头看黢黑的天空,焦急且无助。

我走到机车旁,擦掉车身上覆盖的一层薄薄的雪花。我看着宋飞仙,什么也没说,但她心领神会。我们小心翼翼地行驶在山路里,四周一片漆黑,只有山风呼啸着,车灯在前方奋力撕开一道亮光,亮光驱散黑暗和恐惧,领着我们往前走。我们经过陡坡和悬崖,经过十余公里的堵车路段,终于在机场高速上疾驰起来。

此时几乎是鹅毛大雪了。

雪一片一片砸到公路上，在路灯白炽的光照下，它们闪着晶亮的光，有一瞬间，我感觉像无数的星星从天上跌落下来，在地上摔得粉碎。宋飞仙在我身后，轻飘飘地，一路我们沉默着，直到经过一条黑暗而短暂的隧道，她突然紧紧搂住我，又慢慢把头靠到我背上。我感到一股暖意涌上全身，仿佛世间所有的乌云都瞬间消散，甚至连扑面而来的雪，都变得灼热滚烫。

见到父亲最后一面，办完葬礼，没几天，宋飞仙就又回到了那深山老林里。直到临近春节，鬼片才杀青。

一直以来，团队的会都在宋飞仙家开。总是又臭又长，且解决不了任何实质性问题，有时大家围坐在餐桌边开会，有时则瘫在沙发上。宋飞仙喜欢让保姆把从世界各地搜罗回来的各种零食摆上餐桌，再泡上一壶上等好茶，美其名曰"茶话会"。茶话会每次都要开到后半夜，直到大家纷纷打起哈欠，实在睁不开眼了，她才依依不舍地放大家走。

按照惯例，开始大伙儿会不痛不痒地谈论一些小事，接着跑题爆料八卦，或者玩起狼人杀一类的游戏。宋飞仙总是敷着面膜，一片敷完再敷一片，说到迟迟未能解决的问题时，她会把面膜撕下来，往桌子上一甩，以此表示她那微不足道的愤怒。

宋飞仙的家有三百多平方米，在市属公园斜对面的一个豪华小区里。后来等见识多了，我才意识到这房子应该是精装修交付的，里面的装饰，无非是大理石、实木无框门等时下流行的风格，毫无灵魂可言。只有挂在客厅正中间的浮夸的巨幅写真照在赤裸裸地证实，这是宋飞仙住的豪宅。

写真照旁边，是一列既高且宽的玻璃展示柜，上面稀稀拉拉摆放着宋飞仙拿过的所有奖杯。我第一次来到这房子，宋飞仙就挨个介绍，什么风尚大奖，什么年度飞跃女艺人，含金量极低。但宋飞仙视若珍宝，最后她满足地说："这个柜子是我演艺事业的见证。我的目标，是用奖杯把它填满。"那时她就是演着这样的戏码。时间久了，她才终于告诉我实话，说等哪一天拍到好戏，拿了影后，就把这些毫无意义的奖杯统统扔进垃圾桶。

每次进入宋飞仙家，我就不动声色地寻找刘鹏宇在这里留下的任何蛛丝马迹，但从未有过结果。事实上，我有过很多机会可以直截了当向她求证绯闻的真伪，最后全都被我错过。我没有立场，也没有勇气开这样的口，但仍疯狂地想找到答案。起初是好奇心，后来是否还有别的什么心理在作祟，我自己也说不清楚，总之它就像一窝蚂蚁在心里筑了巢，磨痒着我。

这天的会没开太久，宋飞仙就挨个把团队成员叫进卧室里发过年红包。这个卧室对所有人来说，是禁区，它的棕色实木门永远紧闭着，像一枚永远不会盛开的花骨朵。这花骨朵终于在今天破例绽放。卧室里，宋飞仙递给我一个硕大的红包。她很直白地告诉我里面有两万元，叮嘱我出了门不要和其他人交流，又说了些诸如满意我的进步之类的话，然后突然想到忘了什么，让我等一下便走出门去。

我环视这个陌生的房间。墙是白色的，天花板和地板是白色的，柜子是白色。这个偌大的空间，只有一股冰冷冲刷着我的目

107

光。一张床孤零零地摆放在墙角，床单被套也是白色的。我听说过，宋飞仙失眠得厉害，出差频繁换床困扰着她，直到她把家里的床单被套也都换成酒店同款，才稍有缓解。此刻我对宋飞仙产生深切的同情，她独居在这冷色调的卧室里，或许不比我在地下室暖和多少。

鬼使神差地，我走到了卫生间门口，缓缓把门推开。寻找多时的答案赫然入目：洗手台上摆放着两套牙刷牙杯，它们像老夫老妻一样紧紧靠在一起。

我退了出来，站回原地。

宋飞仙很快回来了，手拿一个黑色的小盒子，盒子上印着"PRADA"。

"领带夹，送给你。"她笑着说，"你老用的那个真的太土了，以后别再戴了。它配不上你。"

新闻上说，北京杨絮飘飞的季节即将远去。但就在赶往机场的高速公路上，白茫茫的杨絮被前车车轮卷起，飞扑到后车跟前，纷纷扬扬，像寒冬时飘洒的鹅毛大雪，一点也没有消停的迹象。

要去法国电影节。一路上宋飞仙讲了无数个冷笑话，无数次莫名的欢欣雀跃。她很难得地演了部文艺片，虽然只是女二号，还是给死对头何海云作配，但电影终究入围了主竞赛单元。我配合地含笑。我很理解宋飞仙的喜悦，她是把这部戏当成了跳板，如果能在这样的国际电影节被看到，那跟着就会有很多主演电影的机会。

法国的几天，无非就是红毯、采访，采访、红毯。宋飞仙一天要变换几次造型，无论是低胸露背还是中国风，都是奔着制造话题去的，饶是如此，键盘侠仍旧不依不饶，说她远不如同场争艳的女星何海云大气美艳。

刘鹏宇非常生气，但宋飞仙并不关心这些。直到电影放映完，她才终于低垂着头走出影院，那样子就像大病了一场。

"完了。"她说。

上映的电影完全脱离剧本，宋飞仙的戏份也被剪得所剩无几，全是何海云的镜头。一个月后，导演和何海云公开恋情，大家才稍感释然，果然事出反常必有妖。但在当下，宋飞仙的确无比失落，尽管电影遭报应般被媒体集体给出差评，她仍难以抑制悲愤，仿佛关乎事业的所有希望，已经在这个陌生的国度被一丝一丝地抽走。

首映结束后，宋飞仙邀我去海边走走。

白天还一片喧嚣的沙滩，此刻悄无声息的。一弯下弦月挂在海面上，夜风微凉，海藻的气息一层一层漫上来。我掏出烟，径自抽了起来。宋飞仙曲起手肘，食指和中指悬吊在半空，"给我也来一根。"意识到自己动作的矫揉造作，她扑哧笑了起来。

她把烟叼到嘴边，凑近我背风打着的火机。海边的风有点大，火苗一闪一闪，我看着她的脸随火苗闪烁着。她垂下眼睑，长长的假睫毛趴在脸上，像两只温顺的黑猫。

"我偶尔才抽一根……特别累或者特别焦虑的时候。"

她吐出一口烟，烟在她红唇前划出一道长长的轨迹。

我们漫无目的地走，说着些无关痛痒的话。所有话题都泛泛带过，像尘埃掠过水面，从未激起一丝波纹。似乎就是在这样平淡的对话中，她不知不觉卸下了所有的忧思。我不时扭过头，看她说完一句话后浅浅的微笑，以及不时流露出来的淡淡的轻松的神情。

走到细沙尽头，眼前呈现着成片灰暗的嶙峋的礁石。宋飞仙停住脚步，转过身去看漆黑的海面。

"这海风多舒服呀，很久没有这样真真切切地感受身边的风了。"她沉吟道，"你看，它包裹着我们，抚摸着我们，但我们却视而不见。我们眼里充满具体的东西，没给它留下任何位置。"

"如果加上斜杠，这便是一首诗了。"我微笑着看向她，"你是象牙雕刻出来的女神。"

她一直看着海，缄默无言。许久，才回过头认真地对我说："从小到大，第一次有人这么夸我。其实最应该做诗人当作家的人，是你。北树，别放弃你的才华，写本书吧。"

"我看我还是先解决温饱吧。"我自嘲道。

"什么时候才算够温饱呢？你看我光鲜靓丽吧，但是在上流人士眼里，我只是个戏子而已，还不是得跪着巴着，为一个角色争这争那？所以我们还得继续挣钱，继续装疯卖傻，怕只怕，到最后就不知道除了挣钱，还能做些什么。"

说实话，我们本可以继续就这些关于人生的深沉话题聊下去，但宋飞仙打破了沉重的氛围。她突然叫了一声："是谁放屁？太臭了！"她夸张地捂住肚子狂笑，"是我，哈哈哈！"一边笑一边断断续续地说:"你知道吗,我这几天……紧张坏了,胃,胃不舒服,拉……拉出来的屎……就跟,就跟羊粪蛋一样,一颗一颗……黑黑的……"

在这黑夜里,宋飞仙的笑,就像一滴颜料滴进了水里。我也跟着笑,笑到直不起腰来。

我们走向礁石,宋飞仙爬上去坐下。像突然想起来似的,她问道:"我送你的领带夹,不喜欢吗?从来没见你戴过。"

她把头枕在膝盖上,仰着看我。海风拂起她的长发。我感觉她在黯淡的光线里端详着我,像等待着什么。很久之后,她才把头转回去,看远处的海。我低头看她,她的眼眶里有突然涌上的泪光。这泪光冲去她脸上浮华的尘烟,露出了忧郁的底色。

我坐到她身边,一根接一根地抽烟。就是这个时候,她把头靠到了我肩上。空气沉静下来,不时有发丝被海风吹拂到我脸上,我感觉痒痒的。这难得的推心置腹的时光就这样被凝固了,拉长了。我不太记得离开海滩时几点了,只知道那时海面已经没有了月光。

从前在地下室那盘根错节的地底世界,我就曾有过迷失的感觉。是这样没错,许多时候,灰暗、混沌、复杂、身处局内,都会使人生发出强烈的不安全感。然而至今,所有疑问困惑还都在我脑子里盘旋不停。这跟泡一壶茶没有两样,但凡加了新水,壶底的茶叶会重新翻滚上来,纠缠到一起。

我注意到,宋飞仙有时收到短信会莫名傻笑,有时会慌慌张张跑出去接电话，回来又好像哭过一样，红肿着眼。手机成了主宰她情绪的遥控器。刘鹏宇不在的时候，团队晚上开完会就很少玩狼人杀了，像终于走完了某个过场，宋飞仙假装打起了哈欠，又掩饰不住内心的喜悦，她用俏皮的口吻下逐客令："大家撤吧，都累了，赶紧回去睡觉。"

宋飞仙倚在门边目送所有人离开。大波浪鬈发稀疏地盖住半张右脸，却盖不住眼里闪烁的光。我觉得她不化妆时眼睛是最好看的，主要在睫毛，此刻她的睫毛扑闪扑闪的，一根一根细致而又分明，像昂首奔跳的芭蕾舞者。当时我应该是很高兴她能有这样的状态吧，通宵拍鬼片和法国海边的夜晚都过去那么久了，再没听她说过任何沮丧的话。除了那两个夜晚，她永远都是没心没肺的。

同事陆续离开。十五分钟了，我的公交还迟迟不来。从小区出来，过了马路才是我回家的公交站点。我点燃一根烟，在树下等着。这是一棵银杏树，扇叶金黄而又脆弱，刚刚靠上去，它们就掉落了几片。秋月圆满地挂在天上，透不出半点清冷的气息，当它的光抵达城市上空，很快就会淹没在高楼的霓虹和日光灯里，就像一滴水跌进汹涌的河里。

香烟快要燃尽的时候，宋飞仙意外地出现在路灯下。头戴黑色宽檐帽，身穿黑色松垮的长袍，像武侠片里的女刺客要去行凶一般。她先是警惕地观察四周，继而走到路边停着的一辆轿车旁，弯下腰对车窗里说着什么。很快车门开了，钻出来一个三十岁左右的男子，瘦瘦高高的。我看见两只手迫不及待交融到一起，接着两个人齐齐消失在小区门灯那道刺眼的白光里。

我扔掉烟头，朝那白光走去。

按门铃的时候，手是颤抖的。我用另一只手压着按门铃的手，门里传来的铃声才不至于跟着抖得不成形。估摸着有一分钟吧，门吱呀开了一道缝，刚好能容下宋飞仙的一张巴掌小脸。

"怎么又回来了？"她问。

我猜开门前，她就藏好了慌张的情绪。

"忘了个东西。"我尽量不动声色。

"什么东西？在哪里？我给你拿。"宋飞仙缩回头，准备关上门。

"我看到了。"

我上来的本意并不是要拆穿她，就像现在这样，把彼此置于如此难堪的境地。但我无从解释动机，好像前一秒还醉了酒断了片，下一秒就恢复清醒，而此时，一只脚已跨出悬崖边缘。

我发现，短短的时间里，宋飞仙就化了个淡妆。最打眼的还是那对睫毛，刷得又翘又长。它们就像一群扮演黑天鹅的舞者，在明眸般的湖边昂首起舞，却一个一个踏错了舞步，此后它们不再骄傲，相反只能尴尬地耷拉着。湖水涌上岸边，将它们逐一浸湿。

很久，她才说："你不会跟刘鹏宇说的，对吗？"

我想，这是一个问题还是一个要求呢？想不明白。我没有回答，转头就走。

后来的三四年里，宋飞仙还是那个宋飞仙，事业毫无起色，依然靠话题博眼球，依然装嫩演着无聊的偶像剧，再浓的粉底再厚的滤镜也快遮不住她脸上的细纹了。团队的人换了一茬又一茬，我已然成了最老资格的那个。顺理成章地，我当上了经纪人。说实话，我曾经无数次想过逃离，以我的履历跳槽绝不是问题，刚来北京找不到工作时的那种迷茫早已一扫而空。我没法解释自己为什么能待那么久，为什么能在看不到希望的宋飞仙身上浪费时间。或许是海边的那个夜晚拖住了我，我总会想起宋飞仙坐在礁石上望向海面，她的眼眶里有突然涌上的泪光。那眼泪在后来的日子里，像松脂牢牢地把我包裹成一块琥珀。我曾多次做同一个噩梦，梦里变成一只困在井底的老鼠，拼命往上攀爬，指甲由于深深嵌进井壁缝隙而血流不止，直至脱落。就在我即将爬到井口的时候，一滴松脂从天而降，将我层层包裹。

我掉回井底，从此动弹不得。

那个三伏天，哪怕还是早上，水泥路也被晒得泛出一道道水银般的光，一切都要熔化了。出租车将我放在小区门口后，车头一拐，重新加入到长长的车马行列。焦躁的喇叭声加剧了我内心的不安，一路小跑，等电梯的时候，我不自觉地狂按按钮，像头发疯的蛮牛。

宋飞仙和刘鹏宇关在卧室里激烈地争吵。以前也没少吵，但从未有过这样的架势。所有人面面相觑，不知道出了什么事。我走到房门前，听到信息陆陆续续泄露出来。

"就是你做的局！卑鄙小人！"宋飞仙歇斯底里地吼叫，带着哭腔。

"你较什么劲?也不看看王总是什么人!还想不想混了?"以刘鹏宇的体形,这声音算是很克制了,他不断絮叨着,"车轱辘话说了整整一夜,我都累了!"

我看到她的小包被随意地丢弃在门口,里面的东西掉出来,散落一地,像她此时毫无意义的宣泄,也像无数个秘密被随意地倾倒了出来。

"你以为你是谁,能这样操控我?"

"我是谁?混这行那么久,要不是我罩着,你能干干净净走到今天?"

"我这就去报警。"

"你敢!"

肢体撞到柜子的一声巨响,紧接着又是玻璃或杯子砸到墙上碎裂的脆响。

"放开我!"宋飞仙的喉咙里发出哽咽。

撞击声还在继续。我踹了门。很快门咔嗒一声解除了反锁,随后是一张大手按到门板阻止门拉开的闷响。刘鹏宇用轻佻又挑衅的语气说道:"那就所有人同归于尽吧。"他松开大手,门被重重拉开。

门吸和地吸撞到一起,发出剧烈的抖动声。

我忙不迭往后退了几步。宋飞仙红肿的双眼死死地盯着我,泪水纵横,流向脸上青青紫紫的伤痕。长裙裙摆被撕开一长条口子直达大腿根,腿上有大片的瘀青。衣领也被撕扯开,一道血痕从颈部延伸到胸前。

我低头转身,走到沙发边抓起一块披肩,披到她身上。她捂着胸口瑟瑟发抖,像第一场秋风刮过即将枯黄的枝叶。

在银幕里,在荧屏里,或者在八卦新闻里,除非剧情需要,否则你不会看到一个原该光鲜靓丽的女明星,竟至如此伤痕累累。嗅觉敏锐的狗仔队当天就在网络上发布报道,涂满狗仔专用水印的图片和视频显示:深夜里,宋飞仙脚蹬高跟鞋,扭着腰肢走进酒店大堂上了客房电梯。半小时不到,她就衣衫不整、头发凌乱地从酒店里跑了出来,出来时高跟鞋已不翼而飞。她慌张地在门口拦了辆的士,嗅到金钱气息的狗仔紧追不舍,直到她进入小区。

娱乐新闻的风格总是拔出萝卜带出泥。几天不到,媒体和网友把宋飞仙过往的黑料捋了个遍,无非就是红毯抢风头、不间断的绯闻以及低情商的采访等等。可怕的是各种脑补。由于刘鹏宇强硬地要求团队冷处理,非要给宋飞仙深刻的教训,当事人没有解释,公司没有回应,舆论和猜测很快被带成了这是一次"失败的主动潜规则",甚至是"明目张胆的权色交易",因为有网友声称,当晚见到刘鹏宇和影视大鳄王松鹤在酒店握手会面。死对头何海云也接受了采访,镜头前她扼腕叹息,几乎落下泪来,她请求媒体放过宋飞仙,"女演员真的很不容易,尤其过了三十岁的女演员,谁不想多拍几部好戏呢?就算有错,也希望大家多给一些包容"。

在此之前,我偷偷给宋飞仙打过电话,建议她自己出钱做危机公关。在短暂几秒的沉默后,她拒绝了。"也许命里该有这一劫吧。公关了又能怎么样呢?我又不是阮玲玉,充其量就是个三流小明星,谁会同情我,听我辩解呢?"她的语气沉静而坚定,"放心吧,等这几天一过,看热闹的人就散了。"

我提议不如真的去报警,她又沉默几秒,然后用更为坚定的语气说:"就这样吧。我累了,休息一阵子,休整完再重新来过。"

很多天以后宋飞仙出现的时候,所有人都在工位上假装埋头干活。她戴着墨镜,墨镜下是强势高调的妆容,高跟鞋咔嗒咔嗒敲打着地面,在笼罩着乌云的公司里听着就像夏天的雷鸣。她倒是麻利地把团队几个人叫到刘鹏宇的办公室,等所有人都坐定,她站起身,开门见山说道:

"你们有谁还想留下跟我干的?我不勉强大家。"

强势的问话没能得到昂扬的反馈,之后,是长久的冷场。没有人表态,包括我。眼前又出现了那个梦境,我变成一只老鼠被牢牢困在松脂里,井口的亮光正以极快的速度远离,直到变成一个白点,直到白点消失,我深陷一片漆黑。

我低头,不去看宋飞仙,但我知道她眼里应该是一片无望的黯淡。时间慢慢流淌,像遇袭的将死之人等着血逐渐淌完。刘鹏宇没有言语。最后还是宋飞仙打破了这将死的气氛,她说:"不用马上回复我,等想好再说。"

说完咔嗒咔嗒的高跟鞋敲地声响起,吱呀的开门声响起,咔嗒咔嗒的高跟鞋敲地声逐渐远去。

我跟着团队退出刘鹏宇办公室,一路碎步往大门走去。电梯门即将关闭的时候,我把手伸了进去。门开了,宋飞仙依旧戴着墨镜。我走进去,她抬起头。电梯在我身后关上。

宋飞仙摘下墨镜,卸下了刚才硬顶上来的气势。

"几年前,你就是在这里跟我说起《遥远的远方》,你说希望我能多演文艺片。"她陷入回忆,"出了电梯,我还掀了你的后领口,看到你背后那一大片红疹子。你当时应该很难堪吧?"

当时确实难堪,事情本身或许会被记忆过滤掉,但切身的感受不会。它们太过复杂,不同的情绪凝结成块,难以冲过记忆的滤网。

"那时,我能闻到你身上的气味。那种气味,只有走投无路的人身上才会有。"她长叹了一口气,"这几年啊,过得可真快,现在换我走投无路了。你觉得我还翻得了身吗?"

我无比沮丧,一股莫名其妙的孤独感席卷而来。

电梯门在一楼打开了。

单元门内挂着一组铁皮柜,原是做邮箱放包裹用的,荒废很久却也没有拆走。宋飞仙和我默默地往外走着,走过铁皮柜时,她停下了脚步。她随意打开了其中一个柜子,然后把脑袋塞了进去。她抽泣着,铁皮柜里传来了浅浅的带着回音的哭声。

我在旁边看着她,琥珀的幻象又朝我袭来。

我把四年来积攒在公司的各种私人物品装进大背包里,走出电梯口的时候遇到了宋飞仙。

她眼睛红肿,可能刚才哭过,虽然裹着硕大的羽绒服,但仍看得出胖了不少。夏天从大昭寺回来后，我已经几个月没见她了。出事后，团队很快就解散了，宋飞仙的问话没能留下任何人，除了我。我一下闲了下来。其实也不算闲，每天奔走各方，帮她谈永远不可能谈成的戏约和商务。

她问我："这就走了吗？"

单元门外的残雪正以极慢的速度融化，在太阳下折射出炫目的光。宋飞仙走过来，将那片光挡在身后，她的脸也因此而黯淡不清。

一大早刘鹏宇突然喊我到办公室。他斜倚在沙发上高高跷起二郎腿，翻着最新的时尚杂志。抬眼看我进来，并未示意我也坐下。他一边翻杂志，一边说话。我注意到之后他再未抬眼看我。

"你是哪年来的？"

"零八年。"

"哦，也有四年了。"

"对。"

简单的对话过后，是一阵沉默，刘鹏宇好像被时尚杂志里的某句话或某张插图吸走了所有的注意力。他垂下肥硕的脑袋专心阅读着，很久，估计有五分钟之久。

我看向窗外，曾几何时我多喜欢这面落地窗，每次走进这个办公室，都有一种从地下室钻出来了的错觉。但如今，它就只是一片玻璃而已。我向来无所畏惧，如今更无须隐忍，非但无须隐忍，我甚至还翘首期盼着谈话的氛围能再剑拔弩张一些，或许在必要的时候，我还能给这油桶添把柴火。

正走神的时候,刘鹏宇终于把我拉回来了。

"你觉得宋飞仙怎么样?"

"哪方面怎么样?"

"你喜欢她吗?"

"我们都非常喜欢她。"

"我问的是你喜欢她吗,不是你们。"

刘鹏宇的语气平淡无奇,像暴风雨袭来前的宁静。

我把视线从窗外转回来,觉得两个男人不应该这么磨叽。

"有话直说,不必兜圈子。"我说。

杂志被刘鹏宇重重摔到地上,发出砰的一声,惊天的巨雷。他几近失控地怒吼:"你说,你到底用了什么手段,她才会那么依赖你?你不过区区四年,我认识她十几年了,还在她身上砸了那么多钱!凭什么?!"

刘鹏宇说得义正词严,好像所有人都辜负了自己。而几个月前他才因为自作聪明,亲手葬送了宋飞仙的事业。

"那你想怎么样?"我平心静气地说。

刘鹏宇腾地站起身,把堆满横肉的脸送到我眼前。我意识到,他昨晚应该是宿醉了。两只浮肿的眼袋像灌满啤酒的塑料袋一样,挂在愤怒的眼睛底下晃动着。

"滚!赶紧滚蛋走人!"

刘鹏宇被激怒了,嘴里呼出的酒气喷了我一脸。

无论如何,对宋飞仙我是惭愧的。大昭寺既没压制住她的欲望,也没压制住我的。说到底,压制欲望,不也是一种欲望?此时,宋飞仙张开双臂,黑色的硕大的羽绒服让她看起来像一只胖胖的乌鸦。她已经不是过往那个纤细性感的女明星了。她是一个平凡的女子,眼里噙着泪花。

我上前拥抱她,这是四年来我们第一次拥抱。她的鬈发包裹住我的脸,我鼻子里充满了她头发的香气。

她在我耳边喃喃说道:"怎么办?我还是不甘心。"

然后她松开我,抹去泪水。我们安静无言地相对,后来她低下头,绕过我向电梯走去。她穿一双灰色球鞋,步履沉重。进入电梯时,她没有最后看我一眼。

单元门内的铁皮柜依旧摆在那里。我学宋飞仙那样,随意打开了其中一个,把脑袋塞了进去。眼前一片漆黑,空洞带来的响声以脑袋为轴心四散开来,如同一颗石子在死水里激起的波澜。而这铁皮柜是一个一个水泥做的方形的自来水塔,原来它们陈设在这里,是等着如我、如宋飞仙这样的人往里钻啊!这一刻我才恍然大悟,四年过去了,我还是没能走出这水塔,这斗室。

我们都在原地踏步啊,被他人、被命运拿捏得死死的。

我龟缩在这铁皮柜里,听到了这么一句迟到的回响:"我不甘心。"

下 远鹰

拐出滇藏线后,路就没那么好走了。

经验丰富的藏族司机尊珠驾驶越野车,路平坦时热情地与我攀谈，开进峡谷就集中精神，不再说话。我们已经翻过几个海拔四五千米的垭口，在云端的山脊土路上穿行。十一月的初冬，浓云挤压在头顶，一片铅灰色的沉重仿佛要拖着天空一起坠进山谷里。连绵不绝的草山露出枯黄的底色，在车窗外绝望地向后狂奔。每一个狂风肆虐的山口，五颜六色的经幡都在猎猎作响，作势要带着飘摇的玛尼石堆朝灰暗的天际涌动而去。

两天前，在拉让会客室，我突兀而又急切地问仁波切：

"你还记得宋飞仙吗？"

我看到仁波切眼里闪过一丝不安。

仁波切问我叫什么名字，得到答案后陷入了沉思。许久仁波切才回过神，在助理取来的笔和纸上写下一个陌生的地址。我觉得仁波切的字写得奇慢无比，笔珠像只蚂蚁，在白纸上进行着漫长的跋涉。

我那颗长期被鞭笞的心脏悬到了半空，突然就这样空无着落，每一次跳动，都要牵引出一阵冗长的喘息。原想借仁波切的追忆获得若干关于宋飞仙我所未曾知晓的剪影——那段苦闷的时光如今被记忆加上了诸多如年轻、鲜活、奋斗的滤镜，尤其当已然感到衰老时，回顾过往变得愈加频繁且必需——却得到了意想不到的答案，这答案像一把尖刀捅进心脏，我感到血液像一道河流被突然冰封，气息像被毫无预兆的山崩堵住。直到仁波切把纸条递给我，才骤然喘过气来。

地址很长，我默念着，颤抖着，好像灵魂已经启程跋涉在那条漫长的道路上。

"我已经记不起多久了，很多年了，这个地址一直刻印在脑子里。"仁波切说，"去不去找她，全凭你自己。但我奉劝你：婆婆即遗憾。"

我拿纸条，游荡在拉萨各个旅行社的门店，希望能找到载我去那个陌生地址的车。然而事与愿违，这张纸条像张不祥的符咒，遭到所有人的拒绝，拒绝的理由无非太偏远，连导航都搜索不到，路太崎岖，天气反复无常，一旦风雪来袭随时都可能遭遇封山。直到天黑，我才终于被尊珠搭讪。那时我坐在马路牙子上，绝望而疲惫，尊珠走过来问需不需要包车，我抓住这最后一根稻草，用三倍的价钱说服他带我去这个众人口中风险无限的地方。

汽车翻过垭口，一路向下，尊珠长舒一口气，又打开了话匣子。他说他第一次来这里，着实也走了一些冤枉路，还算幸运，只是不知道什么时候才能赶到，就算到了也不宜久留，得快去快回，若是回程下起雪来，那就相当凶险了。我望着天空中远鹰幻变成的黑点，空洞地附和：辛苦你。快去快回。没问题。脑子里盘算的却是见到宋飞仙第一句话该说什么，又该怎么提出我的请求。

八年白云苍狗。

八年前，我离开刘鹏宇公司，回农村老家从母亲那里要到了一笔钱，和许阳一起创业。公司初创，万事艰难，幸亏签了郝幽默，意外爆红成为屡破票房纪录的超一线喜剧明星，进而才有了机会投资、制作一系列大卖的喜剧片。

这些年里，我经历过几次感情，每次都抱着终于可以腾出手来追求爱情的心态，然而每次都是兴冲冲开始，却又都无疾而终。这不是负不负责任的问题，我已经错过了追求爱情的最佳时间点。这跟在时间长河里，那当导演的梦想已被逐渐磨灭是一个道理。

事实上，我身边充斥着各色各样漂亮且打扮入时的女孩，譬如郝幽默介绍的地产千金庄辰辰。有一回，我赴庄辰辰的约，她穿着紫色紧身短裙，浑身散发着自信和骄傲，这样的自信和骄傲顺着她的鬈发、淡妆汩汩流下，像倒流的熏香，浸润至胸前、腹部，再到小腿，最后从白皙的脚尖悄无声息地滑走。周围的空气涌动着一阵暗香。

以前只有宋飞仙给过我这样的感觉。

对宋飞仙，没见她时，我会想着她在做什么，迫不及待想要和她见面。尽管这种感觉已随时间慢慢消逝，但我仍清楚记得。宋飞仙出差回来，我一边百无聊赖敲着键盘，一边渴望她出现在玻璃门口，然后用细细的鞋跟敲打公司的瓷砖地面。她应该会第一个走到我的工位前，送给我从外地带回来的小玩意儿，长发从她后颈倾泻而下，她甩甩脑袋，让它们乖乖回复原位。然后她扭头走向刘鹏宇的办公室。宋飞仙出事的时候，我曾把自己当成一颗动弹不得的琥珀，期待有人能帮我打破那层黏腻的桎梏。刘鹏宇在房门内对她动手，我甚至无动于衷。我很想把自己的无能归咎于当时还年轻，然而这说不通，难道不应该越年轻越气盛吗？我无比懊悔。如今我已近不惑，我想，对眼前这个地产千金，如果有人欺负她，我应该会第一时间冲上前去，用拳头帮她讨回公道的吧？宋飞仙太要强了，而这个女孩不需要强，她很脆弱，她拥有太多财富，多到可以随时随地拿出一两件来施舍旁人，根本不需要还得她出手去抢。

然而，要强的人往往才是最脆弱的。筹备创业时，我在网站上看到了宋飞仙死去的消息。新闻很短，只说这个充满争议的女明星于家中自尽，消香玉殒，成为新时代的阮玲玉，至于在哪个家中、以什么方式都没有交代。我向相熟的媒体询问，都说事实确凿，只因有人刻意封锁消息，使得记者难以继续追踪。当然，对没有太多存在感的所谓失德女艺人，这样的新闻沸腾几天就再无人关注了，媒体也悻悻然放弃跟进。然而，我却深陷在悔恨和悲痛的旋涡之中。我给刘鹏宇打去电话。听到我的声音，刘鹏宇便飞快摁断通话。我转而去宋飞仙家，被开门的人告知房子已经易主，从门口看进去，客厅里挂着的那幅浮夸的写真已被撤下。几天后，我循着宋飞仙身份证上的地址，来到东北一个小县城的筒子楼里，那是她家。门锁着，暴躁的敲门声惹怒了隔壁邻居。看到我憔悴不堪的神情后，邻居告诉我宋飞仙早走了，她没死在这里。

当我躲在东北小县城火车站的厕所里痛哭流涕的时候，才意识到有很多话要对宋飞仙说。这些话一句一句就像一群怀胎十月的母亲，它们很快又孕育出高高隆着肚皮的下一句话，就这样，八年里它们繁衍成了无数个庞大的话语家族，驻扎在身体里，挨挨挤挤，随时都有可能突破皮肤倾泻而出。第一次是回到北京那天晚上，在灌了数不清的啤酒后，我在笔记本里写下对宋飞仙的愧疚——如果当时我能对刘鹏宇摆出低声下气的态度，或许不至于把她推进孤寡无助的深渊。我还记下无数次和宋飞仙的独处，像列清单一样记下她送给我的所有礼物：领带夹、领结、墨镜、西服……写完我把这几页纸从本子上撕下来，装进信封里。在迷迷糊糊躺到床上后，我睁着眼，回想信里所写的每一个细节，我认为自己在那样不再怀抱梦幻的年纪，做了一件幼稚且矫情的事。我将其归结于酒精的魔力。然而，等第二天清醒过来，我发现那股莫名的狂热并未退去，身体内孕育的那些句子仍躁动不安，左冲右突。我又提起笔，记述初见她时我所带的功利心、起初她对我居高临下的呵斥，以及当虚幻的玻璃窗映照二人身影时，我的沦陷。

  这样的信，我几乎每天都会写上一封。我买了各种款式的信纸，大多是稚气粉嫩的，宋飞仙喜欢这种可爱的东西。尽管这些信无从寄出，但是每次写完，我仍旧会把它们放进信封里，用胶水郑重地封上。原本我把它们塞进书桌的抽屉里，像塞进一个永远不被邮递员开启的邮筒。后来桌柜取代了抽屉，最后连桌柜也放不下了，我就把它们装进衣柜里。打开衣柜，它们整整齐齐地叠放着，像一件件单薄的夏衣。那种时刻，我会觉得自己就像在老家当缝纫女工的母亲和秀惜，踩着缝纫机，把所有的孤独用针线缝起来，装进衣柜里。我相信我们做的是同一件事情。

  我写下所有的歉疚、失不再得的悔恨，倾诉事业上的挫折和成功，懊恼于商场上一再退却的道德底线。最多的，是无人分享的迷茫和失落。随着信里满溢的情绪从狂热到消沉，我逐渐意识到，她已经从我的生命中彻底消失了。然而，有时我又会真真切切感觉她就坐在身边，或者倚在柜门上，拆开信封朗读那些散发着霉味的文字，看我一寸一寸揭开从我把头塞进铁皮柜以来就已开始溃烂的无数伤口。

后来尽管我谈起了一些所谓的恋爱，却仍笔耕不辍。这让我感觉握笔的手玷污了那些粉色的信纸。我甚至不自觉地在信里向她提起老家的秀惜，公然回忆那桩少年无知而纯真的初恋，懊悔以前不愿放下所谓身段与青梅竹马进行最起码的交流，如今却可以为了获得和恋人的所谓共同话题耐着性子读书。从笔尖滑出"秀惜"二字后，我又开始错乱，不知道这些信究竟是写给宋飞仙还是写给秀惜。我感到羞耻，并试图抑制这些疯狂的语句，但最终还是继续往下写。直到有一天，我打开柜子，那些信杂乱堆叠在眼前，它们变成了无数猛兽，被我从笼子里释放出来。那时候我才知道，所有的信，我是写给自己的。毫无疑问，写这些自怨自艾的信并不会让我好受一些，它们反而加重了我的孤独。而我患上毒瘾般，在享受过被猛兽啃食的快感后，遁入了无边的虚空。

汽车走了整整一天半，才终于在第二天午后抵达这个连司机都未听说过的村子。尊珠把车停在一户人家门口，径自进屋问询去了。我跟着下了车，一股寒气从衣领溜进脖子。我紧了紧外衣，环顾四周。

不远处的山峦春笋般次第在眼前展开，峰顶无一例外都积满新雪，闪着耀眼的白，山腰以下则是成片挺立的青松。村子藏身于山谷中，和山顶山外冷峻的面貌不同，谷里呈现出一派浓墨重彩的深秋光景。零零星星十几座土坯屋散落在这一片开阔的谷地里，同样四处散落的，还有数十棵枫树，红色黄色绿色的枫叶交杂着在枝头摇曳着彩色的光，它们陆陆续续跌落下来，层层叠叠轻巧地铺满地面。风起时，成堆的落叶像鼓起的波浪涌动着，和云团投下的黑影一起，在起伏不平的山坡上匍匐行进。

尊珠跟随一个藏族妇女从屋里走了出来。在院门口，妇女指了指远处一座小土屋，尊珠致谢后小跑着上了车。

"没跑错，你要找的人就住那儿！"他兴奋地说，"一说外地来的，她就明白了。"

车沿着土路，向那座小屋跌跌撞撞开去。

小屋坐落在最边远的一个小土坡上，土坯围成的院子没有门，敞开着。尊珠把车开进去。是一座两间房的土屋，两扇镶嵌在土墙上紧闭的木门。角落里有个很小的马厩，马厩外堆着一些羊粪和柴火。

我有点懊恼没阻止尊珠直接就把车开了过来。经过长时间的舟车劳顿，此刻我应该满面风尘。车没停稳，我就跳下车，对着后视镜快速整理好头发，再掏出湿巾擦了擦眼角，最后拉直衣角和裤管，笔直地站立原地。

尊珠朝屋里喊了一嗓子什么，我没听清。尊珠又转头对我说：没人。

"什么?"我茫然地看向尊珠,"哦,没人……"

我小心翼翼走近玻璃窗,趴着往里看——沿墙摆着勾金描银的桌柜,桌柜上有个佛龛,供奉着唐卡、法器和不知其名的彩画彩雕;两张简陋的矮木床分摆两侧,床上的彩漆掉了不少,露出灰黑的木材,铺在上面的卡垫同样陈旧而整洁;屋子中间是一个小小的茶桌和一个熄了火的煤炉子,一架木头做的玩具车歪在门边;窗台上,一本看了一半的书倒扣着,我试图去看是什么书,但封面上的藏文对我而言无疑是天书。

尊珠说他去别家问问知不知道这外地人去哪了,说着走出院子,留我独自等候。我摸着木门和土墙踱来踱去,身体被冷风吹得哆嗦不止。这里没有任何我认得的物件:或许八年过去,宋飞仙早已隐藏所有过往;也或许她根本不在这里,一切只是我虚妄的幻想。我看着头顶这片被雪山环绕的圆形天际,像回到了那曾经困住我的阴冷的井底。这遥不可及的天空,望久了真的会使人头晕目眩,堕入更为虚妄的幻想里去。

直到视线回到眼前,我才注意到有一匹马正朝我飞奔而来。它越来越近,最终在院门口刹住疾驰的脚步。

是匹小马,它驮着背上的小男孩原地转圈。男孩身穿酱色藏袍,手里抓着缰绳,死死盯着我,眼里满是猜忌和倔强。吼了一句,是藏语,我没听懂。然后男孩又用带着口音的普通话问:

"你是谁?"

我被问住了,此时此刻,连个小孩我都不知道如何打发。

"你找谁?"男孩又问。

我找谁？我找宋飞仙。

"这里没有这个人。"

男孩从马上跳下，把它拴到马厩里，然后围着越野车转了一圈。七八岁的模样，看着却像个小大人。

"这是你的汽车？"

"不是我的，是租的，司机出去了。"我终于缓过神来，"这屋里住的是什么人？"

"是我家。"

哦，是找错地方了。

我蹲下问男孩，"你们这里有外地人吗？"

"什么是外地人？"男孩看着瘦但很结实，皮肤黝黑，嘴唇干裂起皮。跟我说话时，眼睛却盯着车，"我也想有辆这样的车。"

"马更好，"我说，"马有感情，车没有。"

"阿妈拉也这么说。"男孩终于又看向我，眼里也不再有猜忌，是汽车拉近了我们的距离。我打开驾驶室车门，请男孩上车参观。男孩瞪大双眼，嘴里兴奋地说着什么，手却不安地悬在半空。我鼓励男孩随便摸，车熄着火呢，很安全，男孩才放心地握着方向盘，装作自己在驾驶着这辆庞然大物。

"桑杰！"宋飞仙的声音在车后响起。

那一瞬间，我感觉全身被电流贯穿，心脏几乎要从胸腔里跳出来。循声看去，她也穿着酱色藏袍，两股松散的麻花辫垂在胸前，看着比以前壮实不少，两只通红的手还很轻松地各自拎着一桶水。她笑着朝我走来，"北树，好久不见啊！"打着招呼，径自从我身边走了过去。走到右边那道木门前，她从口袋里掏出钥匙，打开锁，再把水拎进去，好像我并非久别重逢的故人，而是两天前才见过的邻居。

从她进屋再到走出来倚在门框这段时间，我始终处于不知所措的状态，只好再一次拉直衣角和裤管，然后把双手插进裤兜，回到最初笔直站立的姿态。我已经很久没有这么心惊胆战过了。好一会儿，她才走了出来，脸上还是挂着那副灿烂的笑容。她黑了很多，双颊长了茧，肌肤不再有弹性，原先的光泽已随时间之水流逝殆尽，皱纹也如同草灰色的长松萝，在她额上、眼角、鼻侧恣意地蔓延开，超乎年龄的老态不断地从鬓梢、从嘴角、从指尖漫溢出来。

"桑杰，下来，别把车弄坏了。"她隔着挡风玻璃催促男孩。

男孩悻悻下车，走到她身边。太阳即将陷入群山，余晖笼罩着，像在他们身上盖上一层温暖的薄被。

"我去打水，回来路上好几个人说有人来找。我就猜到是你。"她说。

她请我进屋，马不停蹄生炉子烧水做饭，一副熟稔的样子。她拒绝了我所有的帮忙，自顾自地念叨，早知道你要来，就多备点食材，这里条件远不如北京，只有藏餐，也不知道你能不能吃得惯。最后我只能安静地坐到凳子上，看她在两间屋子里忙碌地穿梭。我感到恍惚，像穿越到平行世界，这里的宋飞仙与原先的她判若两人；又或者我只是来片场探班，此时宋飞仙正在拍摄一部西藏题材的电影，她饰演一个勤劳的农村妇女，擅做家务。

恍神之际，尊珠推门进来告诉我，自己找到了落脚点，村长给安排了个房间，问我是否同去。我说我就住这儿，尊珠便掩门离开。

这个叫桑杰的男孩，在茶桌边一声不吭写着作业，悬挂在半空的古早的灯泡发出昏黄的光，光被他低下的头挡住去路，在作业本上留下一团阴影。我注意到桑杰不时拿眼瞟我，心思根本不在书里。最终，我鼓起勇气，凑到他跟前，小声问：

"你管她叫什么？"

"阿妈拉。"桑杰轻声答道。

"阿妈拉？"我愣住。

桑杰点点头，一脸无辜的样子，马上又假装把注意力放回书本。直到宋飞仙端上晚饭，他才匆匆把作业收进书包里。宋飞仙把热气腾腾的羊肉汤和糌粑摆到桌上。坐到桑杰身边，她又重复说了一遍这里不如北京，伙食上只好将就一下。

"他说叫你阿妈拉？"我嗫嚅着问。

"没错，他是我儿子。"她夹了一块肉给我，试图转移话题，"住了那么久，我还是习惯用筷子……"

"亲生的？"话说出口，我才意识到这个问题太唐突。

"好吃吗？我厨艺还算可以吧？"她假装没听到，同时躲开我的眼神，闷头吃饭。

交谈就此停住，沉默像黑夜捕获山谷一样捕获了这间小屋。万籁俱寂，在这样沉闷的夜里，柴火在炉中发出的爆裂声，以及孩子嗍骨头的声音，轻易地盖住了我们急促的心跳声。

宋飞仙在灶台洗碗时，我走了过去。这双原本白皙如柔荑的手，如今变得粗糙不堪，还没到隆冬，手背已经皲裂，裂口没有血痕，只呈现出一线惨白。我从她手里抢过碗筷，兀自洗了起来。她也不走，就看着我洗。

"我现在不叫宋飞仙了，叫卓玛。仁波切赐给我的名字。"她沉吟道，"我还记得十几年前拍第一部戏，导演建议我改名，说'飞仙'俩字土，不太像能红的样子。你知道这一行，很多人都会改名，大多是为了转运。但我想都没想就拒绝了，名字是我爸取的，他希望我能像仙女一样被捧着哄着。现在回过头来想，他忘记了这个仙女迟早是要飞走的。你说，如果我当时就改了名，会不会有不同的命运？"

她呆立在一片昏暗的灯光下，双眼空洞地看着我洗碗的手。

我说："名字决定不了命运，人才能。"

"我也是这么想的。就像你，生在南方，却叫北树，好像注定了要连根拔起，挪到别处似的。"

她笑起来。只有她笑的时候，我才能从眼前这个穿着藏袍的女子身上，看到她以前的影子。

"注定你只能是一棵树，而我是个仙女？太荒唐了。"

"新闻还说你死了，更荒唐。"我说。

她露出惊讶的神色，很快惊讶又恢复成笑意。

"这里很封闭，我也不在乎外面的人说我什么，我把自己当成一个新的人来活。"

"所以你才住到这么偏僻落后的地方？"

"这里是我的世外桃源,但凡它再热闹些,我就不住这儿了。是仁波切帮我找的地方,他年轻时在这里住过。我请求他不要对任何人透露我的行踪。"

"是仁波切给我你的地址……"

宋飞仙在我身后忙活起来,没有答话,我只顾埋头刷碗,看不到她在忙什么。几分钟过去,她若无其事转移了话题:"你怎么样,当导演了吗?"

"现在不想当导演了,当导演也没什么了不起的,不如花钱培养导演。我开了公司,投资电影,也做经纪,捧出了一个特别红的喜剧明星,你可能没听说过他,叫郝幽默。"

她愣了一下,然后说了句"那也挺好",便又陷入沉默。

整个晚上,宋飞仙都在这小小的两间屋子里忙来忙去。我看出她是刻意用家务活来掩盖我们之间的尴尬。最后,她把叠在箱子上的羊毛被铺到两张床上,她和桑杰挤在左边那张床,我躺在右边那张。她拉了灯绳,四周陷入一片黑暗,只有星星点点的黄光从炉口的缝隙里怯弱地溜出来,微微照出房间的轮廓。我看向另一张床的方向,宋飞仙搂着孩子背对我,她保持侧躺姿势一动不动,直到阴冷的空气里回荡起孩子熟睡的气息,才翻过身平躺着,眼睛盯着房梁。许久,她才开口说道:

"八年前,我曾想打掉孩子,等风头过了,再重新好好拍戏。"她的声音如炉光一般微弱,"两个月了,我才知道自己怀孕了,我去医院,医生让我听听胎心。听到那微弱的跳动声,我很惊讶,他还没成形呢,怎么就有心跳了呢?我能感觉到孩子在我肚子里反抗，他在我肚子里啊，我想什么他都能知道。这种感觉越来越强烈，最后我决定生下来。我找仁波切，他指引我来到这里。除了佛祖，这里没人认得我。"

我把双手枕在脑后，在微光中想象：当我正庆幸于裹住我的那个琥珀的碎裂时，宋飞仙正挺着孕肚，无助地奔走在那条云端的山脊土路上。我微微抬起手肘，挡住顺着眼角淌下的泪水，忏悔般说道："我太自私了，对不起……"

"你不用自责，跟你没关系。"她说，"你来了挺好，不管是八年还是十八年，只要你来了，我都会很高兴。"

沉寂了一阵，才听她继续说道：

"那天刘鹏宇带我去见王松鹤，说王松鹤要拍一系列电影，投资很大，想让我演女主角。以我当时的性子，机会摆在眼前肯定要去争取。不是没想过可能会发生的事，但刘鹏宇说他也会在，我就打消了顾虑。然而，当我敲开房门，房间里却只有王松鹤。他假意和我聊了一会儿戏，渴了，让我也喝水。我怕水有问题，没喝。我注意到他神色很不自然，便推说落了个重要东西在车上，要下去拿。他一听就火了，冲过来拽住我，把我扑倒……"

我坐起身，在炉火的微光中穿好鞋。空气湿冷，血脉却是滚烫偾张。在这狭小逼仄的房间里，我不停来回踱步，带着粗重的喘气声。最后，我打开门，如幽灵般走了出去。我倚着墙点燃香烟，一口接一口不停气儿地抽。屋外漆黑一片，只有寒风呼号，好像这谷里美好的景色已被悉数吞噬。

"进来吧，夜里寒气重，别着凉了。"宋飞仙隔着门轻声唤道。

135

等我进屋，她已经披上外套，正往炉子里添煤炭和羊粪。

"都过去了，我早就接受了这样的命运。"她说，"桑杰是上天给我的礼物。他出生那晚，我没有任何经验，发动了才意识到要生了。我强忍着痛，跟跟跄跄走到最近的一座泥屋前敲门，那天雪下得可大了，差点没死在半路上。门敲开了，但是接生婆在很远的地方，那么晚赶不过来，多亏邻居家老太太帮忙，折腾到天亮才终于把孩子生出来。"

添完煤，她站起身。可能是因为气血不足，她低头站了一会儿。

我张开双臂，想抱她。当我的双手即将碰到她肩膀时，她俯下身，坐回了她那张床上，躺下，盖好被子。

我不安地缩回手，立在原地。许久才蹲下，把颤抖不止的手伸向炉口。

"这八年过得很辛苦吧？"

"不辛苦，你千万别这么想。以前我一心一意想好好拍戏，现在就是很平静地生活。"她说，"这些年我学佛，也有一些体会和领悟。人经历过极端的痛苦，对世间万物都会看得平淡，进而发现每一件小事的闪光点，每一次这样的发现，都能生发出真正的幸福。"

我惊讶于宋飞仙会说出这样的话，这是对人生最为切身的思考。曾经我也无数次在写给她的信里吐露过类似的感悟，却从未如此深刻。于我，它们是吉光片羽，是片刻间矫情的嗟叹，对她而言，却是清晰明了的如空气般存在着的眼前的生活。

在我思绪如蒲公英般飘散时，宋飞仙又叹了口气，说："我总在琢磨，再见到你要说些什么，要给你什么样的答案，等真正见到你站在这里，却又不知道该怎么开口了。其实，或许你不来，会更好，我已经习惯这里了。"

"不打算回去了吗？"

"回去哪里呢？"

"哪里都行，离开这里……"

"在我走投无路的时候，我回去过东北那个小县城。那时候我肚子已经显了，我记得很清楚，我把自己包得厚厚的，走在雪后的小城街道上。到处堆着脏雪，湿淋淋的，我心里想，摔一跤也好，把孩子摔没了，也就解脱了。我拐进一条小道儿，在我家楼下停住脚步，我压低帽子，希望不要被任何人认出来。三层高的红砖墙，楼门口杂乱地摆满各色自行车，车座上全是残雪。从我记事起，我们一家就住在这儿了。筒子楼楼道很暗，我把钥匙插进锁孔，锁孔生了锈，我甚至想，如果钥匙断在里面也挺好。但锁很快打开了，推门进去，带起了一层灰。我爸去世后，我就再没回来过，里面的东西都没动过。很空的房子。我用手指在餐桌上擦了擦，留下了一道灰印。以前我想接我爸去北京，他不肯，怎么软磨硬泡都不肯，他就想老死在这屋里，然后跟我妈葬一起。我在那里住了几天，空落落的，很多亲戚、同学不知道哪里听来的消息，特地来串门。我刚拍戏那阵子，好些同学来往还挺密切的，慢慢就聊不到一块了，那时他们讨好我，就像我讨好别人一样，我一眼就能看出来，跟照镜子似的。我出了事，他们来，也许带着三分同情七分笑话。很快我就离开了，我知道我已经不属于那里了。"

她淡然地说着。这番话，使我想起我的老家榕江。事实上，我已经记不清自己有多久没有回家了——那个曾经无比熟悉、如今极其陌生的地方。回忆像这谷里的枫叶，一片一片脱离树枝，在空中飘荡，在地面铺叠。所有的回忆都一样，并不会被彻底地遗忘，最终腐烂成泥；一旦情绪的风吹起，成堆的落叶会像涌动的波浪，在心里激荡。

"仙仙。"我唤她。

"嗯？"她应了一声。

"你不想有个归宿吗？"我故作轻松地问她，同时为自己反常的小心翼翼感到沮丧。我意识到，在宋飞仙面前，我所有的自信和骄傲都会不战而降。

又是一阵难耐的缄默。孩子转了个身，被子窸窣，她一边轻拍孩子，一边用同样故作轻松的声音来打破这沉默：

"孩子就是我的归宿啊，去年我们养了一匹小马，他喜欢骑着到处跑。这山谷是我和他的归宿。"

我蒙住厚厚的被子，再没有说话。

我们陷入沉默，直到炉火烧尽，最后一丝黄光熄灭。

早上醒来时，宋飞仙那张床已经收拾如昨，隔壁厨房里传来做饭的声响。

我坐起身，穿好衣服，把铺盖也卷起来叠放到箱柜上。不知什么时候，桑杰站到了我身后，笑着看我，眼里闪着清澈的光。桑杰的睫毛又细又长，乳牙掉了几颗，说话还微微漏风。我把桑杰拥到怀里，又抱到腿上。

"今天没上学？"

"今天星期六，不用上学。"

"哦，我都忘记星期几了！你在哪儿上学呢？"

"要走很远，阿妈拉每天接送我。"

我提议一会儿去找尊珠借钥匙，开车去兜兜风。桑杰很兴奋，跑到厨房跟阿妈拉说去了。不一会儿宋飞仙拎着水桶和装着牙刷牙杯的小篮子，喊我一起去洗漱。泉眼有两里地远，每天宋飞仙都要去那里汲水。

我们安静地走在前往泉眼的小路上。一层薄雾笼罩着这片山谷，它们从雪山流浪而来。向上望去，山顶隐匿在浓云中；云雾沿山体倾泻而下，山腰犹如挂起一道铅灰色的纱帐，松林隐现其间；最终雾气流淌到山谷里，万物氤氲，遍地白霜。泉眼在一个山坡下，山坡没有草，只是一片光秃秃的黄土，路湿滑无比，我们几乎要扒着地面走才不致滑倒。出水口埋在土里，水从一根细长的管子里流出来，细细的水流到浅浅的水洼里。

宋飞仙熟练地把桶放到水管下，又熟练地给三个杯子接了水。我们满嘴白沫，在这晨雾中刷牙。她看着我，突然笑出声来。她笑我也笑，孩子也哈哈笑起来，笑声回荡在这山谷里，有些许苦中作乐的意思。

"再冷一点，水冻住了，怎么办？"我问。

"冻不住，每天照常打水。"她说。

"冬天很冷吧？你的手都裂了。"

"还好，都习惯了。"

"钱够用吗？"

"之前攒了一些，这里也没什么花钱的地儿。"

回去路上，雾气散了些。我们绕路去村长家找尊珠拿了车钥匙。村长很是热情，包了一纸袋的风干牛肉塞给我。回到小屋，陆陆续续有邻居过来串门，她们都听说了，卓玛家来了个男人。但她们大多不会讲普通话，我只能看她们围着宋飞仙打趣，也惊讶于宋飞仙的藏语竟说得那么流利。通过宋飞仙羞红了的脸颊，我大概能猜到她们在聊些什么。她让我赶紧带桑杰开车出去，我偏挺起胸膛，杵在邻居们中间，欣然接受大伙儿的品头论足。

等到人群散去，薄雾也消散殆尽，但天还阴着，乌云像井盖扣在这片谷地之上。我晃了晃手中的钥匙，桑杰手舞足蹈蹿上副驾驶。我发动汽车，按了声喇叭。宋飞仙倚在门上笑着，但就是不挪动脚步。我知道她什么意思。我下了车，为她打开后座的车门，并做了请的手势，她才扭着腰像贵妇那样浮夸地爬上了车。

越野车在山路中疾驰，路边的风景飞快地向后退去。打开车窗，冷风灌了进来。我鼓励桑杰把头伸出去感受什么叫作真正的"兜风"。起初桑杰有点怯，只伸出手，后来才终于放开胆子，把小小的头靠到了窗框上。桑杰咯吱咯吱傻笑着。我"呜呼"叫起来，桑杰便跟着我叫。车轮扬起一阵阵野性的呼喊，把所有的烦恼都抛到了颠簸的土路上。

车在山口那顶五色经幡旁停下。桑杰不舍得离开,执意留在车上。我和宋飞仙下了车,缓步走着,脚底的落叶在湿气中有了腐烂的征兆,它们安静地耷拉着,没有了昨日涌动的生机。

"出了山口,有个湖,你回去路上应该可以看到。我去过几次,水很清澈,特别到了夏天,湖水像一面镜子,倒映着蓝天青山。"

她停下脚步,望向那条通往山外的路。山里的风拂起她额上的乱发。好一会儿,才接着说道:

"蓝天青山、天地万物,都装在了那个湖里。很多鱼,各色各样的鱼,就在湖里倒映的那片天空里,游来游去,看着如同在天上飞。"她转头看着我,"你记得有篇课文吗,背过的,记到现在。'潭中鱼可百许头,皆若空游无所依'。以前不懂写的什么意思,现在明白了,那首诗里,无论鱼或人,都是空落落的,无依无靠。"

我笑了笑,内心翻涌上些许落寞。

她像是要找个话头,又说:"桑杰会记住今天的,这是他第一次坐车。"

"我很喜欢他,他跟城里的小孩不一样。"我看向不远处的车,桑杰正趴在方向盘上看着我们。

"一方水土养一方人,也造就一方人,他生在这里,长在这里,这里便是他的故乡。我很庆幸仁波切为他找到了一个很好的故乡。"她抬头看向经幡,"你有没有发现,其实,从某种层面来说,我们所有的情绪,所有的爱和恨,都根源于故乡。"

我吃了一惊,原想说句什么,终于还是语塞。过了很久,才回过神来。

"你想过桑杰的前程吗?"

这是再一次的小心试探。本以为她会因为未曾有过久远的规划而不知所措,但她出乎意料地、非常干脆地回答道:

"他的前程得由他自己来选择。"

"那,是不是可以带他回北京上学?"

"现在没必要。等他成年了,如果有一天他想离开,我会放他走。"

这时桑杰跳下车,朝我们飞奔而来。我张开双臂,一把把他抱了起来。

我笑着问桑杰:"汽车好,还是你的小马好?"

桑杰左右为难,最后才不情愿地说:"都好。"

"一会儿换你教我骑马。"

桑杰面露难色:"你会把小马压坏的……"

"不会,我会轻轻的。"

"那,行吧……一定要轻轻的。"

当桑杰骑着马儿在山坡上飞驰时,我并没有如自己请求那般也跨上那匹小马。我只是坐在枯黄的草地上,看桑杰疾驰而去,快意而归。每次向我跑来,桑杰和小马都带着渴望得到认可的神情,被夸赞后,就原地转起圈圈,兴奋地叫嚷。和之前的不情愿相反,现在桑杰再三邀请我一起策马奔腾,甚至说出了"礼尚往来"这样的成语。在北京,我虽常去马场骑马,但这匹小马太过孱弱,我实在于心不忍。等桑杰骑累了,我便和他玩起举高高的游戏,把他抛向天空,又把他紧紧搂到怀里。

到了中午,我们才牵着小马回到那座最边远的小土屋。

远远就看到宋飞仙在那个没有门的院子里干活。她把松枝放到一块粗木上,举起劈斧将其砍成两半,再放再劈,如此周而复始。干得吃力时,就把沉重的劈斧扔在一边,双手捶起后腰。然后她弓背站着,凝视土墙,一副魂不守舍的模样。我不知道她想起了什么,或者在回忆什么,她久久回不过神来,直到桑杰叫唤,才仓促转过身对我们失神地笑。

我心疼且疑惑不解:"这些柴不是花钱买的吗?怎么还要自己劈?"

"能有干松柴买就不错了,劈这点柴算什么?"她拿起扫帚打扫散落的木屑,"我还得拾羊粪晒羊粪,孩子长太快了,年年都得给他织毛衣。你看屋里那煤气炉子和管子是我自己装的,这个马厩是我自己垒的,等开春,我还打算给这院子装个门呢。我真挺能干的,你一点都不用担心。"

她这话是想让我宽心,但我却上来了脾气:"你真挺能干的,跑这儿度劫来了!"说完捡起地上的斧头就要帮她劈柴。她虚张声势笑话我,说劈柴也是技术活儿,别以为有点蛮力就行。接着又耐心给我讲解一通,直到认可了我的动作,才安心进厨房做饭去。原本我还想一口气把所有松柴劈完呢,然而没劈多久,手就酸到举不起来。我很懊丧,但也只好到屋里歇一会儿。

我坐到她和孩子昨晚睡的那张矮木床上。桑杰给我倒了碗茶,乖乖坐到我身边。这时我才注意到,床头里侧放了根甩棍。

我用左手拿起甩棍，问桑杰会不会用，桑杰说阿妈拉教过他，但他力气太小，甩不出来。我起身给桑杰演示了一遍，以此来展现自己的男子汉气概，但桑杰不以为然，说：

"阿妈拉也会，她耍得可好了！阿妈拉说，要是晚上有坏人来，她能赶跑好几个！"

我笑了，这种地方，哪来的坏人？

"有坏人！同学都说我是野种，他们是坏人！"

我心往下一沉。我在桑杰跟前蹲下，注视着那双清澈而又无辜的眼睛，"还有什么坏人？我给你报仇！"

"大胖子才旦总是欺负阿妈拉，他来找阿妈拉借钱。他住的房子是最大的，还来借钱。阿妈拉给了他好多钱，不给他还会摔东西呢，他还打过阿妈拉，他是最大的坏人！"桑杰两眼放射出愤怒的光，看起来就像一头迷失在荒原里怒不可遏的小狼。

我勃然大怒，嘴里吼着："这个胖子住在哪里？"

桑杰跳下床，跑出门，手指远处一座两层楼的屋子，"那里！"

我跑到马厩，一把扯过缰绳，踏住马镫，翻身上马。小马被我狠狠抽了一鞭，前蹄重重击打在地面，发出清脆的响声。当我骑着马冲出院子时，身后传来桑杰着急呼唤阿妈拉的尖叫。

我驰骋在这满眼枯黄的山谷里，眼前尽皆破败，万物似乎都在寒冬赶来前仓皇逃难。风在耳边喧嚣，不断煽动我悲愤的情绪。原来我想错了，不管在哪里，不管贫穷富有，都有牛鬼神蛇跑出来祸害人间。

到了这座全山谷唯一的二层楼房前，我勒住缰绳，翻身下马,狠狠抬起脚,踹开那两扇暗红色的大门。

"才旦在哪?滚出来!"

我气急败坏地吼叫着冲进去找人。在第二个房间里,一个睡眼惺忪的胖子正慌乱地穿着衣服。不等胖子反应过来,我紧握拳头朝那张肥脸砸过去,两下三下,不知道揍了多久,胖子才旦已是鼻青脸肿,两个鼻孔里涌出鲜血。

才旦嘴巴里含混不清地咒骂着什么,我听不懂。我揪住才旦衣领,恶狠狠地说:"你再敢欺负卓玛,老子就宰了你!"才旦茫然地看我,也听不懂我说什么。我把才旦摔到床上,气呼呼走出门。门口好些人在围观。

"尊珠呢?谁叫一下尊珠,我要他给我翻译。"我对人群嚷着,做出手握方向盘的姿势,"尊珠!尊珠!"

很快宋飞仙带着桑杰赶了过来,喘到上气不接下气。她牵着桑杰走到我跟前,确认我没事后就要往屋里走。我拉住她。这时才旦才跌跌撞撞走了出来,鼻孔里塞了两坨纸,模样很是滑稽。

"桑杰,你把我的话翻译给他听。"虽然是对桑杰说话,但我两眼仍直直地瞪着才旦。我一字一顿说道:"你以后要再敢欺负卓玛娘俩,我弄死你!"

虽然桑杰用的是怯生生的语气转达我的话,但才旦还是很认真地听完了。我接着说:

"你记住了,我是卓玛的丈夫,孩子他爸!我随时会来找你算账!"

桑杰迟迟没有翻译。

我低头看他,他也正看着我。我被他吓了一跳,他的眼神里充满了惊讶、猜忌、倔强和愤怒。是的,愤怒,这股愤怒在我们中间筑起了一堵厚厚的墙。

泪水从桑杰眼睛里汹涌流出。

但我没顾上这些,我在人群里看到了尊珠。

我吼道:"尊珠,给我翻译!"

尊珠跑到才旦面前说了一串话,才旦看向我,从嘴角边上挤出了一丝谄媚的笑。我没理他。我把桑杰抱上马背,一手牵马一手拉着宋飞仙,从容地穿过人群,往我们的小土屋走去。

我拉着宋飞仙的手,贪婪地感受那温热的气息。起风了,我胸膛里却满溢着暖意。就这样沉默地走了好一会儿,直到离那座二层楼房很远了,宋飞仙才松开手。她皱着眉,说道:"你这是惹事来了,惹完事你就拍拍屁股走了。"

"这种人教训完就不敢了,我见多了,吃软怕硬的东西!"

"你不能忍,我能忍,也必须忍!在北京那么多更过分的事我都能忍,这点破事有什么不能忍的?"

"是,从来都是你在忍!你到底欠了谁的,要这么卑微?"我仍旧气呼呼地,"还说什么世外桃源,真是笑话!"

"你还是不明白,哪里有什么世外桃源?你觉得它是,它就是;你觉得它不是,它就不是。"

"少跟我扯你那些佛学感悟!"我说,"你知道,我只希望你不用再讨好别人,作践自己!"

"我不觉得这算什么作践自己。你不要既替我做判断,又替我做决定，这是我的命，跟你没有关系！"

没有关系？怎么没有关系？

我的心脏剧烈地抽动着，像被人一把揪扯住。我停住脚步，在寒风中又一次细心地整理好衣服，也整理好躁乱的情绪。最后，我做了个深呼吸，说：

"我这些年运气不错，开了很有名的公司，挣了很多钱，住别墅，开豪车……"

宋飞仙困惑地看着我。说实话，我也不知道怎么就扯到挣钱去了。我再一次捋了捋思路，然后说：

"以前我没钱，满脑子都想着要挣钱挣钱，现在有钱了，才感到深深的遗憾和后悔。我肠子都悔青了！"我的声音和身体同时颤抖着，"你们娘儿俩跟我走吧！我不是因为知道你被欺负了才要带你走，从我踏上来这里的路那一刻开始，我就打定主意，要带你回去……"

宋飞仙愣在原地，好像灵魂瞬间被头顶那乌压压的浓云抽走了一般。她脸色煞白，有一股气倏地从胸腔蹿到脖颈，到嘴唇，再到双颊，最后来到她那黯淡的双眸，你能无比清晰地看到这股气的运行轨迹，最终，泪水从那双眸中一滴一滴断了线般滚落下来。她转过身背对我，寒风撩动着她单薄的颤抖不止的身体。许久，她才用手臂抹去眼泪，转回身来，用极其缓慢的语速说道：

"十几年前，你总是很温柔地对我笑，眼睛永远散发着机灵的光。很多时候我看着你，突然就觉得所有的背景都模糊了，只有你是清晰的。你送我护身符的时候，我曾以为自己终于找到了归宿。"

她喃喃说着,虽然眼睛看着我,神情却是涣散的。这些根深蒂固的记忆啊,往事啊,悔恨啊,原来都是把我们折磨得死去活来的凶器,如今变成了温柔的话语散落进寒风中,瞬间就消失得无影无踪。

"但是,八年了,说实话,我都快忘记你长什么样子了,我们早已经不是一个世界的人了。哪怕再见到你,我也依然很清楚——"宋飞仙挤出惨淡的笑容,却很坚定地说道,"现在,只有这里,才是我的归宿。"

风越来越大,它裹挟着干枯的草、败落的叶,以及宋飞仙的话语往远处呼啸而去。后来宋飞仙说了什么,我都听不到了。浓密的乌云低垂,像深海的浪涛吞没了头顶那片环形的天空,午后的天暗如冥冥薄暮。我们顶着风艰难地往前走,感到难以忍受的窒息。

"他真的是阿爸吗?"马背上传来小家伙稚气的呐喊。当时我没意识到一个脱口而出的谎言,会给孩子带来多大的冲击。这个问题从桑杰拒绝为我翻译那时起,就在他幼小的脑袋里生起连天烽火。

宋飞仙转过身,从我手里拿过缰绳。她一声不吭,也没抬眼看桑杰。

"你会走吗?"桑杰转而问我。

"他会走。"宋飞仙说。

"你能留下吗?"桑杰语气里充满的倔强,使得这个问题变成了一种命令。

我能留下吗？我为什么不能留在这里呢？哦，我从来没有考虑过这种可能，我已经习惯了所有自私者思考问题的方式。我始终以为，我们就该远离这种破落的地方，任何可能拖住你前进脚步的地方。人，难道不就应该往前走，不因任何人任何事做任何的停留吗？难道不就应该把一切锁镣、一切阻碍远远地甩到脑后吗？

是一个八岁的男孩，当场揭发了我，提醒我还有另一种选择。

"他不能留下，他必须在封山前离开这里。"宋飞仙再一次坚定地说道。

刘鹏宇辞退我的那一天，我就认为那是一种天赐的机会，像老家的母亲求的神、问的卦、卜的杯——总有神明或别人来替你做一个艰难的决定，以使你免于内心的问责和煎熬。

如今宋飞仙也给了我这样的机会。

"我不生气，他也不能留下吗？"桑杰的语气几近乞求。

"不能，他得回北京工作。"

桑杰没有再说话，一路上他都表现出和他这个年纪不相称的沉静。后来的两天，他再也没有跟我提起过"阿爸"的话题，宋飞仙也不再和我追忆遗憾的过往。一切都像达成了某种默契。

我离开那天清晨，山谷阴风散去，静谧舒朗。宋飞仙牵着桑杰站在门口，脸上带着澄澈的笑容，像柔和的阳光。我已经想不起她以前笑起来是什么样子的了，沧海桑田说的也许便是此情此景吧。山谷里万籁俱寂，尊珠发动汽车，马达声打破了所有含蓄的情绪。如我们在铁皮柜前那最后一次见面，宋飞仙终于又一次张开了双臂。我上前拥抱她。她的头发不再有从前那般的香气，但我仍把脸紧紧贴着她的辫子。最后，她把手里那本没有读完的藏语书递给了我。

　　她说："就这样吧，带走它。就当留个念想。"

手中之海

庄辰辰已经坐下，她还在笑。我这才注意到她嘴确实大，简直要咧到耳根边上了，再加上足有《新华字典》那么厚的红唇，巴掌大的小脸光是嘴部就占去了一半。这是硬挤出来的僵硬的笑，笑容在爬到耳根边的唇角的过程中，有充裕的时间慢慢舒展开，成为一种傲慢的笑。或许千金小姐都这么乐观自信吧，无时无刻不在用咧嘴笑来表达对生活恩赐的满意和感激。她坐在那里一言不发，周身散发着与普通女孩截然不同的光芒。

富豪老板有个很张扬的名字，叫赵东虎。

在这个两百多平方米的包厢里，我和郝幽默已经等了他两小时。来的路上郝幽默告诉我，他是个暴发户，前些年不知道从哪里冒出来的，靠炒地皮挣了好些钱，虽然因为行事作风过于出格而为业内人所不齿，但毕竟有钱，最重要的是有意进军影视圈。我不知道郝幽默哪里来的这些奇奇怪怪的人脉，郝幽默说都不熟，场面上认识的，人家愿意聊，只是出于给明星的一个薄面而已。

我们并排坐在沙发上。郝幽默转头盯着我看，好一会儿才开口问道："你很难受吧？"

我跷着二郎腿，用手机翻看那几部不知道什么时候才能找到钱开机的剧本，消磨时间。

等了两个小时，起初胸中那股怒火早已烧成灰烬，此刻我的确只感到难受。以前太过顺风顺水，都是让别人久等，接受别人吹捧，坐等别人送上钱来。实际上，我并不耽于高高在上的姿态，何况这段时间的危境撩起了搁别已久的不安全感。最近两年，郝幽默已经接连三部戏票房惨败了。这三部血本无归的烂片，也把公司拖向了困顿的境地。

风水轮流转这话说得没错，你不知道什么时候会从井口掉下去，不知道能不能抓住井壁上的藤蔓，不知道这一掉是不是就永无翻身之日。我很悲观，如果再找不到投资，下一步或者砸锅卖铁，或者干脆贱价卖掉公司，一夜回到解放前。

没有真正施以援手的人。没有真正仗义行侠的人。别指望郝幽默，他有钱，但绝对掏不出来。

所以，你很难受吧？

手机里这个剧本，是为郝幽默量身写的——依然是部喜剧片，一部好的喜剧片应该用嬉笑怒骂甚或荒诞不经的表皮包裹起现实批判的核心——显然，它已多易其稿，却仍未达标。讲的是霸道总裁与灰姑娘几经波折后终成正果的爱情故事。剧中，总裁并未遭遇创业之初的困难挫折，以及起起落落的痛苦煎熬，顶多只是不断在各种阴差阳错中闹出笑话，好像要体现就算无脑也能把企业经营得风生水起一样。他把所有的时间都用来谈恋爱，因为微不足道的误会而歇斯底里，痛不欲生。你能想象郝幽默将如何演绎这个角色——丰富的肢体动作，浮夸的说话方式，虚构的方言，等等等等。

"扯淡！"

我放下手机，说不清是对刚翻完的剧本嗤之以鼻，还是对郝幽默尖刻问题的回答。

终于，包厢的双开大门被两个服务员推开了。

进来三个人，和一条狗。

走在前头的赵东虎迈着嚣张的步伐，以最大的幅度摆动双手，横肉配合地在五十多岁的脸盘上震颤着。他穿印着花哨图案的紧身T恤，圆肥坚挺的肚子像一座坟头即将撑爆单薄的布料，同样紧身的牛仔裤耷拉在坟下，仅靠一条皮带维系着，H形金色皮带头色泽鲜艳；一双深蓝色的豆豆鞋，印着一堆古驰logo。跟在身后的两个马仔——直到饭局结束，我还是搞不清他俩什么来头——一个身形瘦小，拎着个公文包；另一个高大壮硕，像保镖，牵着一头不知道是什么品种的大狗，凶神恶煞的。

恶狗简直是拽着保镖闯进来的。到了陌生环境，既兴奋又好奇，在环顾一圈包厢后，它狂吠着朝我和郝幽默冲了过来。所幸保镖及时拉住了狗绳，但郝幽默已经惊叫着跳上沙发，面色发白。赵东虎哈哈大笑，本就狭小的双眼陷进横肉里。我瞥了眼郝幽默，看得出他生气了，又不好发作，只能用讪笑尴尬地掩饰怒色，然后他跳下沙发，眯起双眼，展开双臂拥抱赵东虎。

演技自然，毫无破绽。郝幽默用玩笑的方式说出临场发挥的台词："东哥就是东哥，连出场都那么不同凡响。"

赵东虎点点头，满意地朝餐桌走去。入座时，他抢过保镖手里的狗绳，松了松，狗又吠叫着往郝幽默身上扑。郝幽默像只胖猴灵活地蹿上椅子，明显是演出来的惊吓，也确实是豁出去了，那神情动作，感觉那个靠卖笑谋生的喜剧灵魂又回到了他身上。

"不愧是搞笑明星。"

赵东虎简单的一句话，算是对郝幽默积极献媚的嘉奖。

继而是觥筹交错。席上无非就是说说新闻时事、经济态势，以及吹嘘各自手上的人脉关系，但是郝幽默总能找到气口把话题扯回到公司和投资的正事上。然而赵东虎并不接茬，每到这时他便埋头吃饭，最后他打断郝幽默，问道：

"你们上一部挣钱的电影，是哪一年的事了？"

郝幽默愣了一下，才嬉皮笑脸应道："东哥，您应该问咱们合作后的第一部电影，能挣多少钱。"说着，他举起酒杯，站起身，弓着腰，要和赵东虎碰杯。赵东虎没有起身，只是条件反射似的也拿起酒杯。郝幽默凑上前，用杯口轻轻撞了一下赵东虎的杯肚。

"我干您随意！"

说完，仰起脖子一饮而尽。

"这气氛有点干，"赵东虎小抿一口放下酒杯，"这样吧，你给大家重现那个经典片段，你演的那电影叫啥来着？就是人和狗交换灵魂那部。"

饭局到此，我还没开口说过一句话。就那一刻，我骤然起身，以示不满——椅子在背后晃荡，终于还是没有倒下——用超乎寻常的分贝向大家报备：我要去一趟厕所。

从厕所的镜子里，我看到了自己即将迈入四十大关的、灰败的脸。最近我总觉得，这样的状态久了，人就成了一块僵硬的水泥，封住所有的活力、焦虑和挣扎，一切都失去了意义。一旦坠落，那就是一落千丈，并不存在什么中间的过渡地带。而这种令人绝望的触底，击碎的非只物质层面，它将导致一个曾经浮出水面的人在精神上的全面崩塌。——所以，我必须硬顶着这口气？然而，就算扭转了困境，我是能为电影大业做出什么了不得的贡献，还是能重拾导筒拍出一鸣惊人的作品？想想，无非就是害怕跌落井底，在一片浮华中隐去踪迹罢了。我往灰败的水泥块上猛扑几捧水，强打精神，对镜子挤出笑容。

既然无法割舍，就必须接受代价。

回到餐桌，郝幽默已搞定恶狗，正捧着狗头亲昵地互动。说不定刚才他已经学了几声狗叫，做了几个狗才会的动作，吐舌头，或者把双手曲在胸前之类的。

"这场合全是大老爷们，难怪聊不起劲。"见我回来，公文包嘟囔了一句。

郝幽默闻言抬起头看我一眼，然后自作主张拿起手机说："疏忽了，疏忽了，这就喊几个靓女过来。"

任舒雅很快就来了。她是公司培养了两年的新人，走清纯路线，如今在几部偶像剧里演些边边角角的角色。走进包厢时，怯生生的，像还没毕业的大学生。

公文包起哄："你这是姗姗来迟啊，要罚三杯的！"

任舒雅看郝幽默点了点头，才把酒灌进肚子里。

酒过三巡，时事新闻和人脉吹嘘不再吃香，从郝幽默和赵东虎嘴里吐出来的，尽是些无比下流的话题。赵东虎眯起眼，面露迷幻，终于假借酒劲搂过坐在一旁的任舒雅。任舒雅窝起身子，用手捂住胸口，不自在地赔着笑。按照常理，这种酒桌上，所有人都要必不可免地强行地装出含意不明的笑脸。郝幽默就恰逢其时说道:"我们家的妞儿,东哥觉得如何?"

并非我无法忍受低三下四,郝幽默自己低三下四的时候我就忍了。但现在这种低三下四,实在让人忍无可忍。于是,我用湿毛巾擦了擦手,然后高高举起,把它重重摔到桌面上——碗筷被摔翻,发出尖厉的碰撞声——随即愤怒起身,在众人惊诧的注视中绕过圆桌,从赵东虎怀里拉出任舒雅。

合作自然是黄了。

黄了就黄了吧。总会有别的办法吧?

后来在酒吧里,我喝得醉醺醺,流连忘返于令人迷醉的舞池。其实有点跳不动了,气喘吁吁像头老黄牛。郝幽默把我拉回卡座,不知道什么时候,卡座尽里边坐了一个二十出头的女孩,波浪鬈发垂在胸前,这使她多了一份同龄人所没有的风情。也许被紧身短裙勒得行动不便,她缓缓站起,对我微微鞠了个身,算是打了招呼。

"我叫庄辰辰。"她咧嘴笑。

郝幽默趴到我耳边,小声嘟囔:"是庄威的千金。没错,就是庄威集团那个庄威。"

我反应过来。又是个搞房地产的。

"我全跟她铺垫好了,你要把握好机会。"郝幽默满脸堆笑,"发达了不要忘记我。"

"我需要这样的机会吗?"

"你不需要吗?赵东虎的事我且先不跟你计较。就说上次,你如果没把我介绍的那个千金大小姐给甩了，现在还需要这么费劲巴拉地找资金吗？还需要那么为难，把许阳踢出公司吗？他可是你救命恩人呢。"

我很不喜欢郝幽默用这种方式来说许阳的事，但我还是尽量保持克制。我挤出笑，说："就算娶了豪门，我也会要回许阳的股份。要回来的股份，不是揣我自己兜里了，而是给你了，否则你也不会这么积极地给我和公司拉关系。"

庄辰辰已经坐下，她还在笑。我这才注意到她嘴确实大，简直要咧到耳根边上了，再加上足有《新华字典》那么厚的红唇，巴掌大的小脸光是嘴部就占去了一半。这是硬挤出来的僵硬的笑，笑容在爬到耳根边的唇角的过程中，有充裕的时间慢慢舒展开，成为一种傲慢的笑。或许千金小姐都这么乐观自信吧，无时无刻不在用咧嘴笑来表达对生活恩赐的满意和感激。她坐在那里一言不发，周身散发着与普通女孩截然不同的光芒。众人觥筹交错，她却巍然不动，直到即将散场，她才趴到我耳边，轻声说：

"哥，我想当演员。"

DJ制造出来的电音特别吵闹，所有人都张牙舞爪，用最大声量及各种夸张的手势来表达和交流。但庄辰辰却是轻声细语的，在这闷热嘈杂的密闭空间里，像缓缓吹拂过来的晚风。

我开车，副驾驶坐着庄辰辰。电话里，我邀请她去看某部新上映的爱情电影。她毫不掩饰地用激动的语气，说她刚好很想看这部电影，然后问我时间地点。我开车到她家门口，她迈着欢快的步伐走出院子，拉开车门坐了上来，没有丝毫扭捏。

我注意到她化了淡淡的妆，不浓不寡，恰到好处；穿白色短裙，裙摆在膝盖前摇曳，看起来青春得像十六七岁的高中生。

汽车穿行在拥挤的街道，我却一点都不着急。我在脑子里盘算着，如果错过电影，也可以带她去吃顿晚餐，进而去喝杯酒。我先是意识到自己的卑鄙猥琐，进而将其解释为带着底气的从容。

她先开口问我："哥，你多大了？"

"三十八，是不是很老了？"

"还好，男人四十一枝花，现在流行大叔。你是离婚了还是没结婚？"

"我恋爱都没认真谈过几次，现在也是大龄剩男了。"

"瞎说，年纪大没关系，思想观念不要太古板就行。我二十二，当演员会不会太老？"

"不老，恰好合适。"

"我家里倒是反对的。他们觉得演员就是戏子，下九流的行当。"

到处都是乱窜加塞的车，我握紧方向盘。

"是有这种说法。那你为什么想当演员？"

"我也说不出来原因，最近一段时间，我特别喜欢翻看以前的各种电影颁奖典礼，每次揭晓奖项，那段隆重的背景音乐会让我莫名其妙感动。其实看奥运会颁奖也有同样的感受，但我肯定来不及当运动员了。当然了，我家人也不会愿意我当运动员的。"

"我以为你会说'当演员可以体验不同的人生'这种扯淡的

鬼话。"

庄辰辰哈哈大笑。我没有转头看她,但也配合地挤出笑容。

和所有初相识的场景一样,两人的对话尴尬地停顿了一会儿,我也实在不知道和这种年纪的小女生能聊些什么。倒是没想到她会和我聊起文学,她说:"听他们说你是念中文系的,你最喜欢哪个作家?"

我思索了一会儿,远离文学太久了,实在回忆不出来自己的喜好。我随口说出"陀思妥耶夫斯基"这个名字,这个名字够长,也够有深度。果然庄辰辰打了个长长的哈欠,我瞥见她在擦去眼角的泪液。

"对不起,可能是条件反射。"她又笑起来,"我读书的时候就记不住这种长长的名字,只记得'斯基'两个字。所以我总觉得搞文学的特别酷。"

"我不搞文学,我只是个搞影视的。再说搞文学也并不酷。"我纠正她。

"我身边全是各种各样的商人。我不认识什么作家或文学家,但就是觉得很酷。"言语间有了撒娇的意味,但她并不强行要求我接受她的观点。

至于那天在车上还聊了些什么,后来我已经完全不记得了,只记得她像记者一样,不停问我问题,这些对话在我看来味同嚼蜡,不值得费脑子强行记录。没错,对于不甚在乎的事,我总是选择性遗忘。但对庄辰辰来说,那天在车上发生的一切意义重大,这辆汽车不再是辆汽车,它是哥伦布的航船,带领她发现从未抵达过的新大陆。后来，我们果然错过了电影，却也没有去餐厅或酒吧。我们开着车在街道上转悠。

我们的恋爱关系就是在那时候确定的。在某个街口等红绿灯时，我把手放到了她搁在扶手箱的手上。

像这样的日料店，北京每条街上都有那么几家。庄辰辰指定了这家，我暗自斟酌，不知道它有什么过人之处。我向来不喜欢日料，尤其厌恶那些生吃的东西，看到被摆上来的生鱼片或者还在蠕动的章鱼须，就不自觉认为人类还处于原始社会。

但没必要在这样的事儿上和庄辰辰争。

身穿和服的服务员把我领到小包厢前，弯腰递给我一双拖鞋。等我换好鞋，她先一步登上两级台阶，拉开障子门。是一个十平方米的榻榻米房间，只摆放一张古朴的实木桌，以及四把无腿凳。

我实在不喜欢这样的装潢，便走到门口等庄辰辰到来。当然，我也不喜欢等人。

十几分钟后，看到她从车里钻出来时，我想到了紫蝴蝶。她穿着紫色紧身短裙，裙上绣满振翅欲飞的蜂鸟，腰身很纤细，也使她无法自由迈开步伐。她扭动腰肢朝我走来，不经意间甩了甩头，光亮的鬈发就像装了弹簧在肩上晃荡。她向来这样，浑身散发着自信和骄傲，我现在分不清这种气质是与生俱来的，还是昂贵的服饰妆容包装出来的了，总之，这样的自信骄傲顺着庄辰辰的鬈发、淡妆汩汩流下，像倒流的熏香，浸润至胸前、腹部，再到小腿，最后从白皙的脚尖悄无声息地滑走。周围的空气涌动着一阵暗香。

"他们来了吗？"

庄辰辰走到跟前，很自然地挽起我的手臂。

我没有夸她好看，只摇了摇头说不知道。

服务员拉开障子门，我看到一边的无腿凳上已经坐了一男一女，桌上也摆满了菜。庄辰辰一下兴奋起来，几乎是冲了进去，和里面的女孩抱在一起。她把我介绍给他们，说她和女孩是一起长大的闺密，而男孩则是女孩刚处的男友。

"大叔你好。"这个叫陈默的女孩一边向我伸手，一边哧哧地笑起来。我握了握，像握了只无骨鸡爪，绵软无力。

"我听说过你，大制片人，赶紧把庄辰辰的戏安排起来吧。"她试图调动气氛。

"她爸妈不同意，需要再磨磨。"我把目光转移到庄辰辰脸上。

"是你舍不得她拍吻戏吧？"这下陈默干脆大笑起来。

我讪笑，岔开话题招呼大家喝酒。给庄辰辰倒酒时，我发现她脸已经红了，我猜她也许是因为想到自己拍吻戏那种场面而感到羞涩。

吃了一会儿，三个年轻人一直叽叽喳喳聊着，不时发出尖细的笑声。他们很快进入热聊状态，但我发现，大多时候我都听不懂他们在聊些什么。我只大概知道他们从化妆品聊到电竞，马上又变成了选秀明星。话题像颗滚圆的弹珠，在坚硬的地上跳来跳去，由于跳得太快，最后我眼前只剩一道一道模糊而又刺眼的光影。

然后他们大笑起来。

我用筷子拨动着盘子里蠕动的章鱼须，眼光从这个脸上挪到那个脸上，嘴角挤出的微笑因为持续太久有些酸痛。

终于，陈默转向我，她的视线刚好跟我的撞到了一起。

"大叔，你什么时候给我们辰安排戏拍？"她没意识到自己重复了刚见面时就已问过的问题。

"下个月，我们主投的电影开机。"我放下筷子，保持微笑，撒谎。

"我还以为马上就能去拍。"

"这样的进度已经很快了。而且，辰得先说服她爸妈。"

"她爸妈要肯，哪还用得着你？随便扔点钱就够你们拍好几部戏的了。"

不出几句话，陈默挑起来的和我有关的这个话题，就这样尴尬地僵住了。

庄辰辰夹了片三文鱼，蘸了点芥末，送进嘴里。

我把视线转向陈默那个叫王骁的男友："王骁是哪个行业的？"

"珠宝。"

"哦？我们这部新戏也会有珠宝品牌的合作。"

"别跟他谈生意，他不管这些。"陈默隔着桌子把头凑向我，俏皮地用所有人都听得到的悄悄话说，"要是他爸在，你俩倒是可以聊聊。不过他爸估计不会太在乎这种合作。"

年轻人们笑作一团,很快他们又讨论起夹机占的话题。我收起微笑,决定今晚就这样了,于是旁若无人玩起手机,直到庄辰辰用肩膀轻轻撞了我一下。此刻,他们的话题又跳到了我这个中年人身上。

"老林是学中文的,研究文学的老学究。"庄辰辰挑起眉毛,不无得意地说。

"我很好奇,你是什么时候换的口味?"陈默说。

庄辰辰眯缝着眼看向我,用浮夸的演讲的音调说道:"你看这位大叔,正当盛年,儒雅、忧郁、沧桑,同时又有点野性,细看还有些少年感,多么与众不同!我那些前任都黏着我,而大叔不一样,他有自己的世界。"

"当然啦,你的世界就是各种吃喝玩乐,就跟那谁谁谁一样,你懂我说的是谁。"陈默嘲笑着说。

关于我的话题,到这儿就又毫无预兆地跳走了。她们嫌弃地聊起某个总爱拿腔作调、无比做作的女友。我感觉自己在时间翘曲里穿梭,经历了漫长而又跳脱的过程,才终于找到最舒服的姿势:双肘压着桌子,把手机举到胸前,昂起头,垂下眼皮,这样才能彰显出对眼前一切无所谓的快感。

庄辰辰经常带我去她家门口的公园里瞎逛。我们沿着小径慢慢走,随意说着话。有时我会跳起来,用指尖触碰树梢;有时会捡几块石子,在人工湖面上打水漂。我做这些是为了展现自己并不老,还保持着年轻男孩的种种调皮习性。除此之外,别无他意。

和起初一样，在我们的交往过程中，庄辰辰总是扮演记者的角色，牵引着交流的节奏。我怀疑每次见面前，她都会做好功课，就像记者准备采访提纲那样。我也注意到，再说起陀思妥耶夫斯基这种长长的名字，她有意地克制着困意。她把我当成文学导师了，确实她也说过，文学是她新近的喜好。对我来说，除了文学，实在也找不到更适合和这位年轻女友聊上半天而不尴尬的话题了。因此，她提的那些或深或浅的问题，的确也促使我努力去达到她对于文学家的那种期望。

我腾出时间，亲手给家里装上了一个顶天立地的大书柜。书柜里摆放着大学时就买来的二三十本破破烂烂的书，十几年过去，它们越发肿胀如中年男人走形的身材，但始终没有被我遗弃。某个周末，我去了趟书店，给它们寻找一些年轻的伙伴。书店是个神奇的地方，跨进大门如同意味着盗墓之旅开启，每个书架每本书都向我发射出极具威力的暗器，质问我，震慑我。尤其电影书籍区，一旦走近它，无数水银朝我涌来，将我困住——说来可笑，做电影太久，我却几乎忘记了当导演的梦想。我买了上千本书供奉到书柜里，它们如同一匹匹烈马等着主人去驯服。

坐在公园的长凳上，庄辰辰问我最近看了什么书，这本书讲述什么故事，传达什么思想。我把前两天快速翻完的小说压缩复述讲给她听，以我的记性，再过几天就能忘记所有的情节。对我满口文学和诗歌、电影和音乐，她听得很是入迷，仿佛两人身处的不是城市公园，而是艺术殿堂。有一回在我讲述故事的时候，一对古稀夫妇从我们眼前悠悠走过，我猛地意识到：在公园约会，本身不就是一种极其老年做派的行为？我拉起庄辰辰往外就走，那架势有如逃难一般，直到在公园外找到一家露天咖啡馆才停下脚步。我说：

"以后我们不去公园了。"

"为什么？"

"公园虫子太多，"我说，"别把你蜇了。"

像记者那样发问完毕，庄辰辰会迅速转换身份，成为一名述说者。她说她曾有过短暂的留学生涯，两个月还是三个月，去时满腔热血，却因受不了孤独悻悻而归。父母并不在意她去哪里，只希望她能有点事儿干，如果同时能找到人生的价值和方向，不至于迷失在锦衣玉食里就更好了。

庄辰辰说："就算我迷失了，他们也不会在乎。只要我不惹麻烦，他们什么都不在乎。大多时候，我不会坚持去做一件事，这是对人生没有要求所导致的。你和别人不一样，你给了我无形的压力。"

她的话很多，说的大多是她对未来的幻想。她没有意识到自己本身就是很多人的幻想。

"我怎么样才能当上演员，并且成为一个好演员？"她问过我好几次这个问题。

怎么说呢？她可能会是个好明星，但很难成为好演员，至少，她绝对演不了悲剧，她永远无法驾驭那些悲情的角色。她未经历过人生的苦难，不懂人生的艰辛，因而对什么叫幸福没有概念。

我组织好文绉绉而又绕口的语言告诉她，想当好演员必须有丰富的人生体验，不是说演了不同的角色就算体验了不同的人生，而是有了丰富的人生才能演好不同的角色。

庄辰辰从不怀疑我的任何观点，甚至在我说出每个观点的时候，她都会露出发现新大陆的欣喜神色，然后用各种语言表达自己的醍醐灌顶。她穿上网购的几十元的衣服，跟在我后面挤上公交，我注意到她捂着口鼻，紧蹙眉头；去下小馆子，黏腻的地板已经让她望而却步，好不容易吃了几口，走出门就扶着树吐了出来。我说你只能演都市女孩，而且是很有钱的那种。她突然哭了，哭得很伤心，久久停不下来。她说自己在哪里都不被理解，被看不起。

我认为她说的是被我看不起。因为说完这四个字后，她扭头就走了。我没有追她，后来的几天里也未曾联系过她。经过几天的清静，我发现，对于庄辰辰新近经历的事、新近看的书，以及新近的情绪波动，我丝毫提不起任何兴致。

庄辰辰气呼呼敲开我家大门，往沙发上一坐，双手盘在胸前，什么话都没说，径自生气。我默默坐到一边，拿一本书心不在焉翻起来。这一翻，把她的怒火煽得更旺，她抢走书往地上一砸，控诉道：

"你们读书人气量都这么小吗？还不允许人家有点情绪了？"

她哭起来，梨花带雨的，两颊泛红，胸脯跟着抽泣的节奏上下起伏。我于心不忍，只好骗她是真的忙才没理她。我拥抱她，吻她脸上的泪痕，最后吻到她的嘴上。她不再生气，或许刚才的愤怒也只是有意的过度的演绎罢了。她闭上眼回应着我的吻，继而又垂下眼睑一颗一颗解开我衬衫的纽扣。

音响里播放着巴赫的《勃兰登堡协奏曲》，诗意舒缓。下午的阳光节节败退，正从客厅一步一步挪回阳台，最终它会消失在窗外。"它都不好意思再多待一会儿了。"我在庄辰辰耳边说着自己的发现，她嗔怪着打了一下我手臂，羞怯地扑进我怀里。

这只是所有普通情侣都会发生的一次寻常的欢爱，却超出了我的预料。欲望强烈得让人惊讶，这自然不是生理上的正当反应。这两年我谈过几个女友，却鲜少鱼水之欢。这种寡欲起源于一次偶然，那时才一半进程，我的身体就毫无预警地像条瘫软的蛇无力地滑出池塘。那是一种早衰，像一夜长出满头白发，再无回春可能。然而此刻如有神助，我的灵魂骤然跃出井口，纵上青云，凌驾于井外的世界之上。我征服了井外的万物，而身下，只是万物中的一个。我竭尽全力冲击，庄辰辰的神情越痛苦，就越激发着我用力地不计后果地进攻，直到最后抽身而出，筋疲力竭。一股意料之外的悲哀将我紧紧包裹起来。我犹如身处战场，这里刚刚经历过一场惨烈而悲壮的战斗，整个世界灰蒙蒙的，大地陷入昏睡。我得胜了，却全然没有凯旋的喜悦。

"我喜欢你身上的味道，"庄辰辰拥着我，我们挤在沙发上，"搞文艺的男人独特的味道。"

我清楚这是什么味道，是夹杂着惆怅的烟草味，以及虚伪的魂魄散发出的臭味。在这种自艾自怜的时刻，我讨厌这种味道。

庄辰辰打算在我这里住下了。她从家里搬来很多东西，又不知从哪里搞来一双棒针和七八团毛线，各种颜色花花绿绿摆到一起，晃得我眼花。她说要用爱心给我织一条纯手工围巾，像所有普通情侣一样，好把我彻底套牢。

我已经习惯了，她什么都想体验一番，摸到一点皮毛后就轻易放弃，再另寻他好。我并不指望这条围巾的诞生，深信它很快将胎死腹中。她模仿泛滥成灾的短视频教程，笨拙地穿针引线，似乎眼前不是凌乱交织在一起的毛线，而是一幅已然完工的锦绣。

她一边缠毛线一边缠我，要我赶紧给她安排戏演，俨然做好了和父母长期抗争的准备。我原想问她，什么时候告诉她父母我的存在，什么时候这些 old money 可以砸钱给我，什么时候我能渡过难关。

但最后我只问了她："拍戏的事，你不打算先跟你爸妈商量吗？"

"先斩后奏呗！"她满不在乎地说，"反正有你给我戏拍。"

说这话时，她盘腿窝在沙发里，手上拿着棒针和织好的一小截围巾，阳光洒落在她和她带过来的布偶猫身上。她浅浅地笑着，眼睛眯成一条缝，猫轻轻喵了一声，像是附和。

我的房子在近郊一个隐秘的小区。小区里房子与房子之间相隔甚远，如果不是有白色的墙檐掩映于枝叶间，你很难相信这不只是一片密林。正因如此，它常年冷冷清清，毫无人气。

此时我正站在二楼偌大的阳台上,身后是客厅里那盏繁复的水晶吊灯发出的一片耀眼的光。人们间或从花园里抬起头,会看到我双手插兜睥睨着脚下的一切。

"他向来如此高傲。"他们或许这么说。

但我不介意,在日常的周旋应酬中,我已经尽力保持着温文尔雅的风度。客人们到来之前,我冲澡,刮脸,头发用头油梳成大背头,现在它们正在我脑袋上服服帖帖地待着。然后我穿上外套,觉得它不够体面,脱下又换上另外一件。镜子里,我看着自己戴着金边眼镜,西装革履,像极了郝幽默曾形容我的——斯文败类。

公司融到资了。

——但我知道,经此一事,镜子里映照出来的这偶傥不羁、无所畏惧,实则内里已经坍塌了根基,毫无底气可言。

轻易可以想象有那么一天,庄辰辰父母见了我,会如此不屑地评头论足:你们这种 new money,根基都不稳的,很容易就被一阵微风吹倒。

但我不那么迫切去见他们了。

——最终还是郝幽默让赵东虎掏了钱。

我问郝幽默怎么搞定的,郝幽默神秘而又沾沾自喜地说:"任舒雅和赵东虎在一起了,记住,以后她就是我们公司的一姐了。"

我不惊讶,这是郝幽默做事的风格。

"怎么回事?你逼她了吗?"

郝幽默反过来问我:"这种事还需要逼吗?"

当真是我把自己当成了棵树，狭隘地追求向阳繁盛；而郝幽默这株野草，哪里有缝往哪里钻，野蛮生长，遍地开花。我感激郝幽默，终究是野草续了枯木的命；同时我又难以自持地带上些许嫉恨：原来我尚且不如一株野草坚强、自由，我所引以为傲的自尊和费尽心力获得的一切，在它面前，都不值一文。

是庄辰辰的生日，所以请来的宾客大多是二十岁上下的年轻人。这些年轻人或是富二代，或是演艺界新星，或是在潮流界坐拥颇多拥趸的红人。我与他们交集不多，但派对既是在我家中举办，就已经有了足够的吸引力使他们趋之若鹜。很好理解，就跟食物链一样，这些人巴着我，我巴着那些人，以前我不理解这辈子要怎么样才能爬到顶端，如今我发现自己根本看不到顶端在哪里。

庄辰辰问我为什么不邀请些制片人或导演过来。我说不需要，想演戏的话，有我就够了。

花园亮如白昼。无数条百米长的彩灯从阳台拉到围墙，璀璨的光闪烁在人们头顶。水底的灯穿透碧蓝的泳池，波光投影到墙面上，一种神秘的虚幻感扑面而来。波光尽头是被刷上一层浓厚黑漆的吧台，三名调酒师正在那里忙碌地调制各种烈酒，男男女女趴在吧台上，恣意调笑着。阳台对面，也就是大门边上，临时搭建了一个小舞台，摆放着鼓、键盘、贝斯等乐器。年轻的乐手们四散在花园各处，一会儿时间到了，他们将登台嘶吼那些只有年轻人才喜欢的无聊歌曲。

人们三五成群围着一张张高台桌，无序地爆发出莫名的欢笑声,从阳台俯瞰,笑声如烟花般一簇一簇在花园里绽放。泳池里人头攒动,嬉闹声、尖叫声几乎要撕碎头上黢黑的天空。一个头戴猫耳发箍的女孩坐在泳池里最大的独角兽泳圈上,几个男孩殷勤地扶着,小心伺候这位落难的公主。舞台下由彩灯和彩带围成的舞池里拥挤不堪,音箱播放着热烈的舞曲,人们跟随节奏忘情热舞。

庄辰辰和她的朋友们围着其中一张高台桌,我努力分辨,那些冰冷而空洞的笑声有哪些是来自他们。各色宾客里,没有几个是因为喜欢我或庄辰辰才这样聚到一起的,狂欢喧闹只是表象,功利、角逐和猜忌潜藏在这些被大铁门封锁住的所有空间里。我不确定这种感觉是否真实,也有可能只是我内心感受的一种外化反应而已。我经常产生这种错误的判断。

派对上有人在说我坏话。他们三个人或四个——都是很面生的——围站在不锈钢垃圾桶边抽烟,我路过时他们没有发现,也许他们发现了但压根也觉得我面生。我走过他们身后的树荫时,那里恰好没有光照。

"你们听说了吗?他刚刚把对家送了进去,据说判了五年。"

"是什么罪名?"

"不重要。重要的是,白手起家还是得有点手段才行。"

"他不是富二代吗?"

"哪是什么富二代,现在傍着个富二代倒是真的。据说他到处搞钱,再搞不到钱,公司就要倒闭了。"

几个年轻人笑到一起,空气里洋溢着欢乐。我并不在乎他们说什么，也许这辈子跟他们也就今晚这次交集了。原本我要走开，想了想还是掉头走向他们。我双手插在兜里，微笑着说：

"你们不知道吗，他是从山沟沟来的农民，以前在村里牵牛耕田的。背井离乡来北京，原本是冲着当大导演的梦想来的，后来却靠傍了无数个富婆，才有的今天。"

青年们面面相觑，满头雾水。就在这时，两扇铁门大开，从我这个角度看去，一个昏暗的身影大摇大摆走了进来，颇有万众瞩目的架势。

我一眼就认出这人是郝幽默，连这样的场合他都要压轴亮相。他像太阳般闪耀着，太阳系里所有的天体都被他那因肥胖身形而产生的巨大的引力吸引过去。人群一阵骚动，继而才是热烈的鼓掌。不知道的还以为他是今天的寿星。当然了，他调动五官欢快地应和众人，一会儿呈现微笑，一会儿呈现狂喜。这些年轻人把他当蜡像般，挤到跟前合影；他来者不拒，享受其中。仔细观察你会发现，这样的表演里其实包含了高高在上的成分，这与他在镜头前那种纯粹的逗笑迥然不同。

这才是正常状态下的郝幽默，在这种场合他简直如鱼得水。

郝幽默毫不费力在人群中发现我，手里端来两杯香槟。刚碰完杯，他又迅疾离去。整个晚上他都在人群中穿梭，像只花蝴蝶蹁跹于漂亮女孩之间，不断喝酒，不断嬉笑，最后只差没扒光衣服跳下泳池清醒一番。之前我已多次提醒他，不要蒙上色坯骂名，否则可能随时葬送自己的演艺事业。

这只花蝴蝶终于在切蛋糕环节飞回我身边。

蛋糕足有八层高，不知道用什么糖做的白天鹅被插在每一层的奶油上，平凡无奇的它们，用来衬托最上层那只优雅的仰着长脖颈的高傲的黑天鹅。我从背后环抱庄辰辰，双手握着她的手，她的手握着小刀，象征性地切了一下蛋糕。郝幽默在一旁捧场地鼓噪欢呼，担负起调动气氛的责任。

在那个不锈钢垃圾桶旁，我和郝幽默各自点着一根烟。郝幽默已有醉意，身体晃来晃去，像只肥胖的不倒翁。

"庄辰辰不会喜欢这样的派对。"郝幽默说。

"我看你玩得倒是挺欢快。"我说。

"那不一样，我都三十岁了。这样的派对很乏味，不是这帮二十岁的年轻人会喜欢的。"

"那他们喜欢什么？"

"总之不是这种闹哄哄的派对。"

"我不关心他们喜不喜欢。"

我眼睛盯着庄辰辰，她正被她的一帮朋友拱上舞台，摇滚乐队已经就位，庄辰辰满面红光站到立麦前准备开唱。

我问郝幽默："她看着不开心吗？"

"我整晚都在观察你，你经常一个人在角落游荡，就这样把她丢在人群里。也不知道你是不开窍，还是根本不爱她。"郝幽默的训斥充满恨铁不成钢的怨怼，"哪怕不爱，你也应该尽力去演吧？需要我教你怎么演吗？"

我不想和他争辩这些没意义的，抢过他手中的酒杯，一饮而尽。

175

郝幽默唠叨："肝不好就别喝了，又没人劝你喝。"

"喝点儿没事，我只是有点烦。"

"你那不是烦，是矫情。"郝幽默斜睨着看我，"人生得意须尽欢！你看看自己，不还是那个成功的商人，英俊的万人迷？"

"说得轻巧，哪一天又被逼上绝路了，还能像这次这么轻易翻身吗？再说，我要真撂挑子不干了，你能放过我？那些投资人能放过我？"

"说对了，就得把你这点觉悟逼出来。我费劲巴拉地要股份、拉投资，可不想到了什么也没捞着。"郝幽默喷出一口烟，"当然，人生走到这个位置，就不要指望别人能理解你这些所谓的烦恼和痛苦了。"

我在垃圾桶上掐掉烟头，"我自己兜着，不需要别人理解。"

郝幽默喊了一声："真心酸。"

没等我反驳郝幽默，大门边乐队就开始了吵闹的表演。我从未听过他们的歌，甚至忘了他们叫什么名字，是庄辰辰指定的他们。我花了十万块钱请他们来唱五首歌，曾经绝世独立的摇滚乐队如今沦落到靠走穴赚钱，着实有失体面，尊严破碎一地。鼓手、贝斯手、键盘手和吉他手把自己捯饬得跟非主流一样，疯狂卖力的演奏表达着做作的叛逆、控诉，以及真实的聒噪。漫长的前奏过后，取代了乐队主唱的庄辰辰终于开口唱道：

　　望家乡，
　　去路遥，

望家乡，

去路遥，

想母妻将谁靠？

……

怀揣着雪刃刀，

怀揣着雪刃刀，

行一步哎呀哭，

哭号啕，

急走羊肠去路遥。

　　现如今，流行歌曲都爱穿插几句戏曲，看似很有意境，实则荒腔走板，不伦不类。没想到连摇滚乐都走上了这条歪路。此时，这几句捏着嗓子的《夜奔》唱段，翻来覆去地从庄辰辰那曲线漫长的大红嘴唇里吐露出来，搅得我心烦意乱。虽然我远不至于就要号啕，但是，当庄辰辰刻意用婉转曲折的带着香烟味的嗓音制造出自怜酸苦的气息时，我却感到一阵强烈的如蒸锅里的螃蟹般的煎熬难耐。

　　可能是喝多了，一首吵闹的歌就使我头痛欲裂。

　　我扶着垃圾桶缓缓坐下，坐到冰凉的灰地砖上，同时不断呕吐，吐到胆汁跟着溢出，满嘴发苦。那帮伪乐迷围着舞台，佯装投入地欣赏，高举双手，做胜利手势，有节奏地摇摆身体。我敢说，他们并不理解原本这唱段说了什么，他们沉浸在自己营造出来的梦幻世界里，同时这个梦幻世界渐渐模糊在我的视线里。郝幽默早已不知去向,没有人来过问我的状况,直到摇滚乐队嘶吼完五首歌,直到派对进入尾声,都没有人来。

我意识到,自己就是这么个局外人。

汽车疾驰在高速公路上。

高架桥很高,路边的树冠仅勉强冒了个头。那片茂密的树林沿公路蔓延了十来公里,从车窗往外看,像一大片齐整的草原,松软绵密,若有无知的人不慎踏上这陷阱,必将重重跌至地面。

我和庄辰辰去北戴河。

只有两天的戏,但一路上庄辰辰还是不停地表达自己的兴奋和担忧。她抚摸着怀里的猫,试图让自己安定下来。

必须承认,我没有太把庄辰辰第一次演戏这件事放在心上。从确定要演到进组,她无时无刻不缠着我问应该注意些什么,她快把那两页剧本翻烂了,我都没告诉她可以突击学一下表演,告诉她怎么走位,教她怎么分析剧本,演这个角色需要投入什么样的情感,而这是专业经纪人必须做的。我打心眼里不希望她走这条路,不希望她把自己捆绑得太死,不希望说服她父母的重任落到我头上。

是郝幽默软硬兼施,一再劝说,我才同意让庄辰辰在他主演的这部文艺片里演一个很小的角色。对庄辰辰,郝幽默持跟我相反的态度,他恨不得庄辰辰即刻一炮而红。只有尝到甜头,她才会有足够的动力和筹码拉庄威入局。

在接连三部喜剧片票房惨败后,郝幽默呈现出强弩之末的态势，转型走文艺路线的决心也越来越坚定。他跟我吵个没完，放话说如果继续在喜剧片里扑腾，只会恶性循环，越演越差。但是，压根没人给他机会，他只好来缠我，让公司投资帮他，八百万的成本，算是很低的投入了。

说实话，在给他筹备这部文艺片的过程中，我越来越后悔用原本属于许阳的股份来拴住他了，他越来越不值钱了，掉价的速度比他身上肥肉滋生的速度还要快上许多。然而无论如何，是他解决了公司的危机，我别无选择。郝幽默得寸进尺，要我为他再当一次导演，美其名曰最后一次挽救我的梦想，看看我究竟有多少潜力。我知道他的小心思，毕竟只有自己当导演了，才会真正用心对待这部根本不可能挣钱的小成本文艺片。

郝幽默总有办法让你满足他的要求。

他说："我收回曾经对你说过的那句狠话。"

"哪句狠话？"他实在对我说过太多狠话。

"说你导演的那部短片很烂。"

"那句话我认可，确实挺烂的。不用收回。"

创业第二年，手上有了点钱，我就迫不及待筹拍了那部电影。第一次写剧本，第一次执导筒，哆哆嗦嗦，战战兢兢。现在想想，既然决意要拍，就应该豁出去，不惜一切代价。但我没有。公司要运营，要扩张，我自己并没多少钱，也还没实力拉来很多投资，最后只搞来了一点点钱，也只搞来了郝幽默主演，自此欠了他一个人情。原本计划九十分钟的长片，经历被各资方过分干预，被撤资，缩减预算，砍剧本，去场景，成片只剩下不伦不类的三十分钟。没有渠道走电影节，只能贱价卖给视频平台，最终，它就像落入芦丛的雪花，从未激起一丝涟漪。

因为这次尝试，我那三十几年的梦想、心性，统统被清除荡平。客观因素自然有很多，但终归是我才华欠奉，空有一腔热血罢了。

但郝幽默不这么认为。他推翻了自己曾经做过的恶毒评价。

"不是大家看不起，是大家看不见。看不见，并不等于它是烂的。相反，我一直觉得你可以。你真应该不管不顾，豁出去一次。"

我拒绝了他。

他不依不饶地劝我："你那个剧本写得多好啊，我当时看完难受了好几天，不然我也不会演。要不重拍吧？咱们把它拍成一部长片！"

思量再三，我依然跨不出当导演的那一步。但我接受提议，沉下心给郝幽默这部文艺片写了个新剧本。

"郝幽默拍多久了？"庄辰辰摸着猫问我。

"一个多月了，都在海边耗着，现在不知道黑成什么样了。"

"我很好奇，郝幽默演文艺片能看吗？"

"试试呗，失败了最好。拍完这部，估计他就能安心回归喜剧了。演文艺片挣不了什么钱，还是得演喜剧。"

"你怎么是这么想的？这可是你写的剧本。"

"就因为是我写的，才没有信心。"

庄辰辰愣了一下，说："那你还让我演？"

我非常坦诚地说："你也试试，说不定演完这两天，你就不再做演员梦了。"

庄辰辰喷笑起来，握紧拳头就往我身上砸。年轻的司机从后视镜里瞄着后座，我感觉司机不太适应这种调笑的气氛，便不再配合庄辰辰的嬉闹。安静下来后，庄辰辰又接连问道：郝幽默小时候家里条件怎么样？你说他也是农村来的，那他遭受过什么人间疾苦吗？演得了这种苦闷的电影吗？

我想起郝幽默流浪的青少年时代。打小他生活在山沟里，和奶奶相依为命。十岁那年奶奶没了，他扒火车去广东寻找寡母。还真找到了，母亲和继父收留了他。他们还有两个女儿，郝幽默处处被排挤欺负。没几年，他就出走来了北京，那时他已经长大，不需要再依附于谁。母亲从没有找过他，直到八年前他拍了第一部电影，她终于来到北京，向儿子要钱。

在北戴河浑黄的海边，一天的拍摄郝幽默都黑着脸，骂导演，骂演员，哪里他都一肚子不满。黝黑的皮肤并没有让他看起来瘦一点，他真的越来越肥了。直到看到我来了，他才稍稍放松下来。

"演文艺片可真不轻松。"在沙滩那把超大型的遮阳伞下，郝幽默一边吸着可乐一边感慨。

我抢走可乐，不让他喝，让他照照镜子都胖成啥样了。

他倒不恼，只是愁眉苦脸，"你说如果文艺路线也走不通，那以后我怎么办呢？"

"那就调整心态，专注搞笑。"

我认真地说着心里话。甚至可以说这句话是我的期盼，哪怕这部小成本文艺片惨败也不打紧，郝幽默继续搞笑比什么都值钱。

"我真的不想再搞笑了！"

"但也只能给你这一次机会了，能不能把握住，得看你自己。"

"就算这戏又失败了，我也不会再搞笑了。"郝幽默严肃地说，"这些年我想明白了一件事，要想自由，就不要被固化，必须从内而外打破自己——这一步很难，尤其是当你手里还紧紧攥着一些东西的时候。不要害怕花谢，花谢了才能结出果实。所以你不用再劝我，我真的铁了心放弃喜剧市场了，那不是我想要的。"

"你以为的自由是什么？别太自信了，不是你能够随意走来走去就叫自由了。干我们这一行，没有足够多的钱能行吗？没有足够多的钱，我能当一个有绝对话语权的导演？没有足够多的钱，你哪来的底气不演喜剧片去演文艺片？没有足够多的钱，在赵东虎面前你不也跟舔狗一样吗？"

"站在我的立场，不该跟你说这些的。但我实在看不下去了。你说，多少钱才算足够多呢？你所追求的自由，原本就在手边。只要放弃现在所拥有的一切，你就拥有了自由。你愿意吗？你不愿意吧？还是你从来没想过这个问题？太可惜了，那么多书，白念了。"

我不再接话。

又开拍了，郝幽默跳进海里，浮木般随波浪漂荡。戏里他演一个名叫南歌的海边青年，总是幻想以浪为马，驰骋天下，实则永远走不出这片海滩。

第一天的戏庄辰辰拍得并不顺利，一再 NG，一场戏得重拍三四十条，到凌晨三四点还没折腾完。三盏白炽灯照在海面上，波浪缓缓推动着亮光。她泡在海水里已经好几个小时了，脸色苍白而憔悴。

我感到她失去了耐心。

"我这辈子可能不会再演戏了，"庄辰辰嘟着嘴抱怨，"太累了，也没有什么意思，这哪叫体验不同的人生，分明是受苦来了。"

我只是笑笑，不想附和更无意辩论。我很高兴，庄辰辰要放弃这个一时兴起的梦想了。回北京后第二天，庄辰辰依然织着围巾。猫一如既往上蹿下跳，把线团滚到墙角或沙发底下。庄辰辰无比烦躁，这种烦躁很快演变成暴跳如雷，她按住猫，揪住它后脖子上的皮毛，把它拎了起来，扔到阳台上。她愣在原地，显然被自己的失控惊到了，她哭起来，快步走进房间。

后来的一段时间里，庄辰辰对我冷淡下来，不是不搭理我的冷淡，而是不再织围巾，不再与我讨论文学和电影，也不再说起她的演员梦想。我感觉她在暗中试探我。她开始要求我陪她去美容店，去电玩城，去和各种奇奇怪怪的年轻人吃喝玩乐。或许她该用极其不屑的语气对我交代一句："你那种生活我体验够了，现在，轮到你来体验我的生活了。"但她什么都没有说。这样的试探对我来说不啻报复，它一再提醒我，在这把年纪，对所谓爱情、梦想甚至自由的追求，都已有心无力。

我知道，当庄辰辰的试探和我的厌倦都接近尾声，我将头也不回地走开，又一次经历这样无疾而终的恋情；而庄辰辰也会很快抛弃我，就像她抛弃当演员的梦想一样轻易。她已经拥有很多了，任何东西在她看来都可有可无，所以她无法享受从无到有那种快感，她能轻易去追求织围巾、聊文学、当演员的乐趣，也能轻易放弃它们。

我厌恶这样的轻易。

终于有一天，她打开房门，抱起在地上踱步的猫，满脸泪痕对我说："再这样下去，就真走到头了。我们去西藏吧，去拜仁波切，去祈福。"

——我们早就走到头了。从我不希望你成为演员的那一刻起，我们就走到头了。

我不想和她去西藏，但还是问，是哪位仁波切？她答是次仁仁波切。她用手抚摸猫，眼睛看向窗外，等我回答。

我走到阳台，双手扶着青石栏杆，像派对那晚睥睨着花园里的一切。那晚过后，工人拆除了各种布景，短暂的海市蜃楼如今都已消失无踪，像从来没有举办过那场派对一样。

我改变了主意。

"去吧，"我回过头对庄辰辰说，"我想去。"

"《手中之海》。"庄辰辰坐在副驾驶，打开储物盒问我，"这是什么书？"

我瞥了一眼，"是本跳水冠军的自传，朋友送的。"

很多东西就是这样，被随意地丢弃在某个地方，等着被无意中发现、捡拾，从而焕发新的生命力。

从西藏回来后，我就让庄辰辰来搬走留在家里的物品。庄辰辰比我还洒脱，没有任何悲伤和怨怼，好像过往我们之间没有发生过任何事一样。她说说笑笑，收拾了一箱子东西，嘱咐我把其余的全扔掉。我决定还是送她回去，她也不反对，支走了司机，便上了我的车。

几天前，在拉让会客室，庄辰辰求次仁活佛摸顶赐福。在我看来，仁波切那些仪式，那些语重心长的话语，和多年前我陪宋飞仙来拜谒时一样，并未有任何改变。

庄辰辰抑制不住内心的苦闷惶惑，刚坐下就喋喋不休，仁波切倒是不恼，始终神情肃穆地注视着她。后来是我打断了庄辰辰，突兀地问：

"你还记得宋飞仙吗？"

宋飞仙。我记得电梯里初见她时，那段临场发挥的幼稚对话。记得我为她解围，却换来她居高临下的呵斥。记得深秋的周末，与她一起，在阳光中翻完整个剧本。记得她漫不经心掏出口红，我站在她身后，两张模糊的脸映在小小的窗玻璃上……

你还记得宋飞仙吗？

我突兀地向仁波切问出这个问题，就像那个曾被清除荡平的梦想，如今已重被捡拾了一样。仁波切写给我宋飞仙的地址。在拉萨人头攒动的街道上，我对庄辰辰说：

"我要去找她。"

庄辰辰说："我这趟行程的目的达到了，是你用快刀斩断了所有的乱麻。"

说完,她独自钻进一条小巷,头也不回地挥了挥手,算是潇洒地向我告别。

我心神恍惚,看着她隐入暗巷的背影。这背影,与那年离别时,宋飞仙头也不回地走进电梯的背影逐渐重叠、交融到一起。宋飞仙。我记得那些拍戏的夜晚,与她推心置腹的交谈。记得法国海滩的那个夜晚,她把头枕在膝盖上,仰着看我,海风拂起她的长发,我低头看她,她的眼眶里有突然涌上的泪光。

车开进庄辰辰小区的地下停车场,停在了专属车位上。这是她那个富豪父亲买给她、供她独居的房子,是座精致的中式独栋小别墅,位于我们以前常去的那个公园旁边。她用指纹打开门锁,我抱着箱子跟在身后。进了门是地下室,一个巨大的挑空客厅映入眼帘,造型奇特复杂的水晶吊灯足有两米高,最宽处得两人拉手才能环抱。它挂在那里,宛如一棵倒着生长的榕树,也许再过几年它还能生长得更加茂盛。巨大的水幕在桥边哗哗流动着,水幕背后是一个单独的狭长的空间,这里摆放着各色瑜伽器材。阳光透过采光天井倾泻而下,像水一样,流到这地下的每一寸空间里,连小小的角落都流淌着初冬的暖阳。墙上,各种新风、空调、地暖的调节屏幕,让这里的每毫升空气都变得可控,想暖便暖,想凉便凉,每时每刻它们都必须是新鲜的。

我明白为什么突然在意起这些早已司空见惯的细节。

我早知道,这世上所有的地下室并不相通,就像并非所有的江河都会汇入大海。这个时节，十几公里外，我十几年前从农村朝圣般跑来北京时曾住过的那个地下旅馆，冬天早已提前降临，人们如同蚯蚓，蜷缩在厚厚的棉被里渴望阳光普照。

庄辰辰这座房子，地下二层有个十平方米的储物间，打了很多架子，却什么也没存放，空荡荡的。她从未向我介绍过这个房间，也许是觉得不值得一提，而我却对它充满了兴趣。最近几年，我突然莫名其妙地期待，能再拥有这样一个幽闭的小小的空间，像当年在地下室的那个无窗斗室，像第一个公司楼下放邮件的铁皮柜，又像老家我和母亲打扫过的那个水塔。我莫名其妙期待拥有它，它将会是我的藏身之地、庇护之所。我会往架子上填满书，当我不想与外界发生关系，当我痛苦焦灼的时候，我能钻进这里，不再出去。倒不是不能在自己的房子里隔出一间这样的斗室来，只是我从未付诸行动。

也许，我并不真正需要它，这如同鸡肋的一席之地。

我把箱子放到地上，坐进沙发里，一动不动，只是喘着粗气。去了一趟西藏，我感觉自己更加虚弱了，像加速迈入了老年人的行列。不知道坐了多久，庄辰辰催促我上楼。我们从地下二层乘电梯前往一楼，上升过程中没有说一句话——没有文学和电影，我们的交流就失去了依托——电梯间四周皆为镜面，从镜面上我看到她垂下眼睑，抿紧嘴唇，用以掩饰尴尬。

看吧，再年轻再无谓，也会有这样的时刻。

而我已不再年轻，却也总算做出了一次疯狂的决定。我记得在西藏翻过的那些垭口，记得那场终究没有落下的暴雪。记得山谷里，浓密的乌云低垂，像深海的浪涛吞没了我们头顶那片环形的天空。泪水从她双眸中一滴一滴断了线般滚落下来，她挤出惨淡的笑容，却很坚定地说："你送我护身符的时候，我曾以为自己终于找到了归宿……而现在，只有这里，才是我的归宿。"

电梯门打开了。庄辰辰走进厨房，拉开冰箱。她说最近迷上了烹饪，疯狂地研究各种中式西式菜谱，为的就是给所爱之人烹制一顿晚餐。

"虽然你已经不是那个人了，但我觉得有必要补偿你一顿。我去超市买菜，你在家待着，猜猜我会做什么大餐。"

她咧开嘴笑。笑容慢慢从唇弓爬到耳根边的唇角，洋溢着对生活恩赐的满意和感激。

她走回电梯，驾车走了。

"你能留下吗？"那个孩子语气里充满倔强。

是一个八岁的孩子，当场揭发了我，提醒我还有另一种选择。

我能留下吗？我为什么不能留在这里呢？

"不能，他得回北京工作。"

天赐的机会。总有别人来替你做一个艰难的决定，以使你免于内心的问责和煎熬。

但是，人，难道不就应该往前走，不因任何人任何事做任何的停留吗？

山谷阴风散去，静谧舒朗。汽车往前开，在起伏不平的路上，缓缓往前开。从后视镜里，我看她转过身去，寒风撩动着她单薄的颤抖不止的身体。

我在餐桌边坐下,餐桌上的玻璃花瓶插着几朵不知从哪里摘来的蝴蝶兰。那本叫《手中之海》的书,被庄辰辰带上来了,随意地放在桌角。我百无聊赖地翻开它,从第一页翻到最后一页。

最后一页,夹着一封信。信纸是从本子上撕下来的。看落款,是许阳写的。我想起那个雨夜,许阳靠着摇椅,在一本笔记簿上写着什么。

我逐字逐句念了起来。

北树:

说来已有许久没见过面了。我现在的生活很普通:白天在游泳馆教孩子跳水;晚上,我会坐到阳台的摇椅上,泡一壶茶,读书,或者看窗外的夜色。这时,我喜欢点上一支香,流动的香柱能让人感到宁静。这些年我感受到空前的安宁。

许多年前,在地下旅馆,我也曾多次与你倾谈,畅聊各种奇思妙想,收益良多。同在异乡奋勉前行,每个像你我这样的游子,都曾身负重任,却又心怀不甘。这种不甘,源自我们忽略了最重要的前提:你所追求的,必须是你真正所想要的。

曾经大多时候,我们无比贪婪:因为太过清高,连自己都看不上;因为仰望过久,便羞愧于脚下的土地。我的改变,始于老家海边的漫步。那里的海永远浑浊灰暗，我曾将其归咎于海的辽阔、海的博纳百川。然而当我弯腰，用渺小的手掌掬一捧海水，却发现，原来无须多久，这一捧手中之海将变得清澈透亮。

　　海，具备了真正隐士的精神。而每个如海一般的人，无论坚守还是脱离，都可算得上真正的隐士。

　　盼你终能如愿，去追索真正的自由，向心而行。

· · ·

许阳

即日

　　我合上书，抬起头。透过茶色玻璃门，可以看到小花园的景色。进屋时还艳阳高照，就这一眨眼工夫已经乌云密布，下起了雨点。在老家，我很喜欢坐在廊檐下看着雨发呆，就如同此刻。雨轻盈地落在草坪上，倏尔就消失不见了。天色越发昏暗，我注意到厚厚的双层玻璃上，倒映出我的实影和虚影，我同这两个影子对望着，耳边充斥着淅淅沥沥的雨声。空虚感就这样毫无预警地朝我袭来。

　　不知道过去了多久。庄辰辰还没有回来。也许她早就回来了，只不过我没有察觉到。我只注意到玻璃上的虚影离自己越来越远，几乎退到了草坪中央。他召唤着我。我起身，推开门，光脚踩在湿漉漉的绿地上，朝他走去。雨落在我头上，脸上，身上，脚上。终于，我走进他，与他合为一体。

　　我们在草坪上躺了下来。

雨越下越密，像稻田里等待被收割的一串串稻穗。我躺着，看见所有的雨从轻盈的透明变成沉重的暗黄。砸到我头上、脸上、身上、脚上的，不再是雨，而是数不清的谷粒。它们向下坠落，四处流淌，密集地堆积在我的躯体之上，势要将我掩埋起来。我看到成串成串的谷子，拥挤着从屋顶的泄水口奔下，像流动的珠帘一样挂在墙上。躺着，静静地看这奔流不息的稻谷，耳边响起农妇因痛失生计而无比绝望的哭号。

这哭号，像极了一场热闹非凡的葬礼。

红土路

我对自己说：往前走吧，往前走，离身后越来越远，就是前进。

2001 年

我十八岁那年，家门口有条土路直直通往村供销社，路边种着成片的针叶树木麻黄。晌午的烈日炙烤着我和母亲脚下的红土，夏蝉焦躁地叫唤着，并未因海风的微微拂动而沉寂半分。

"走快点。"母亲不时回头催促。她粗壮的身影在树荫和阳光下穿梭。再一次回头时，她显然有些恼怒了，"你的脚是被糨糊粘到地上了吗？"

接到供销社打来的电话时，我和母亲正在电风扇前，大口大口喝着番薯粥。电话铃响起，母亲大叫一声"来了"，声音颤抖得就像她的缝纫机针脚碾过灯芯绒布料。

为了接这个电话，母亲在家里守了好几天。我的班主任告诉她，如果这几天没有接到录取通知书，那就不是重点大学了，只能看下一轮的二本有没有戏。班主任补充道："做好心理准备，孩子打电话查询，这一轮是没有结果的。"

在供销社还没倒闭前，全村的邮件都会送到那里供人认领。

"是闽城大学吗？"母亲焦急地问。

电话那头的售货员明显愣了一下，继而用一种母亲此时难以察觉的慌乱的语气说："你来拿就知道了。"

我内心比夏蝉还焦躁。几天前我就打过查询电话了，电话那头明确地告诉我，我被渭州大学中文系录取了。渭州大学，离家2400多公里，大西北；中文系，一个听起来就散发着迂腐气息的前途暗淡的专业。这些都不是母亲想要的，我人生中第一次违背了她的意愿。在空气中四处悬浮着燥热因子的夏日，我进一步隐瞒了早已得知的结果。此刻，包裹着母亲那双大脚的小皮鞋，正轻盈地飞舞在红土路上，尘土伴随轻风在我脸上落脚。

我的母亲，乐衷于把孩子围在自己的羽翼下。以前没有手机，我哥出门晚归必会挨骂；现在我俩都大了，依然不能离家太久。母亲的方法简单粗暴，每隔十来分钟就打电话问候一次。我哥于她是没有任何指望了，早早辍学靠打石头糊口，生活懒散，除了打石头，他大部分时间都待在家里打游戏。但对母亲来说，这是值得庆幸的，一家子都在她眼皮子底下，不管你干的是好事还是坏事，都叫幸福。我把我哥的懈怠部分归咎于我母亲，她对两个孩子都是体贴入微，生怕饿着或冻着，把我们牢牢拴在身边。

就连自己的丈夫也一样。

从我记事起，父亲就两耳不闻窗外事，小到杀鸡、换煤气桶，大到家里的地被人侵占了，他都从不过问。后来，他连话也懒得说了。夫妻俩早早就分房睡。吃饭的时候，母亲喊一声，父亲就从自己的房间里钻出来,盛饭,夹菜,端着又钻回自己的房间里去。那是他的小天地。有时我好奇他到底在里面干什么,会冷不丁推门进去,却失望地发现,大多时候,他都是任由电视机开着,自己则侧坐床头歪着脖子,发出一阵阵响亮的鼾声。

随着气场的膨胀,母亲的身体也一天天粗壮起来。开始她会用瞪眼的方式来表达对父亲的不满,慢慢她就唠叨起来:

"你看他出门也不把垃圾带走!"

"我真的太辛苦了,要做衣服赚钱,还要伺候一家人吃喝拉撒。你看他都干啥了,跟个木头有啥区别!"

"我真的命苦才会嫁给他,从没见过这样自私的丈夫!"

她一边抹泪,一边踩着缝纫机。

母亲对我未来的规划,全部来自村里任意一个大妈大叔的嘴。她先是在菜市场得知,法律专业是我们这种末流农村孩子最好的出路,就算四年后没能考上公务员,至少还能谋得一个体面又高薪的工作。后来邻居大婶又告诉她,还是得报外语系,地球已经是一个村了,当翻译官肯定能赚大钱。母亲的宏伟蓝图伴随耳边风,变幻不可捉摸,唯一不变的是,我一定要考上坐车一个多小时就能到达的闽城大学,别无选择。

母亲四处打探有关闽城大学的任何消息,指望着小儿子毕业后能在本地谋个职位,端着铁饭碗,安稳过完这一生。至于我对自己的规划,母亲从未过问。为此她将付出代价。她不知道,我的志愿表只填了渭州大学一个学校,离家有多远算多远,确切地说,是离母亲有多远算多远。

从踏进供销社大门的那刻起,母亲有如粉墨登场,马上就要开始一场浮夸的炫耀演出。这是她最擅长的。她喜欢在菜市场,假装不经意地提起成绩名列前茅的小儿子,说他又要主持今年的六一晚会了,说他作文比赛又拿了奖,说他必然会成为全村有史以来第一个博士。炫耀的时候,她会自动忽略掉家里还有个不争气的大儿子。

母亲从售货员手里接过信封,大字不识几个的她,指着信封上的字就要我念出来。

大声点。她用口型暗示我。

"是渭州大学。"我深吸一口气,把酝酿了许久的谎言撒了出来,"可能闽城大学没够上,所以被第二志愿录取了吧。"

母亲的脸因为错愕而瞬间发白。半天她才憋出一句:"不是闽城大学吗?"

一阵海风从供销社的大门闯进来,撩动着母亲额上的乱发,也撩动着凝固的空气。她拉起我的手,走向挂在墙上等待售卖的中国地图。

"你给我指指渭州大学在哪里。"

当我把手指头按在那狭长的状似棒骨的、遥远的西北省份时,母亲愤怒的火山爆发了。她抬起右掌,使出浑身力气,上牙咬紧下唇,像拍死桌上的一只苍蝇,给了她最心疼的小儿子狠狠一记耳光。

她顾不得还有售货员在场,她只记得我曾经的承诺:志愿表只填闽城大学,如果考不上,那就再考一年。一定要闽城大学,只能是闽城大学。

母亲扭头就走。阳光被摇动的木麻黄割得支离破碎，在母亲的脸上疼痛地跳跃起来。后来她告诉我，那天就在这条红土路上，出现了一个幻影，我背着锅碗瓢盆各种家当，消失在她眼前。

然而，母亲的怨恨并不持续很久。

回到家，她就直奔厅堂，把录取通知书端端正正摆到供桌上。她点燃三炷香，对神明念念有词。紧接着，她从供桌底下拿出存放已久的一箱鞭炮递给我："去放了它。"母亲的声音虚弱得很，带着不甘的妥协，"不管什么大学，不管跑多远，只要是重点就行。"

我知道我的计谋得逞了。母亲难以承受孩子远游之痛，但倘若有乡邻带着明里惋惜、暗中嘲讽的语气，说起她那吹嘘了十八年的儿子名落孙山，回炉重造，怕是会要了她的命。

1995—1998年

我父亲四十岁才生下我，他的第二个儿子，对这个人丁单薄的家族来说，他已超额完成任务。

父亲是上过几年学的，在他那个年代的乡下已是很高的学历。等我也上了小学，不知从哪里学来的顽劣，总爱翻箱倒柜。有一次发现了墙角被压在最下面的一箱书——那是父亲随意放置的还是有意珍藏的，不得而知。打开看，里面是一些《十万个为什么》《珠算》之类的，也有古代寓言、民间神话，以及很多我看不懂的，都可算是我的文学启蒙书。

学历并没能改变父亲作为农民的人生。父亲的职业，用土话说，叫炸菜粿的。菜粿是萝卜糕的一种，白白糯糯一大块，切成小三角或小方形，挨个放进滚烫的油里，捞出后外酥里嫩，一股萝卜的香味在嘴角经久不散。打我有记忆起，父亲的菜粿摊就是那辆陈旧的手推四轮车，以前装的蜂窝煤，后来变成了煤气罐，上面架着一口大油锅。父亲把报纸裁成小小的方形，用铁钩子串成厚厚一沓，有顾客来，就扯下一张，用它包住热气腾腾的菜粿。

每天曙色熹微，父亲就推着四轮车来到菜市场；早市散去，他又推着四轮车来到马路边，向过路车辆兜售；夏夜，他还会到戏台下摆摊。没有唱戏的时候生意自然清淡一些，要是逢年过节，或是某户人家有喜事，请来戏班子唱戏，还得母亲放下缝纫机去帮着，才能勉强忙得开。

永风镇是县里的穷镇。当别的镇区开始耸立起成片的高楼时，这里还只有一条狭小逼仄的石板街。镇上只有一所中学，这所中学只有初中部，全镇的孩子上初中只能到这里，没有选择余地。我母亲知道，在这里上学是很难有什么前途的。小学毕业那个夏天，为了帮我争取到隔壁平海镇相对较好的一所初中的寄读名额，她四处奔走。

母亲领我去找村长。

我卷起裤管，坐到村长家门口池塘边，把腿伸进水里取凉，百无聊赖地等着母亲出来。快睡着的时候，秀惜出现在我旁边，后面跟着她那七岁的弟弟。他们是村长家的孩子，乡下重男轻女，几乎每个女孩都有个弟弟。秀惜像是做了个重要的决定，但始终说不出口，只好扭捏着身体。最后还是弟弟帮她开的口：

"姐姐说，等她长大了，要嫁给你。"

秀惜把头扭向一边，一副娇羞的模样。那时她比我还要高一些，身体像细柳枝一样随时可能被风吹走。她扎着马尾，穿黑色T恤，深蓝牛仔裤，那个年代，农村穿牛仔裤的小孩还不多。我仰头看她，觉得很美很洋气，同时又有点害臊，只好把下巴抵到胸口，不知所措。

十二岁我第一次离开家门，到十几公里外上寄宿初中。父亲找来几块木板，刨平，忙活好几天给我做了一口二十五升的木箱子。这是他唯一一次花那么多时间为我做一件事。我把它放在床尾，页锁牢牢锁住里面的衣服、日记本和钱。初二那年，三个不良少年把我堵在宿舍，拿水果刀逼我打开箱锁。他们劫走了三十元，我一星期的生活费。

除了这口木箱，父亲对我的学业再无其他贡献。事实上，他虽对这个家少有关注，对我的影响却时时刻刻存在。

从我记事起，他身上散发的油烟味就已集结成一片恐慌的云，笼罩住我。我很害怕那口油锅，尤其当它沸开咕噜冒泡还伴随噼里啪啦声响的时候。母亲总是威胁我，费了那么大劲，如果考不上重点高中，就让我跟父亲去菜市场炸菜粿。我从来不敢正视父亲的职业，甚至引以为耻。每次学校填写各种表，填到父亲的职业时，我总会犯愁应该填什么：农民、经商，还是老老实实填上"炸菜粿的小摊贩"？填表还能有个思考时间，要是同学当面问我家里是做什么的,我便哑口无言。后来我学会了欺瞒,张嘴就说我家是做石材的。这个谎言的灵感,来自母亲把眼看要荒废的田地,租给了一家外地人开石材厂。

村里有十二个孩子在平海中学寄读,新上初一的,只有我、秀惜和阿昌。每到星期一,天色未开,一辆焊上铁框架、盖着绿帆布的三轮车,会准时停在村委会门口等我们。这辆三轮车实际只能挤下十个小孩,司机把后尾板打开,最晚到的两个人只能站到尾板上,双手紧握头上的铁框架,好让自己不掉下去。人齐了,我们就从红土路出发,驶上那条布满坑洼的柏油马路。

平海是全县除了青林县城以外最先发展起来的镇,在我眼里,它已然是个"大城市"。坐在帆布遮盖的车里,我只能透过尾板那两人的腿部间隙看到外面的景象。当小马路变成四车道,路边开始出现五六层崭新的高楼时,就意味着已经进入了平海镇区。这辆违规超载的三轮车,要穿过人挤人的农贸市场,以及铺着古早青石板路的旧街,才能开到学校门口。路过农贸市场前,街边有一幢四层楼的酒店,据说才刚开业不久。酒店就叫五星大酒店,除了名字,它和"五星"其实不太沾边,只是一个带着KTV、洗浴城的宾馆罢了,却已是我记忆中第一次见过的"大酒店"。初三那年,它被一把大火烧了,原本点缀着大大小小上千盏彩灯的楼体,变成了一块乌黑的炭。

我、秀惜和阿昌分到同一个班。

班上的同学大部分是平海人,他们当中有一半是平海镇区的,一半是平海乡下的。刚开学,来自镇区的同学凑到一起,他们从小就是同学，聊天的话题，无非是以前的同学或以前的学校。这些话题，把我们这些农村孩子挡在了外头。农村的孩子只能跟农村的孩子玩，这是初入校时的自然法则。

初中没有统一的校服，你大致可以从衣着上判断哪些是镇区的男孩，他们喜欢穿干净的素色T恤或卫衣，下身则是款式简单的蓝色牛仔裤；平海镇的乡下男孩，他们的T恤或夹克看着质量一般，经常全身起球；而永风镇的男孩，穿的可能是亲戚家淘汰的旧衣，我的大部分衣服甚至是母亲自己用缝纫机踩出来的——如果有大块的布，那就做一件纯色的卫衣；如果只有碎布，那也够缝一个挎包。阿昌衣服上永远粘着洗不掉的白毛，便被取了个"白毛"的外号；我则由于书包的缘故，也被唤作"碎布包"。很快我就缠着母亲买了个普通的书包，但"碎布包"这个诨名却跟了我整整三年。阿昌脾气冲，每次谁叫他"白毛"就要跟谁拼命，永远激愤难平的样子。

开学第一天，课堂上就有不听话的同学捣乱。班主任陈老师正在黑板上写字，她眼疾手快掐下一小截粉笔，回头朝笑嘻嘻的调皮蛋扔过去。她正色道："你知道为什么'歹'你粉笔吗？这才第一天，就这么不老实！"气氛顿时紧张起来，所有同学都双手抱臂不敢出声。我听得一知半解，看向不远处的阿昌，他也在琢磨"歹"粉笔是什么意思。下了课我们就打探出，"歹"粉笔其实就是丢粉笔，而在永风，我们管丢叫"共"。这第一天我们就意识到，榕江市这么小的地方，每个镇的闽南话口音腔调却都不太一样，虽然交流没问题，但一张口就会暴露：你是"外地人"。

　　这是我人生中第一次感到自卑，阿昌也深有同感。从那天起，我们达成共识，只用平海腔交流，就像老师教的用英语和同学对话来养成语感那样。我和阿昌一字一句深雕细琢，没多久就各自学成出关，从此两种腔调信手拈来，切换自如。我们很享受这种并肩作战带来的从容，同时也暗下决心，努力学习，将来离开这里。也许要到更大的"城市"，才不会有人在意这种无谓的细节，因此，我们的儿子也将免于承担我们所承担的这份卑微。

　　因为有过所谓的告白，起初秀惜很主动地来找我玩。但出于青春期的羞涩，我并不怎么理会她。在多次被拒绝后，秀惜便气呼呼，不再来纠缠我。我其实挺喜欢她，她笑起来很甜，有浅浅的梨窝；因为家里有点钱，在衣着上她也早已和镇区女同学接轨，很是洋气。

　　我疏远她，有别的原因。

　　我们班有个男生叫曾建国，个头比同龄人要矮很多，长着一口龅牙，头发永远油得能煎鸡蛋。那两年里，他似乎只有一件领口发黄的白衬衫可穿。他是曾村人。这是一个很尴尬的村庄，不属于镇区，却离镇区很近，从村里骑自行车二三十分钟就能到学校，所以不用住宿。我们班同住曾村的，还有个女生叫曾美珍。她经常把一头浓密的自来卷长发高高束到脑后，也爱穿白衬衫，在女生普遍还穿背心遮住内衣痕迹的时候，她的两条文胸吊带就在白衬衫里若隐若现了。他俩搭伴儿上下学。然而，曾建国不跟任何人玩，哪怕是和曾美珍，也刻意保持着距离。但有个情况例外，每周二上完体育课，同学都会跑到操场边上的小卖部买汽水喝，除了曾建国和曾美珍，两人早早回到无人的教室。同学们不怀好意地猜测，这俩应该老早就结下了门当户对的娃娃亲。

说实话，我也觉得曾建国孤僻、抠搜，瞧不上他，何况"娃娃亲"三个字，简直和曾建国的衣领一样油腻不堪。我不想与这样的油腻沾边，便躲秀惜躲得远远的，甚至要求她和阿昌不要暴露我们来自同村的事实。

不过没多久，我就不再有这样的困扰。在平海读了一年后，秀惜转学回永风了。

事态的发展不算突然。

在农村，我们世世代代住的都是红土垒成的小屋——先用木头搭个框架，再往里填上由红土、石子和稻草混成的夯土，一座简陋的红泥屋就造好了。这些年，很多村民攒了钱，便陆陆续续推倒红泥屋，在原地盖起更为结实也更为气派的石头厝。到处都在兴建土木，村长动员全村一起出钱出力翻建祠堂。大半年前，也就是我们初一那年的深秋，在祠堂工地上，吊车钢丝绳绷断，近百立方米的巨石从高处掉下来，底下指挥的村长和干活的阿昌爸共四人，无一幸免，全被砸中。阿昌爸当场就没了；而村长大腿以下全被压在石头底下，腿骨碎成了渣，据说抢救很多天，才把他从死亡边缘拉了回来。伤亡的，都拿到了巨额赔偿金。康复后的秀惜爸不再当村长了，他变了个人，坐着轮椅在家里开起小赌坊，自己也深陷其中，不到半年就败光所有积蓄，债台高筑，最终沦为诸多妄想一夜暴富却又无所作为的无能男人中的一员。

那年暑假秀惜跑来找我，专为告诉我她不再去平海了。她解释说，在永风走读，能帮她母亲照看弟弟，也能省下不少钱。整个下午，她就那样铁青着脸，坐在我家门前的老榕树下一动不动，眼睛死死盯着不远处的红土路。直到太阳即将落山，她才起身，慢悠悠走上那条路。

我跟在她身后。

她朝五年后我和母亲去领录取通知书相反的方向走去，背影在这狭长的土路上显得异常单薄。两旁木麻黄的针叶在夏风中摇曳，发出悲鸣。路的尽头，夕阳无力地散发红光，底下清浅的小河蜿蜒着，被染上一层沉闷的血色。我们走到河边，鞋很快被水打湿了，秀惜径自往河里蹚，没蹚几步脚就陷进土里。实在拔不出来了，她只好回过头来看我。我看到她眼里噙满泪水，像我们脚下的河水在岸边荡漾着。

"你过来蹲下。"她说。

我走到她前面，蹲了下去。她双手绕过我脖子交握在我胸前，然后整个人趴到我背上。我起身，把她背了起来，往河对岸蹚过去。她很轻，像根细长的稻草；她喘气时从嘴里呼出来的热气撩着我的脖颈，我感觉痒痒的。夕阳即将从眼前的山顶落下，晚霞变幻过无数次色彩，但我们都没有抬头去看。她把脸埋在我肩上，轻轻地抽泣起来。

"以前你多冷落我，我不管。但是，从现在起，你就是我的依靠了。"她的声音在我耳边震颤，微弱却很坚定，"我家里没能扛得起来的男人了。"

那是我第一次被赋予作为男人的重任。同班求学时我和秀惜走得很远，如今分散在两个镇，我们反倒真正走到了一起。从那以后，我们在河边度过每一个周末，每次秀惜都会趴到我背上，让我背她过河，像完成一个重要的仪式。很快，我的个头超过了她，她得仰头看我了，她似乎不再长了，我猜是营养没跟上的原因。

要升初三了，暑假后返校，大家聚集在操场，等班主任来通知搬到哪个教室。已是九月，榕树下依然热气蒸腾，而微风带来了些许凉意。同学三三两两凑到一起，谈论着曾建国的死。我们得知，曾建国把电视机从客厅搬到房间时，没弄好插线板，导致触电身亡。大家七嘴八舌表达着震惊和惋惜，有人无意说了一句：

"他农村的，家里可穷了，要是有钱买两台电视，就不用这样搬来搬去，也就不会死了。"

毫无疑问，这番话对我和阿昌的震撼，远甚于曾建国的意外之死带来的震撼。阿昌愤怒地跟他吵了起来，骂他钻进钱眼里，被金钱掏空了良心。

听说曾建国死了，秀惜愣了很久。她坐在岸边，牵挂的却是曾美珍，"她怎么办呢？只能自己上下学了，没人保护她了。"我笑了笑，问她："你不会真觉得他们是一对儿吧？"秀惜扭头瞪我，瞪得我头皮发麻，她说："反正我是看得出来的，你爱信不信！"

我们班展示墙上，挂着一幅初二春游时拍的集体照，照片镶在镜框里，它也跟着我们搬到了新教室。没几天同学们就惊讶地发现，这张照片出现了一个小小的空洞——原本是曾建国的地方,被剪空了。

"也许是有人觉得晦气吧。"班长摘下照片,长叹一声。

没有人知道这张被剪去了一个人影的集体照后来去了哪里,也没有人问过班长,它就这样凭空消失了,就像从世界上消失的这个农村少年一样。

1998—2001年

父亲骑着新买的嘉陵小摩托,我夹在他和粗壮的母亲中间,在一条陌生的小路上缓慢地行驶。路面不平,我能感觉母亲在身后不时地调整坐姿,每调整一次就会带着车身扭动起来,父亲只好奋力压住车把,不让摩托栽进路边的水田里。

"能别动了吗?"父亲不耐烦地吼起来,眼睛死死盯着前路。

"我半个屁股挂在外面,不动就掉下去了!"母亲也跟着吼道。

我父母带我去学校报到。烈日在头顶炙烤着,我们汗流浃背。我闭上眼睛,试图屏蔽环绕耳边的争吵声,却愈加感受到内心的焦灼。

我的高中时代,就这样,在这辆拥挤而又吵闹的嘉陵小摩托上开启了。

中考失利,我把自己锁在房间里,拒绝面对任何人。我母亲依然定时定点到房门口喊我吃饭。她并未得到回应。大夏天里,我把自己蒙进被子里,闷热到几乎中暑。恍惚中,我看到自己无力地推着摊车,在菜市场眼巴巴盯着每个路过的人,期待他们能停下脚步，施舍般买我几块菜粿。

一眼望得到头的人生，就这样虚幻地在我眼前铺开。

最后母亲还是敲开了我的门。在我闭门自伤的那些天里，她和阿昌妈到处托关系，终于把我俩一起弄进了东桥镇的一所高中。我是发挥失常，而阿昌确实是成绩不行。不知从什么时候开始，他掉进了文学和哲学的旋涡里，对学习满不在乎，每天无论上下课都捧着课外书，连我他也不太有时间理会了。班主任陈老师找过几次阿昌妈，没有改观，最后也就作罢。阿昌妈沉浸在丧夫的悲痛里，经常去哭坟，并不太管阿昌。但是因为有巨额赔偿金的支撑，他们吃穿用度反而比阿昌爸在的时候要好很多。毕业那个暑假，阿昌买了个随身听，我艳羡不已。他不听流行歌曲，只听他认为高雅的。我去他家，就看到他抽屉里放着好几张我当时听都没听说过的巴赫的卡带。

我整个的高中时代，因为这辆新买的嘉陵小摩托，父亲终于有了很强的存在感。

我见过的所有嘉陵小摩托，都是橙色的，很小，机身是塑料做成的，父亲粗犷的体形看着随时都有可能把它压垮。有钱人都开小轿车接送孩子，不然就是名爵摩托车，再不济小绵羊也行，但父亲的座驾是最便宜的小嘉陵。骑上小嘉陵就意味着你是个穷人。村里没几个小孩在东桥镇上学，不像初中那样可以包车了，父亲每周都压着小嘉陵送我和阿昌去学校。我羞于展示自家的贫穷，每次都要找各种理由要求父亲在进校前把我放下。很快，我发现宿舍骑楼边有一道小缝可以钻进学校，有一条近路就通往这道小缝,这才有了正当理由,让小嘉陵从此不再从校门口招摇进去。

近路几乎算不上路,这条小土路窄到只能容小嘉陵勉强通过。路两旁长满了茂密的杂草,没人说得清杂草里都有些什么。有一回,一条蛇从我们前方蹿了过去,吓得父亲把车开进了草丛里,他的手臂被隐藏在密草里的玻璃碴子划出一道长长的血痕,自此留疤。饶是如此,我依然坚持要走这条小路。

有了钱的阿昌已经没法理解我的自卑了。一个周一的清晨,我们从小嘉陵上下来,通过小缝钻进学校后,阿昌突然指责我不该这么对待自己的父亲,他说:"你回头看看你爸,不心酸吗?凭什么骑小嘉陵就不配走大路了?"

他高高在上的语气使我非常难堪。我回击他:"你是有钱了,可以对什么都不在乎了!你现在不能理解我的水深火热,但别忘了你以前也跟我一个鬼样子!"

愤怒的阿昌一拳把我打倒在地,还啐了一口,他用力地从牙缝里挤出一句话:"我的钱是我爸用命换来的,轮不到你来说三道四。"

那天以后,阿昌就不再和我挤小嘉陵了,他每周打摩的往返家校。我们就此分道扬镳。

东桥是历史古镇。郑成功曾在这里安营扎寨,古寨有个三百多平方米的平台,就是他当年操练水师的指挥台。我经常在午休时跑到指挥台,从这里俯瞰脚下的大海。当年郑成功站在此地豪情壮志,而我却是惶惶难安。午后没人,我在空荡荡的指挥台上练习东桥腔,很短的时间里,我又学会了这项能让我融进新环境的技能。我庆幸自己有良好的语言天分,丝毫不察觉这其实是一种积习难改的贱性。

在这所学校,我为自己的敏感自卑寻到了一条宣泄的出路——写作。这条出路起源于,也终结于阿昌。阿昌看过很多书,也开始用写作来表达,没多久便受到作为语文老师的教导主任赏识,让他去广播站播音。

每到下午五点半,广播喇叭会准时响起。作为唯一的播音员,阿昌不厌其烦地向全校师生科普巴赫,一科普就是两年,直到他辍学为止。以前我没刻意关注过阿昌的声音,大家都说很有辨识度,从喇叭里传出来的,是那种倔强的、活在自己世界里的、不屑一顾的音调。他还热衷于用这种倔强的音调,朗诵一些缠绵悱恻的爱情诗。譬如那首被他无数次念起的聂鲁达——

> 每天你跟宇宙的光一起游戏。
> 神秘的访客,你来到花中水中。
> 你不仅仅是每天被我捧在手里,
> 像一串果实的这个白色的头。

每回阿昌念这些诗,广播站都要收到一些匿名投诉。投诉信的内容,无非是不宜在学校宣扬对自由恋爱的向往,煽动早恋之风。

阿昌跟我不同班。我们决裂后,很多他的事情我都要通过学校里流传的那些传言才能知道。据说他经常在课上望着窗外发呆流泪，柔弱似林黛玉，动不动就要晕倒送医，因此得名"女人腿"——女人腿是娘娘腔的意思；又说他脾气极为火暴，因为音乐老师说巴赫的音乐循规蹈矩，不能有自由，也就不能弹出太多的情感，实在无聊得紧，阿昌争论不过，着急起来就向老师抢椅子。只要广播喇叭一响，大家就会嘀咕：分裂怪人又来推销钢琴曲了，又来鼓吹爱情了。但无论大家怎么反对，教导主任就是不肯换播音员，认为这是学生该有的，对自由的追求。

其实阿昌最吸引我注意的，是他的文章。每期校刊都会刊登他好几篇散文或诗，是那种充满哲思的风格。我不喜欢他变了个人，但喜欢他的文章，也开始去写，并把他当成文学上的假想敌，试图去追平他发稿的速度。然而差距太大，我始终望尘莫及，只好暗自缴械投降，不再书写。山外有山，人外有人，我对自己的平庸感到羞耻。

高二快结束了，有一天广播喇叭竟然没有响起。大家没有过分在意，都以为阿昌生病请假了，直到一周后换成了女播音员的声音，大家才意识到不对劲。没多久就传来了消息，说阿昌跟外地来的一个贫困潦倒的女作家谈起了恋爱。

这注定是一桩不被允许的爱情。且不说早恋，在闽南人眼里，闽南人以外的所有外地人，都被冠以"阿北仔"的蔑称，是绝对处于社会最底层的——这种观念在像平海、东桥这样曾经落后、正在崛起的小镇尤为盛行。但阿昌毅然决然与"阿北仔"女作家私奔于这个阴雨连绵的雨季。大雨掩盖了他跳窗翻墙的声响，遮住了阿昌妈追赶的视线。很快阿昌还是被他舅舅抓了回来。虽然名声臭了，但他并不以为意。他的声音又回到了广播里，他绝口不提私奔一事，反而以"青春的旅行"定义这次出逃。他说他去了一趟香港，到了香港才发现我们生活的世界有多狭小，有多浅薄。从他的话里，我知道小小的东桥镇是容不下他了。果然，没播几次音，阿昌又消失了。

这次消失再没有传说，很长一段时间里，也没有了后文。

2001—2002 年

念完初中，秀惜就去村里的服装厂踩缝纫机做衣服了。

自从回永风读书后，她把心思都放到照顾残疾的父亲和年幼的弟弟上，过早地承担了家里的生计。每次服装厂休假，她便会像我母亲一样，用边角料给家里人做一些衣服。偶尔也会给我做，带衣服给我时，她都表现出异常的兴奋。等衣服上身了，她就围着我转转看看，生怕哪里尺寸不对。高中正是我长身体的时候，一件衣服穿一季，下一季就再穿不上了，她又要回去，留给她弟弟长大了穿。我离家上大学前一天，她给我买了一套很贵的西装，按大一号来买的，说我还能长，等将来肯定能穿得上。

我瞒着母亲报考渭州大学，却没想过瞒秀惜。和我母亲一样，她无法理解为什么我要选择那么远的一所大学，想到未来遥遥无期的见面，她感到心慌。这和我预期的相去甚远，我原以为她会为我即将离开母亲的掌控、进而大展宏图而高兴，但她心里装着的，却只有眼前这块小世界，只有儿女情长。

2001年，当我坐火车穿过黄土高原来到渭州大学本部，一种不好的预感涌上心头。灰色气息遍布这座工业城市，破败的红砖楼在道路两侧铺开，以一种绝望的姿态对望着。这还不是此程的目的地，我们的终点在五十公里外的郊区渭县。

从我们这一级开始，本科生将在渭县校区待到大三结束，才会回到位于市区的本部。

在前往渭县校区的一个多小时里，车窗外扑面而来的荒凉使我焦虑难安。这里的荒凉，不只是人烟稀疏。有别于南方的山即森林，这里的山光秃秃的。幸运的话，你能从山体上看到一层薄薄的野草，更多的时候，是连绵的黄土堆，干旱地、赤裸地横亘在你眼前。渭县就坐落于其中某座黄土堆的山脚下。虽是县城，规模也就只有东桥镇的一半大，这里最多的是地摊，苹果几毛钱一斤。

渭县校区由空军基地改建而成。一幢崭新的教学楼贴满蓝色玻璃，映照出这里原始的蓝天黄土；除此之外，偌大的校区里，全是苏联风格的砖混结构红砖楼。这些矮小的楼房，如今被漆上了蓝粉绿等各种俏皮的颜色，看着也不那么老旧了。就好像上完漆，这里几乎与世隔绝的生活就不再单调了一样。

没多久我就学会了卷舌。以前认为不把"是"读成"戏"而读成"寺"，就已经是历史性的进步，现在我学会了真正把舌头卷起来。我很骄傲，在和老乡说话时，我会仔细去听他们的普通话发音有多不标准。在渭县这样的地方，很多同学的口音比我还重,他们来自五湖四海,有不少内地农村的孩子比我贫穷,比我土气。看着他们,我像看着中学时代的自己。我知道我应该把注意力集中在学习上,在内涵上,在自己身上。但不可遏制地,我的好胜心一路葳蕤生长,犹如一株难以自持的爬山虎。

秀惜经常在晚上给我打电话。她最爱问我今天读了什么书,等我说完却又陷入沉默。她从没听说过这些书,只好硬生生把话题扯回家常,说她今天又做了几件衣服挣了多少钱,同事讲了什么好笑的笑话,以及她母亲养的鸡鸭又长大了多少。我感到无趣烦闷,只能嗯嗯啊啊敷衍,但她从未吸取经验教训,每次通话如此循环往复。最后她陷入低落,抱怨如果我不主动提起大学生活是怎么过的,她都不知道从哪里问起。

在这样闭塞的环境里,我的心思只有读书,考好成绩。初中时我和阿昌有过一起去更大的城市打拼的抱负,如今只剩我孤身奋战了。然而,一旦我提到更大的城市,秀惜便会警惕起来,用一种我极为陌生的微弱如蚊的声音问我:

"你毕业后会回来吗?能回来吗?"

一开始我会搪塞她,后来被问烦了,便直接告诉她我不可能回去了,我要去北京。我邀请她一起去北京闯荡,她却用更为微弱的声音发出一连串的疑问:去了北京我爸、我弟弟谁来照顾呢?我去北京能做什么呢?如果在北京走投无路了怎么办呢?

"你听我说,我们在北京会很好的,只有在北京,我们才能活得更好。你要相信我。"

你要相信我。每次交谈到最后,我都会用迫切的语气,说出这几个字。秀惜沉默着，话筒里传来单调的嗡嗡的电波声，像只惹人厌的苍蝇。然后她说："先这样吧。"说完挂掉电话，对话就此结束。

这样的对话只能在电话里进行，见了面我们都刻意回避关乎未来的话题，除了大一寒假那次逛街。临近春节，我们相约去青林县城采办年货。青林相对来说其实很远，坐公交得一个小时才能到。我们没有选择近且熟悉的永风镇或平海镇，是担心遇到熟人。那时候在农村，谈恋爱还是一件很羞耻的事情。

我们牵手走在青林的街道上。她靠着我的肩膀，做出娇羞的样子，因此当高跟鞋踩到路砖上，发出像数来宝艺人摇打快板那样清脆的响声时，哪怕人流如织，我都能清晰地感应到那种聚焦了所有目光的尴尬。有时我会借故松开她的手，从并肩而行变成跟在她身后。她走路很快，风风火火的，跟在她身后时，好几次我都感觉她就像我母亲那样领着我。

我们逛了很多商店，服装店、小饰品店、音像店等。这样瞬息万变的年代，总会涌现许多新鲜玩意儿，而她对每样东西都显露出好奇，因此我们逛街的速度奇慢无比。她并不买，但总停下来看，她看新鲜的时候，我便看她。她比半年前更加成熟了，虽然还是瘦，但那件从初中时就穿在身上的牛仔裤雕塑出来的线条，说明她已退去那种少女的稚气。她化了淡妆，擦了很淡的口红，还难得地脱掉皮筋，让略微卷过的长发散落在肩上，由于不习惯这样的发式，她低头时，总会用右手轻柔地撩起滑到右脸颊的头发，妩媚便不经意地流露出来。我惊叹在这短短的时间里，一个女孩举手投足间竟会有如此大的变化,好像刚刚故作娇羞却又肆意敲打高跟鞋的并非她,而是另有其人。

她在一个美妆柜台前补妆,对着一面小小的镜子。我凑过去,两张脸映在一个镜子里,无比拥挤。

"你第一次来青林?"我问她。

"嗯。怎么了?"她微笑,露出一对浅浅的梨窝。

我调侃,同时也是试探:"你明明很能适应陌生地方的。"

"这不算陌生地方,都是讲闽南话的。"

"你要这么想,全中国都是讲普通话的。"

她知道我说的是什么,便把手里的口红放回包里,叹了口气,"我一个女孩,不可能跑太远的。"

从那以后,我们再也没有讨论过将来去哪里的问题。但确实有过一次激烈的争吵,起因在于她眼里我越来越失控的性格。本来只是我对她的一次倾吐,却因为长久以来积累的困惑和怨气,我们终于不再有任何的联系。

那是大二开学后的某个晚上,我怀揣不安,钻进了一幢被刷成浅粉色的办公楼。楼梯间黑洞洞的,所有的灯都灭着,我摸不到开关在哪里。向上望去,仅够三人并行的阶梯向上蜿蜒至四楼,视线尽头的楼梯口,有一团灰暗的光召唤着我。我摸着铁栏杆拾级而上,尽量不让脚跟碰到台阶砖面,以免空荡的回声暴露我的慌张。那团灰暗的光,来自中文系主任方孝儒的办公室。

方孝儒人不如其名,他长得高大肥硕。跟那张大脸比起来,他鼻子上架着的金边眼镜十分滑稽,似乎仅够覆盖那两只绿豆大小的眼珠子。

我壮起胆问他:"方老师,听说一等奖学金没我了?"

大一结束,我的主科成绩全系排名第三。按早就公布的规则,一等奖学金有三个名额,我是能拿到那1500元奖金的。但有小道消息说,规则将被修改,只有前两名才能获得一等奖学金。

"我正要找你说这事儿。你是品学兼优的学生,我相信你会理解我的想法。"与体形相反,他的声音尖细,但经过多年磨炼,也终于带上了些许镇定自若的腔调。"你看,如果把你从一等1500元降为二等1000元,那我们就可以多设立一个三等500元的名额。你知道谁刚好可以补上吗?"他顿了顿,"是杜颖。你也知道她无父无母,是我们系最需要帮助的贫困生。"

我一言不发。等方孝儒用了十来分钟表达他雨露均沾的理念后,我盯着他那双绿豆小眼,铿锵地说:"规则如果能轻易改变,那还要它做什么?"

几天后,在中文系那幢鹅黄色的男生宿舍楼门口,奖学金公告被贴出来了。我站在公告前,脚灌了铅一样地站着。公告上,我胜利跻身一等奖学金;而五个三好学生的名额,则给了成绩排名前六的学生,第一名、第二名,第四名,第五名,第六名——唯独跳过了我这个第三名。

很难得地,我把我的愤怒告诉了秀惜。她发出一阵长长的"嗯"声,很快我知道,她应该是在思考怎么组织那些批评我的语言——

"你怎么能跟老师吵架呢?不管一等还是二等,你都拿到了这份奖学金，是很好的学生。老师的决定自有他的道理，做人要善良，你应该把它当成是去做一件好事，而不是像现在这样去抢去要。"

秀惜的观点令我错愕，我握紧手中的话筒，几乎要将它握碎。我反问："这跟善不善良有什么关系？凭什么要我牺牲自己成全别人？属于我的，我难道不应该去把它争回来吗？"

她这回不暗自组织语言了，她不假思索地反击道："有些话我一直想说，你知道你变了吗？你以前是很温柔的，现在变得非常骄傲自大。"

"我跟你说这些，不是来让你骂我的！就你这样，我能跟你说什么学校的事？说一件你批评一件，有意思吗？"

我接近于怒吼的声音似乎吓到了秀惜，她不再跟我犟，又采用了那种微弱的耳语般的声音："每次我听你说起你同学的口音、土气，说起有些人的无知、不上进，我都感觉你也在嘲笑我。这个学校真不好，让你变了个人，当初还不如考闽城大学，至少不会让你变成这样。"

"那行吧，我确实跟你没有共同话题了，不过这跟我自不自大没有半毛钱关系。"我郑重地说，"你既没文化，又不想到外面的世界来看看，我们怎么可能聊到一起？你甚至从不相信，我可以带着你一起闯荡北京。我真的尽力了，无论怎么带都带不动你，知道吗？"

终于吐露出许久以来的心声，却没有长舒一口气的快感，相反，我感到无比沮丧。而电话那头先是一阵空洞的沉默，随后传来强忍住的抽泣声。最后,电话被秀惜挂断了,挂断前她说:"我以后再也不会来烦你了。"

无论如何,这件事前前后后的经过,对我产生了一些微妙的影响。一方面我觉得不只秀惜脱去了稚气,我也长大了,不再是那个言听计从、任人摆布的小孩;另一方面,对我敞开的大千世界实际也没那么单纯可爱,除了奋力争取,还须步步留心。

1500元奖学金发下来后的某个课间,我把它们装进一个牛皮纸信封里,趁杜颖不注意的间隙,塞进了她的书包。没有任何字条,也没有任何留言。

2008年

我一直盯着手机上的时间,现在已经是晚上九点整。

车窗外的风景好像一闪即逝,容不下任何留恋的空间。破落的车站,土灰的城市,接着是寸草不生的土山,浑浊奔流的河水,稀疏发黄的村庄——转眼间一切都隐入无边的黑夜,裹挟着这列火车里疲惫不堪的人群,向着太阳升起的方向进发。

2008年盛夏,这列从拉萨开往北京的空调特快,在奔驰了一天一夜后抵达中间站渭州。

短暂的停留间隙,我拖着行李被拥挤的人流挤进狭窄的车门,没等站稳,车就缓缓启动。我看着站台上送别的人、推着小摊车的商贩,以及写着"渭州站"的蓝色站牌往后退去,感到一阵眩晕,腿一软,跌坐在装着冬装、被褥和书籍的蛇皮袋上。蛇皮袋原本就被塞爆勉强才能拉上拉链，经过刚才的挤碰拖拽，提手几乎要和袋身分家，只剩一根残留的细线暗示着它曾和母体紧密相连。

大学四年，研究生三年，七年来我已经习惯车票上印着的"无座"二字。站在车厢头部，一眼望不到边的挨挨挤挤的人头，过道上坐满了人，甚至有人钻到座位底下，在布满瓜子壳、果皮以及被谁不小心洒落的泡面汤汁所污染的腌臜地面上，呼呼大睡。每隔一段时间，就会响起售货员的叫卖声，随着叫卖声到来和离去，过道上的人头就像波浪一样，艰难地升起又落下。

列车隐入黑夜，车厢里是一张张耷拉着的疲惫的脸。我半个屁股挤坐在一个身着藏服的中年男子边上，上半身往前探着，折叠的大腿和腹部形成的夹角中间，是装着电脑、钱包和各种证件的大背包。藏族男子半眯着眼，他的睫毛细长而又稀疏，双颊早已褪去高原红，露出黝黑的茧。他说话带着浓重的口音，我总听不清他在说什么，只知道他坐大巴从昌都到拉萨，马不停蹄又踏上了这列火车。

"我叫桑杰，四十岁了。"他伸出四个手指头，挤出纯真的笑容。

我擅长从蛛丝马迹中捕捉到蹭坐的希望。火车还没停稳，透过车窗我就知道，我将会在这半个位子落座来完成这趟旅程。

列车从拉萨出发，由青藏高原驶入黄土高坡，最终将停靠在华北平原。一路向下，就像它穿过的黄河河床，高开低走。熬过这个长夜，第二天一早睁眼，窗外将会是明晃晃的北京城。

2009 年　春节前

母亲给我打来电话，问我过年能不能早两天回，村里要割香了。

闽南话里，"一割人"是"一群人"的意思，割香，就是一群人一起进香。事实上，这"群"人是全村的人，一大群，足足有两三千人。一段时间里，如果村里陆陆续续发生一些不好的事情，比如频繁因故死人等等，便有代表会去村庙里询问神明，是否村里有了"不干净"的东西。如果神明指示真的有，那就必须割香，把这不干净的东西送走。阿昌爸遇难那次，就割过一次香。

我母亲在大门口等了很久。一见我就迎上来，接过行李箱，同时忧心忡忡地说："工地又塌了，死了两个人。这些年工地死了好几回人，大家都很恼火。"她又说，前几天有个邻居小伙子在外省打零工，也从脚手架上掉下来摔死了，他家人昨天才刚把尸体拉回家。这么多事，搞得她对我更加放心不下。

"我得先带你去趟招提寺。"母亲说。

招提寺在招提山顶上，离我家二十多里路。小时候盘山都是土路，陡峭难行，想去进香基本都是十来个村民包一辆手扶拖拉机，吭哧吭哧来回，一天就过去了。后来铺上水泥，路也宽了，每逢初一，母亲会让父亲用他的小嘉陵载着，慢悠悠爬上山去，从未间断。坡太陡，小嘉陵动力不足，两个人都得下车，父亲在前面拽，母亲在后面推，小心伺候着它直到古寺门口。

平日里古寺香客很少，在一片竹林掩映中极为清幽。母亲在佛像前念念有词，无非就是问菩萨眼前的难题如何破解。我双手合十侧立在旁，对母亲这套仪式早就了然于心。她双手拿起供桌上的签筒甩了起来，一百根竹签在签筒里蹦着跳着，直到有一根掉落出来。母亲捡起这根竹签，再拿起一副杯，往地上扔去。杯，学名叫茭，用木头或竹片制成，手心大小，月牙状，一面为凸面，一面为平面。两个杯扔到地上，一面凸一面平是"圣杯"，表示肯定；都是凸面意味着神明表示否定；两面均为平面则是不置可否。闽南妇女习惯用卜杯与神明进行交流，把所有难题都交给神明定夺。但我觉得，卜杯对她们来说，更多的是一种心灵慰藉。在她们无所适从，抑或孤苦无依时，神明会向她们张开虚幻的怀抱，为她们指引方向。

母亲定睛看了看杯，一面凸一面平，菩萨指定的就是这根签了。她向菩萨请教的问题是，小儿子在北京发展潜力怎么样，能否放心让他一个人闯荡北京。她把签拿给庙祝，庙祝按签上红墨水写的签序找到相应的签诗。签诗云：

黄野仁遇仙

五色祥云升，霞光满室明；蛟龙奋疾起，顷刻九里程。

念完，庙祝连呼两声不得了，继而感叹道："这是大吉啊！北京是这孩子的福地，风生水起的地方。"

母亲双手颤抖着接过那枚粉色的签诗条，转身跪下对菩萨顶礼膜拜。

从这天起，她便不再劝我回老家。

天色未明，人们聚集在村庙前，一行人跟着神明的轿辇浩浩荡荡出发。所有人都身穿红衣，手持三炷香。开了车的、骑了摩托的，也要点香，把香插到车前或车把上，香尽了须再续上三炷。

队伍缓慢前进，路过一个个尚未苏醒的村庄，沿途偶有狗吠或公鸡鸣早，打破安静的氛围，随后重归静默。直到远处隐隐约约闪烁着星点般的水光，那是大海，这次割香的目的地。海边有座庙，庙里的神明会帮忙送走脏东西。等抵达这里，天已露出微光。

抬轿的人在寒气袭人的清晨满头大汗。在各种仪式后，他们要把神明的轿辇抬到海中一块巨大的礁石上，再行返回。我举着香，旁边有人口若悬河，讲述当年他当轿夫的离奇经历。据他说，那天清晨正值涨潮，礁石被海水包围，轿辇根本不可能走着抬过去。大家正犯愁，四个轿夫突然就扛起轿朝海里冲了下去。原本他是不会游泳的，到得水里，他慌了神，但如有神助般，双脚竟然不自觉地踩起水来，之后，他就眼睁睁看着自己随轿辇往礁石游去。

这些都是被说过无数次的、无法证实真伪的陈词滥调，要不是他在耳旁唠叨，我压根就不想听。母亲则附和他感叹着："神明显灵啊！"我心不在焉地，双眼在人群中搜寻着阿昌的身影。夏天我们通过两回信，便再没有联系。

收到阿昌发来的邮件时，我正在地下室旁边的网吧里查收面试通知。我不知道他从哪里得到我的邮箱地址。

邮件很短，他三言两语诉说了这些年的境况：那年他偷走家里所有的钱，和女作家再次私奔到香港，过了几年自由自在的日子，也写了一些东西。钱花完了，女作家也跑了。他不想回家，就到东莞当流水线工人。舅舅去东莞找过他，他只好逃到佛山。他不喜欢老家，觉得自己不属于那里。他说他的书写了一半了，不想放弃，但现在身无分文，想找我借点钱周转。

整封邮件，没有寒暄，没有问候，没有任何想了解我这十年里如何成长的意图，在提出借钱后就戛然而止了。我虽有怨气，但仍回信详细诉说我刚到北京求职，四处碰壁的艰难处境。

过了些日子，他又来信，说他还是被舅舅逮回福建了，现在他跟舅舅学卖建材，成了金钱的奴隶。他每天疲于奔命，书已经搁置不写了。他痛恨钱；但正因为钱，之前他才得以去追求理想、接近理想。如今没了钱，他又什么都不是了，所以他不得不去赚钱。不是舅舅绑他回家，是他主动把自己捆绑起来交给了金钱。他说自己内心充满焦虑，如果当时没有那笔赔偿金就好了，可能日子会过得很辛苦，但总归能像我这样按部就班，得以到北京大展拳脚。以前是想逃就逃，不顾一切追求自由和梦想，结果反而把路给堵死了，如今终究无路可逃了。

我回信告诉他：选择一条路，然后坚定地走下去；等赚够了钱，再追求理想也不迟。

邮件发过去，我一直等着，却再也没收到回信。

我看到他时,他正斜倚在庙墙上。他剪了平头,穿一件宽松的灰色卫衣,冰冷的海风吹着他单薄的身体。他也远远地望着我,神情恍然。

我走向他,却尴尬地不知从哪里开启这场久违的谈话。

"北树,你回来了?"

一个苍老的声音唤我,我才注意到他身边站着一个老太。恍惚片刻,我认出这是阿昌妈,她跟我印象中那个结实的风风火火的中年女子相去甚远,五十出头,看着却像七旬老妪,黧黑的脸上遍布皱纹。她弯着身子,驼背严重,叫我时,艰难地抬着头,露出激动的笑容。

"阿姨,您身体还好吗?"

"还好还好,你可不得了,去了北京。"

她眯着眼笑,慢慢把头转向阿昌,示意阿昌跟我打招呼。

阿昌没有回应她。

我说:"你回来了。"

"嗯。"他看着我,眼神空洞,全然没了以前的神采。

"怎么没有给我回信?"

"不知道写什么……"他低头看向双手,手指不安地互相搓揉着,像要搓掉什么不干净的东西。好一会儿才又问我:"你在北京好吗?你妈妈说你去了电影公司,跟着大明星。"

"她吹牛呢,北京不好混,一个月拿三千多,不够活的。但也先活下去吧。"

"你还记得吗?小时候去你家看电影,你永远给我留着第一排，那时你就想要当导演了。不管怎么样，你确实离梦想越来越近了……"他顿了一下，似乎在犹豫要不要接着说下去，终于还是没再开口。

我只能尴尬地接话："哪儿的话，我也好不到哪里去……既然回来了，就赚钱，先把什么理想自由抛一边去，不是吗？"

阿昌又沉默了。我注意到他保持着斜倚在墙上的姿势没有变过。这时阿昌妈拍了拍我，说她得进庙里拜拜了，又让我开导开导他，"我经常听不懂他在说什么，我说什么他也不爱听。"

等她进去，阿昌长长吐出一口气。他说："我在香港败光了所有的钱，这些年家里又出了很多事，我都不在，只能我妈一个女人扛着。前年盖高速公路征地，我家几块地都在征地范围里，但是这几块地全被别人用很低的价格强行买走了。他们盖了劣质房，被征走就能拿到很高的拆迁款。家里的日子很不好过，我要再不回来，这个家就垮了。你看，我妈一下子老了……也许不是一下子，我已经七八年没回来了，回来就看到她老成这样。"

阿昌掏出烟，海风中我们点了很久才把烟点着。点烟的时候，我才感觉他恢复了些许人气。

他接着说："我很自责，我知道你的话是对的，先赚钱再说。不得不向命运低头啊，但是这样的屈服让我很难受。我总控制不住思考，然而这个鬼地方不需要思考，它只需要被开发。"

我不解地看他，他仍低头回避我的目光，一副失魂落魄的哲学家模样，低声自语："你看这割香……工地塌了，是人祸，不去追究责任，却把它当成天灾来处理。我没说错，开发得越厉害,就越依赖神佛,各种牛鬼蛇神都跑出来祸害人间。这些农村,以前是太贫穷,现在是太贪婪,有了更多就想要更多。无论田地老宅,还是人心,到处都是土崩瓦解的声音,到处都是呛鼻的灰尘;等天亮了,眼前这片宁静的海,将会被无数挖掘机扬起的尘土覆盖……"

我承认,我实在参不透阿昌这些绕口令般的哲思,我感觉他陷进了一种悲观的情绪里,如陷进泥沼一般。

"生活在这里,时时刻刻感受着压抑和窒息。我知道自己没有能力去改变,逃离总可以吧?但我再也逃不出去了……"阿昌还沉浸在自己的哀伤里,喃喃地说,"我要结婚了,正月初五。"

我感到诧异,除了阿昌结婚的突然,还有正月这奇怪的日子。正不娶,腊不订,无论如何,都不是什么好日子。

海边传来的喧闹声打断了我的走神。人们大喊着:"发咯!"我不理解明明是为送走不干净的东西而来,为什么喊的口号却是发财。我和阿昌迷茫地看向海面,等人群安静下来。

这次没有涨潮。所有人都凝神注视着四个轿夫抬着神明的轿辇,往礁石的方向走去。众人惊讶地看到,就在轿腿碰上礁石的那一瞬间,朝阳从海里蹦了上来。轿顶刹那间被镀上一层厚厚的金光。

回去的路上母亲容光焕发,妇女们扎堆欢快地聊起今天那带着神秘色彩的巧合。

母亲停下脚步,直到我跟了上来。她凑到我跟前,用一种心潮澎湃的语气悄声问："你那个老板，大明星，叫宋什么仙来着？给了你多少奖金？"

"没多少，两万。"我说。

"能不能捐出来？这次村庙翻建，大家都在捐款，捐了名字就会刻在石碑上，所有人都看得到。你在北京工作，名声特别好，不捐说不过去。"

我没接茬，只是问她知不知道阿昌家的地被低价强卖了。她说不只阿昌家，那阵子很多人家都被连蒙带骗卖了地，阿昌家卖得最多，如果那时没卖，现在光靠赔款也可以翻身了，"家里没个男人真的不行，所以阿昌舅舅才把阿昌绑了回来。好多年阿昌在外面没有半点音信，家里被欺负惨了。他家还有钱的时候，好心借给别人很多钱，后来阿昌妈去讨要，不但没讨回来，还被那家人压在地上打，打掉了四颗牙齿。这些人真的作恶啊！"

我又问他："那我们家的地是不是也被低价强卖了？"

母亲收起笑容，没再说话。

我的脸也拉了下来。我抑制不住内心的反抗，给母亲泼了一头冷水：

"真被强卖了？修庙要捐钱，学校要捐钱，修路要捐钱。要钱天天来找，地被强卖又有谁来管了？"

"你必须捐，就当我欠你的！"母亲一字一板地说。她拿出了惯有的、无可辩驳的、志在必得的气势。说完她就头也不回，追赶前面的妇女们去了。

等队伍行进到村里，天已大亮，我看到母亲坐在路边一个树墩上。她在等我。看到我,她缓缓起身,朝我招手。

"强卖的地,现在也要不回来了。"她说,"我们在门口田有另一块地被人堵死了,我带你去看看。"

门口田,对我来说是个久违的地名。很小的时候,我和哥哥会跟随父母亲去种田,薅花生藤,拔番薯,在池塘边上寻找田螺的踪迹。最喜欢的是戽水,一个水桶两侧系上长长的麻绳,两人各执一端远远对立,把桶甩进池塘里,待装满水,再合力甩回自家田里。村里每片地都有一个名字,很多名字我都记不得了,只记得六斗顶、塘坝、门口田这三个,但是每个名字对应哪个方位,也早已在我的记忆里模糊一片。

上大学每次放假回家,我都会发现,这里像川剧变脸一样向我呈现出陌生的面貌:建机场,建高铁,公路扩建,街道扩建,每年镇上都会冒出来一两个新盖的商场。我曾试图去寻找哪怕一丁点的童年轨迹,但几乎每片地都变了样:有的盖起高楼,有的翻成民居;有的已经彻底荒废,杂草丛生;一些新的墓堆陆陆续续在那里修葺,墓地里躺着的人,可能一辈子都在这一亩三分地里辛劳耕作——曾经是村里欣欣向荣的地方,如今反而死气沉沉。以前塘坝是村里最大的水库,盛传闹鬼的地方,不少小孩在那里游泳被水鬼拖入水底,生命就此终结;现在塘坝几乎已被填埋,曾经深不见底的水域建起了开发区,还有个配套的私立幼儿园,高速公路横架在塘坝上面。如今我还经常梦见儿时在田地里疯玩的场景,醒来再翻看当时所拍为数不多的照片,上面稚气的身影所处背景是哪里,我全然忘记了,在现实里也找不到任何相关的印记。

"你看马路边这一排商品楼,把我们这些地彻底堵死了。别说车进不来出不去了,人都得踩着别家的地头,才进得来。"

我母亲脱下沾满湿泥的小皮鞋,在地里的大石块上不停地敲打着。

这天没有风,天出奇地蓝,母亲和我站在门口田一块一分大小的田地上。这是她年轻时耕作的地方,十几年前租给外地人开石材厂,一年租金能有个一两千元。如今它荒废了,大大小小来不及往外运的石块杵在原地,像破败的庞贝古城那样,诉说着曾经的兴隆。

这块地原本有一条一车道宽的土路通往五十米外的大马路,大马路边这排商品楼前年打地基,没有任何商议或通知,直接把土路截断封了起来。建成后,它像一条白色大铁链,扼住我母亲这分田地的喉咙。同样被扼住喉咙的,还有周围这一大爿地。我不清楚它们分别属于谁家,放眼望去,一区区同样的杂草丛生,无人看管。老家种地的农民已经不多了,谁都知道种地不挣钱,但地还是值钱的。他们把地空着,任由它荒芜,守株待兔般等哪天有人来租或来买了,再开个好价钱,落袋为安。

这爿田地给我留下的记忆已经不多了,可以说几近于无。就在母亲敲落鞋泥的当口,我想起了儿时的一件事。文康是我同学,坐我前桌,他家的田紧挨着我家这区。暑假前,老师正在黑板上奋笔疾书讲复习题,文康毫无征兆地仰起头,只几秒工夫,他的后脑勺就重重落下,在我课桌上发出咚的闷响,继而又抬起，又直直撞下来。两下三下，节奏越来越密，我看他两眼发直、鼻孔流血，吓得愣在原地。后来文康被紧急送到了市医院，病情也传到了学校，原来之前文康爸去世是因为白血病，文康这次发病是同样的病因。

暑假里，文康妈就这样奔波在医院和这田地间。这天午后闷得出奇，别家已经开始插新秧了，文康妈的稻谷还没收完。我在柔软的泥土里蹦来蹦去，不时蹲下身子把双臂浸到水里凉快。从我跟母亲来到田里，就没见文康妈直起过身子，她一边挥舞着镰刀，一边咒骂着鬼天气。很快天边涌来了无尽的乌云，雷声也开始响起，所有人都知道要下大雨了，陆陆续续停下农作往家走。

我母亲站在水里招呼文康妈："我也回家了，你还不走吗？"

"我再多待一会儿吧，急死我了呀！"

文康妈没停下镰刀，甚至都没抬头看我母亲一眼。

我母亲跨过地头。我看见她整只脚被浑厚的泥土包裹了起来，像打了团棕色的石膏。她捡起地头的一把镰刀，快步走到文康妈身旁，文康妈依然埋头割着稻秆。两人动作出奇地一致，左手捞稻秆，右手挥镰割下。原本空气闷热得像胶水凝固了一般，此时插着秧苗的水面泛起了鳞状波纹，是起风了。我坐在地头，看风吹过文康家的谷穗，心想要是文康没得病一起玩多好。

很快憋了一天的雨落了下来，像压抑了许久的悲愤突然爆发那样。雨点砸到田里，每一滴都能在水面砸下一个深坑，继而蹦出一颗大水泡。

雨中的两个女人并没有想走的意思。我母亲抬头才发现我还没回家,她大骂起来。这时我看见另一个女人远远地跑过来,一边大幅度地挥手一边叫着什么。文康妈终于直起身来。那女人上气不接下气地对她说:"赶紧!你屋顶晒的谷子都流下来了!你家门锁着,我们上不去啊!"文康妈惨叫一声,顾不得收拾农具,拔腿就往家跑。

至今我还清晰地记得那个画面。谷子成串成串拥挤着从屋顶的泄水口奔下,像流动的珠帘一样挂在墙上。文康妈躺倒在地上声嘶力竭地哭喊:我歹命啊!老天爷不让我活了啊!很快悲伤演变成了激愤和谩骂!

她用一种奇特的唱腔控诉着,歌声尖厉而又婉转缭绕,我听着却倍觉毛骨悚然,顿时想到葬礼上的职业哭丧人,她们就是靠这样的唱腔,勾起看客们内心的悲伤。唯一的区别是,她们哭的是死人,文康妈哭的是生计。

有人试图去扶文康妈,却被她不管不顾地挣扎打了回来。我记得后来这个诡异的场景,所有人静静地看着文康妈,静静地看那奔流不息的稻谷,像葬礼上的集体默哀环节。电闪雷鸣,谷子流了一地,课堂上文康的鼻血也是这样淌满了他苍白的脸。

后来文康还是没了,文康妈据说改嫁到外村了。他们家门从此紧闭,失修的破败的石头厝,墙上长满了青苔。

我母亲穿好鞋,沿着这分田的地头走了一圈,垂头丧气犹如失去了封地的诸侯。她喋喋不休:"这就是我们的地,现在再想卖,也卖不出去了。以后它就废在这里了。"

我猜母亲带我来，是觉得我已经走出社会了，终于可以也应该替她承担一些事了。果然，她不紧不慢地说道："我们小柱人，注定要被大柱人欺负的。这商品楼是荣夏建的，你知道他吧，他们柱是我们村最大的柱。"

母亲说的大柱小柱，指的是家族的大小和贫富。全村有十来个家族，每个家族都有自己的名字，这些家族历经数百年的繁衍终于形成如今的格局——男人多的，子嗣更加枝繁叶茂；男人少的，人丁越发凋零。"虎穴"是我们这一柱的官名，很唬人，却是全村最小的一柱，仅有六户人家。荣夏那一柱的户数是我们的十数倍，靠着家族互相帮扶，先富带动后富，有钱有势的不在少数。

"我一个女人打也打不过人家，光靠嘴皮子有什么用？你奥爸那德行你也知道，好像这家跟他没有任何关系一样，什么都不管，偏偏你哥又遗传了他那德行！"

母亲确实老了。她坐在石头上，嘴里不断发着牢骚。生命的车轮在她身上碾出一道又一道的伤痕，她只能用发牢骚这种廉价的方式来舔舐伤口。最后，她把全家族的希望压到了我身上，她用激昂愤慨的语调对我说：

"既然你那么坚决留在北京，那好，等将来有一天，你挣大钱了，出息了，要把我们被欺负的连本带利讨回来！"

2009年　春节后

七天的婚礼一结束，阿昌就把我拉黑了。

宴席开了一百桌，几乎请来了半个村的村民。这场婚礼在闽南实在算不上豪华，却也远远超出了阿昌家所能承受的极限。

阿昌家的房子还是老旧的单层石头厝，这样的房子注定很难娶到理想的老婆。我听母亲说，媒婆连哄带骗才帮阿昌搞定了这门婚事。媒婆看中女方是在榕江打工的外地人，语言和人脉不通，不易打探到真实情况，说亲时，她把阿昌私奔到香港说成少年时就去香港谋生，是地道的"香港客"，如今回乡学做建材生意，计划两年后回香港定居搞外贸。

"阿昌妈借遍了所有她认识的人，还不知道有多少缺口。"我母亲说，"谁都知道她家家底被阿昌败光了，但阿昌妈就是想争口气。"

新娘被接到家里时，脸上蒙着一条细长的黑纱巾，纱巾四个角都缝上了仿制古钱。她被媒婆扶着下了车，跨过烧着炭的红瓦片时，我们看到她上半身挂满了金链子、金片，金手镯多到手腕戴不下，还余好几个串到一起，挂到了脖子上。人群中有人大声讨论着这些金子的来源，说阿昌和新娘两家都没啥钱，身上的行头，是阿昌妈到处借来显摆的。跟在新娘旁边的媒婆翻了几次白眼，气到脸色发青。

掀完盖头后，新娘捧着甜茶挨个请家族里的长辈喝。她三十了，比阿昌大几岁。围观宾客无所顾忌又故作神秘地嗟叹，要不是想赶紧把阿昌死死绑在家里，凭他那么俊，怎么会娶这种寒碜的"阿北仔"。

很快，这些原先被重重封锁的秘密，终于在婚宴上成了谈资,被公然地热烈地讨论起来。

阿昌始终处于混沌的状态。他喝了很多酒,走路不稳,像脚踩浮云,而他本身也是一朵浮云。这朵浮云跟随阿昌妈、新娘挨桌敬酒的时候,突然膨胀、爆裂。阿昌满脸通红,跟跟跄跄走到一百张酒桌中的一张前,毫无预兆将它掀翻,满桌的酒菜撒到了地上。

所有人都诧异地看着这个他们早已疏远的人,而我恍惚看到了少年时那个桀骜不驯的阿昌。

阿昌揪住饭桌旁一个中年男子,一拳一拳朝他大脸揍去,直到他鼻头开花,流出两串鲜红的血。

"我警告你,别嚼舌根!"阿昌恶狠狠地说。

一千个宾客先是愣在原地,然后爆发出更难听的讨论声。不少人围上前看热闹,推搡过程中,又挤翻了边上的几张酒桌,到处是泼洒的汤汁和酒瓶碎片。新娘受到惊吓,脸色煞白,无所适从地站在原地。阿昌妈则一边哭一边赔礼道歉,不停解释说儿子喝多了。以前她和我母亲是一样风风火火的性子,如今随着驼背的日渐严重,也学会了点头哈腰。

中年男子站起身,也许是自知理亏,他虽表示不追究也无须赔偿,但还是愤然离席而去。闹剧很快平息,众宾客当下不敢再说闲话。日后,关于这场婚礼的来龙去脉,以及由其滋生出的各种奇葩谣言,却汹涌地传播到了全村乃至全镇。

一场正宗的闽南婚礼,要持续七天;每天晚饭后便开始婚闹，闹到半夜，一闹就是七个晚上。阿昌的婚闹少有人来，他中学在外镇读，没毕业就跑去香港，和我一样，儿时的玩伴无一例外全都生疏了。只有一些亲戚过来泡茶，在我看来，更像是凑数捧场。事实上，阿昌去新娘家接亲也很冷清，只有一辆轿车，外加一辆跟在后面沿路放鞭炮的双排座轻卡。我被临时喊来，充当阿昌唯一的"兄弟群"成员。

"兄弟群"是我极为惧怕的一个词。闽南人抱团，长到青少年就会一帮人玩到一起，少则五六人，多则十来人，男性之间组成兄弟群，女性组成"姐妹伴"。它们几乎不会解散，群内成员一生互相帮扶。在一场婚礼中，兄弟群是干活儿也是调动气氛的主力。阿昌只有我这样一个被临时捡来的兄弟群；而我迄今为止，也只从头跟到尾跟过这么一场闽南婚礼。

在老家，我和阿昌都是落单的人。

这是我人生中最为煎熬的七天。作为兄弟群，每晚我都要到阿昌家帮忙招待客人。来客虽少，但凡有鞭炮和烟花声在大门口响起，我都心惊肉跳，就跟野兽要闯进屋里来取人性命一般。我很难解释这种恐惧。明明我是一个不怵社交的人，但每每回到老家，恨不得把头钻进壳里躲起来，像一条在水里活蹦乱跳的鱼不小心滚到了岸边。这七天几乎用尽我此生社交恐惧的额度，估计客人们也是尴尬的，他们不知道要跟我聊啥，却因为我在北京工作，混的还是看似光鲜的娱乐圈，总还是得套近乎聊几句才行。他们看似对明星花边很好奇，对我的行业很艳羡，而我，一方面对自己月薪三千的现状发虚，另一方面，他们于我是陌生的，我不知道他们结婚没，生孩子没，甚至不知道他们是谁，叫啥名字。我观察客人们说话的语气、讨论的话题——每个人都很激动，迫切想要表达，嘴里吐出来充满棱角的闽南话，如果不看表情，听着活像吵架。我以为这应该是现今每一个闽南人交谈的方式，便像少时学平海腔、东桥腔一样，化身变色龙，观察着旁人，也模仿着旁人，好像这样就能轻而易举融入这个嘈杂的环境一样。

我去抽烟透口气，阿昌跟了出来。七天里，他每天都在喝酒，后来连新娘都看不下去了，不顾脸面当众训斥他。他找我要了根烟，点燃，也许是冷，他瑟瑟发抖。

"我装的。"他说。

"什么？"

"婚宴上喝醉酒揍人，我装的，我压根没醉。"

"嗯。"

他突然没头没尾地说："不瞒你说，曾经有段时间，我很看不起你，我的优越感来源于我是自由的，我可以很放肆地去任何地方，很放肆地去做任何事情。现在反过来了，你是不是也看不起我？"

我有点震撼，从未料到他会有这样的想法。

"我们绝交那会儿，说实话，"沉默了一会儿，我说，"我反而很欣赏你，到现在都是。你做了我不敢做的事，什么自由，什么爱情，都是我做不到的追求。你还记得我们的'盟约'吗？我们说要一起去更大的城市打拼，那时我就觉得是我掉队了。哪怕是现在，哪怕你回到了这里，我仍觉得我差你差得远了，最起码你迈出去过，那些你想触摸的世界，至少你已经触摸过了。"

也许我的回答使他感到错愕，他先是愣了一下，继而仰起头，吐出一个烟圈，两眼失神地盯着夜空。许久，他才开口。换了个话题。他说："那天我看你东张西望的。我知道你在找秀惜。她没来。"

大二那年，我和秀惜争吵后就再未联系。我反思过，她对我的指责不是没有道理，挂完电话，我对秀惜的怨气很快烟消云散，但我再没打给她，也未曾想过要再跟她见面。然而，很多年过去，我仍时常想起她浅浅的梨窝，细柳枝一样的身影，以及从她嘴里呼出来撩着我脖颈的热气。

"她怎么样，过得好吗？"我问。

"不好。她很早就嫁人了，嫁得不好。老公本来就穷，还花天酒地，不怎么管家里，一回家就打她。"阿昌把烟头扔到地上，抬起脚将它踩碎，"你太自私了……但我能理解你。你和秀惜没可能了，没可能不是因为她嫁人了，而是因为你们身处两个不同的世界，不可能走到一起了。"

"我从没这么想过。"我狡辩。

阿昌靠在墙上，站不稳的样子。

"秀惜就像我们的故乡——将来你醒悟过来时，会明白我这句话的。"他斜眼看我，用不屑的故作玄虚的语气说道，"这方水土生我养我，但我觉得它很陌生，不只我融不进它，它也融不进我。沧海桑田，一切都变了模样。无论在香港还是广东，我都感到孤独，回到乡下却也同样地人生地疏。你没有过这样的感受吗？"

我有过这样的感受，但还没那么深刻。

"记住我这句话，将来你会知道这种感受的。我跟你，其实也是两个世界的人了。你的世界是我想去的，但我去不了了，或许将来你会走进我的世界。"他说，"其实我并不想见到你，这些天，我所有的动荡和痛苦都来自你。我想，我们是不是可以就此别过了。"

当时我认为这是阿昌喝醉后的胡话，并不以为意，直到春节后我要回北京，给他发了一条告别短信。短信没发出去，确认不是欠费后，我又发了几遍，依然发不出去。

我意识到，我被阿昌拉黑了。

2012年 春节前

工作四年后，宋飞仙出了事，没多久我也跟着被公司辞退了。

当我打电话告诉母亲，明天我就到家，她很是茫然。

"不是还有一个多月才春节吗？发生什么事了吗？"

她向来敏感，但我仍无意告诉她真相。我骗她说老板给所有员工都提前放了假，她也就不再追问什么。

按理说，我大可以在北京多待两三周再起程回家的。但我躁得慌，每天在窗前俯瞰楼底的车水马龙，人到三十，却不知道自己脚下的路通往何方。

我瞒着母亲,自己去了一趟招提寺。

打了辆摩的,师傅不愿上山,我只好徒步。不知是谁修了条小道,直通寺院。阶梯是水泥做的,镶嵌着卵石,虽已附着了些许青苔,但仍看得出年头不长。我穿行在山里。清晨山很静,蝉早停止鸣叫,要是夏天,此时应该聒噪一片。有时路过石板小桥,桥底空空如也,裸露的河床上只有乱石横陈,或许夏天会有流水穿过,在沿岸的树荫里投下波光水影。

以前母亲带我来寺里,目的性极强,上山只是为了拜拜,拜完就走。母亲总有忙不完的活儿。这是我第一次独自来招提寺。招提寺名为招提,却在竹林深处,极为幽僻,一条铺着青砖的小径通向这里。走近,大门牌匾缺了一角;门上的红漆遍布裂纹,斑驳脱落处露出干枯的黑木。寺里只有一进,正殿供奉菩萨,东配殿供奉夫人妈,西配殿为僧房。庭院里青苔从地砖缝里钻出,却不显杂乱,相反给人自在清幽之感。

我点燃三炷香,质问菩萨:你不是说北京是我风生水起的地方吗?如今我狼狈失业,这该如何解释?

我并不指望菩萨解释。和所有善男信女一样,我也只是说说,再从菩萨这里找点心灵慰藉罢了。

走出寺门,穿过竹林,距小寺半里外的开阔处,几年前建了一座崭新的气势恢宏的招提寺,里面供奉着同一尊菩萨。我和母亲进去过,新寺至少有古寺五倍那么大,雕梁画栋,进门前要先登上数十级石阶,威严扑面而来。但母亲还是习惯带我去古寺,她坚信那座牌匾缺了莲花一角的招提寺才是独一无二的,是富丽堂皇的新寺所无法取代的。

翻过山是一片海滩。站在新寺门口往山下望去,灰蒙蒙的海就呈现在眼前,海岸线以圆弧的姿态几乎延伸到天际,一个村一个村沿海岸鳞次栉比,一字排开。我已经不记得小时候山下是什么样的风光了,但绝不像现在这样。那时海边应该都是木麻黄树林吧?如今三层四层五层的洋房、工厂林立,在正午阳光的照射下,它们反射出一线白色的耀眼的光。

我和母亲撑伞,互相搀扶着爬上六斗顶的小山坡。

脚下的红土如同染了色素的面粉团扯着我们的皮鞋,拔脚就能拉出丝来,雨点渗进土里,我俩的双脚和面似的捣着搅着。山面已经秃了,所有的树都被砍光了,只有几棵狗尾巴草苟延残喘着淹溺在雨中。

上到坡顶,我感觉母亲挽着我的手沉了下来,整个身体的重量压到我左臂上。我问她是不是晕。她叹气:"是有点,那么深的坑,谁见了都得腿软。"

我们脚下,是一个坑。

我不知道该怎么形容这个坑,它给我的感觉是深,得有五六十米深吧?这个矿坑像一口巨大无比的井,四壁和坑底是成块的巨石,一洼水坑躺在巨石中间,是平静的碧绿,其实它底下依然深不可测。每到夏日,村里不少人结伴来这一个一个矿坑里游泳,就算淹死过人也挡不住他们的热情。

这种矿坑,我们这儿叫"石窟"。不是龙门或云冈那种石窟,虽然也是人工开凿的，但这里的石窟不代表信仰，这里的石窟等同于金钱。有一段时间，村里的土地被成片成片地挖开，炸开。小时候经常会听到类似防空警报的喇叭声响，凄厉地持续许久，这是要炸石窟了，所有人都得躲起来，因为四处飞溅的碎石威力无比。我听说一个村妇在田里干着活儿呢，只顾着抢收，没躲，就被飞来的石屑砸死了。石窟往下挖，开采出石头，在红土地上留下一个个明晃晃的坑，宛如大地的伤口，无人疼惜。

"我们的地被挖了，它和其他地一起，被挖成了这个大窟窿。"母亲说，"没有赔偿，没有商量，连个招呼都没打，就这么挖了。还是那个荣夏，这帮人真不是东西，土匪一样的。"

母亲语气非常平缓。豆大的雨点击打着石窟里的水坑，太深了，我看不见水面上的波纹，就像我看不清母亲心里的动荡。

迟疑了一会儿，母亲再次开口："你能找人解决这个问题吗？"

母亲不知道：出社会的第四年，我失业了。我曾经带过一个小透明艺人。在娱乐圈我也只是个小透明经纪人。我不认识什么达官贵人。在老家更是毫无根基。我找不到人来解决这个问题。

但我回答母亲："我想想办法。"

我已不复当年的卑微谨慎，想了一夜，决定铤而走险，用老家的方式来治老家的流氓。母亲领着我摁响了村里最气派的那座大别墅的门铃。大别墅坐落于村子的中心地段——祠堂边上，有八层楼高，周身由大理石砌成，同样的大理石围出了一个上千平方米的院子，建成十几年，本村村民对于大门紧闭的内里依然兴味十足，路过的外乡人更是不免感慨，这得多有钱才能盖成这样的房子。

　　来开门的是个保姆模样的人，她用对讲机通报完就放我们进去了。这是我和母亲第一次走进这个院子，各种亭台流水、盆景假山扑面而来，走着走着，你竟然能听到久违的鸟声。高雅的环境揪出了母亲灵魂里的卑微，为了打破尴尬，她向保姆搭了个讪，"这里还挺清幽的。"她说。保姆没有搭理她，径自往大门走。大门用大理石雕刻出一副对联，两只石狮子凶神恶煞地镇守着。母亲自讨没趣，也便不再出声。进得屋里，装潢却让我大失所望，厅堂之大之不聚气，似乎温度要比屋外还低上几度，所有家具都是红木做成，地板、沙发、茶海、橱柜，红光与母亲通红的双颊交相辉映。荣夏端坐上座，他低头泡着工夫茶，好像泡茶比招待客人还重要。等泡完手上那壶茶，他才抬起头招呼我们。

　　"北树在北京还不错吧？这下真的把树扎根在北京，变成'阿北仔'了。"他跷着二郎腿，双手握着单人沙发的两个扶手，稳坐如钟，我觉得他才像一棵树，扎在了自家的红木地板上。他客气地请我和我母亲坐下后，单刀直入说道："你来是为了石窟的事吧？你老母已经找过我几次了，偏巧我都不在。我就说嘛，这种事情，还是得咱们男人来。"

　　他用镊子夹了一杯茶放到我眼前，我注意到他并没有给我母亲斟茶的意思，便示意他也给母亲泡一杯。以前在闽南，女性连上茶桌的权利都没有。他很快也给母亲夹了个杯子，用公道杯往杯子里倒茶，嘴里还在说着什么。我没听进去，我不太清楚母亲是否按照我的吩咐不去答他话，我的注意力全被眼前的茶海吸引去了，或者说我是故意被吸引去的。

这座茶海，桌面面积至少得有七八平方米，像一片真正的海把我和荣夏远远地隔开来。根雕应该是有个造型的，但我分辨不出，只觉得是个奇特的东西，没有丝毫棱角，圆滑透亮，盘根错节，远看应该像头麒麟，近看，细密的年轮透露其不菲的价格。美中不足的是，它被漆成了和木地板一样的颜色，以至看着就像从木地板缝里生根而起。这种红被视为富贵的颜色，无论在农村还是城市都一度非常流行，当它不再流行时，便被视为土老帽，被丢进审美的垃圾堆里。

审视完茶海，我注意到周围一片安静，荣夏正咂吧着嘴品茶，嘴里发出嘶嘶声响。我开口说话。用普通话，没用闽南话。这是我琢磨过的，一来我更擅长用普通话表达，二来标准的普通话在这样的场合更具震慑力。我摇了摇头，说：

"你还真不是个男人。"

我盯着荣夏，但实际上我看不清他的神色。海的对岸没有回应，看来是耐着性子，要等我说下去。我拿起茶杯，抿了一口，又放回桌面，然后把背贴回沙发靠背，把视线转回到他脸上，微笑着，以沉默回敬。

空气安静地流动着，像山中的溪流。几分钟后，荣夏不耐烦地截断了溪流，他用带着地瓜味的普通话文绉绉地问我：

"此话怎讲？"

我慢悠悠地，把沉重的背部从沙发上剥离出来。

"能欺负女人的，都不算个男人。"

245

他大笑起来,笑了很久,一边笑一边摇头,一副恨铁不成钢的模样,"你啊你啊,还是个嫩小孩啊……"

我也跟着笑。像喝酒那样,用我控制不住的狂笑和他的大笑碰了个杯。直到笑声落地,我才正色道:

"我啊,是个小孩。我这个小孩,混北京的,这破乡下的这些破事,我都不放在眼里。但是,我的地,你招呼都没打,就霸占去开矿了。地不地,矿不矿的,真不重要;但是,谁不尊重我,我就搞死谁。我可提醒你,私挖石矿是违法的,你不怕封矿坐牢,你以为自己关系还挺硬,没问题。我再提醒你,哪天我上面的兄弟查下来,别说你那些小人脉了,就是我,想拦,也拦不住的。"

我收住话,让安静的溪流淹没这片红树林吧。自然,这番话说完有多少胜算,我毫无把握,我只需在乎自己的演讲。昨晚我把讲稿写到了纸上,背了无数遍,现下才能如此流畅且充满底气地撒出这弥天大谎。我也无须在意荣夏会做出怎么样的反应,我的任务只是表达,仅此而已。再多生枝节,难免会露馅。

我起身就走,母亲跟在我身后。

"这就走了?"荣夏跟着起身,"喝完这泡再走?"

我没答话,径直走出大门。

阳光照射进眼睛里,火辣地疼,疲惫像几天前招提山下的海浪涌向我,撕扯我,我的灵魂被碾磨成岸边的沙石,随着海浪上下翻涌。

眼前这条路,十几年前还是一条灰尘弥漫的红土路。我十八岁那年，母亲踩着轻盈的步伐，领着我走在这条土路上，土路直直通往村供销社，路边种着成片的针叶树木麻黄。如今，它两边光秃秃的，成为一条毫无遮掩、了无生趣的水泥路。我注意到，哪怕我已是疲惫不堪，却仍能远远地走到母亲前头。岁月的力量太强大了，它拖住了我母亲日渐苍老的脚步。意识到这一点，我停下，等母亲赶上来。我们俩默默走了一段路，母亲才问我：

"你在北京的关系真的那么硬吗？"

"总有一天会那么硬的。"

"如果他不相信怎么办？"母亲有点不知所措，言语间充满了担忧。

"他已经相信了。"

母亲叹了口气，应该是觉得我过于自负了。然后她停下脚步，用粗短的爬满青筋的手指向远处。针叶林已经被砍光了，我们轻易就能看到远处山坡上密集的塔吊和龙门架。

"你知道那里在建什么吗？石窟纪念公园。现在不让挖矿了，就把一些废弃的石窟搞成公园，会建很多游乐设施。"一会儿，母亲又补充道，"也算好事吧？村里总算有个地方可以溜达了，总比一个窟窿一个窟窿摆在那里碍事好，还危险。"

我看过有些人，会把刀伤或烫伤的伤疤用刺青装饰起来，别有意义。我没再说什么，也无意驻足观看这场大型的刺青行动。我重又走在坚硬的水泥路面上，头上的阳光肆虐着，它会怀念那片曾经把它切割得支离破碎的针叶林吗？

第二天荣夏来电话，问母亲要多少钱。母亲按我说的，连同门口田被堵住的那块地，报了三十万。他没还价，很快就把钱打到了我卡上。我跟母亲说，既然这笔钱是我要来的，那就该由我保管，我要用它来开个公司。

"菩萨说了，北京是我风生水起的地方，不如就搞把大的。"我说。

2020年

两千公里。这是地图标识的从北京到榕江的距离。

我开车飞驰在导航地图里这漫长的绿线上，一路畅通。眼前是无限延伸的水泥路面，路的两侧，有时是乡村，有时是城市，田地正在被新建筑吞噬，它们之间的界线模糊，一恍神就会错过。

我很少在服务区停下，手握方向盘反而能带给我安全感。到了晚上，我精神飘忽，不时想起以往坐火车的那些经历。大学那会儿，从榕江到渭州没有直达列车，每次转车，中间总有十二个小时的等待时间。清晨，我独自走出车站，坐在附近一个商场门口的石墩上放空、发呆、无所事事，直到路灯亮起，才重又走进车站拥挤的人潮。

而现在，我已无法静心享受所谓一时半会的孤独或安宁了。

许阳的信，使我良久不安。信中每一个文字都像一块方形巨石，慢慢在我胸口堆积，那些闻所未闻的观念压得我无法喘气。夜晚的高速公路，很快将鱼肚见白于东方，太阳照常升起，人们开始劳作。一切井然有序。于我，世界却愈加凌乱混沌。我迫不及待要回招提寺。在那里，菩萨虽无法以"杯"的方式，来解读我这并非非黑即白的命题，但至少会向我张开他那虚幻的怀抱，给予我慰藉。就像以往每次那样。

事实上，我已经记不清有多久没回到榕江了。看到我从车上下来，母亲眼眶一下就红了，随后她又从我手里夺过行李箱，跟跟跄跄往屋里走去。母亲在北京待过几次，对她来说，每次远行都是煎熬。每一天，她就那样百无聊赖地呆坐家中。我曾提议她去广场参与老人们的活动，比如跳跳广场舞，但她无动于衷。在北京，昼夜于她不再重要，等我半夜回到家，她的白天才算开启，她走进厨房，为我煲汤、泡醒酒茶，甚至提前做好早饭。

有一次我回家，在小区门口撞见保安正在盘查她。意外的是，母亲在农村的那股气势此时已荡然无存，她操着极不标准的普通话恳求保安放行，像说不好话的结巴。

"你越低声下气，别人越看不起你。"

走进小区，我忍不住讲起道理。

她兀自低头往前走，不吭气，走到家门口，才吞吞吐吐地说："要不我还是回去吧，这里太不自在了。"

是我，忽略了她与这个繁华到让人失去自信的大都市的格格不入。

在我带她第一次坐地铁逛遍整个北京城时，她兴致勃勃完成了此生的憧憬，却总小心翼翼地不让自己出错。我看到她刷卡进站、乘扶梯时的不知所措，在与旁人对话时不自然的紧张。看似平淡无奇的寄居，每一件无足轻重的小事，却都在母亲的内心产生了激荡。

她说："北京太大了。"

以她的文化水平，只能说出这前半句。我猜没说出来的后半句应该是：我们太渺小了。

母亲喊我到厅堂，点燃三炷香，对神明念念有词。

"你太久没拜菩萨了，要拜一百拜才行。"

等我拜完，母亲喊我父亲，告诉他我回来了。父亲在他的小天地里微弱地应了一声，但没开门。又对着二楼喊我哥，得到的也是同样的反应。母亲生气地念叨："遗传的，遗传的，两个人一模一样，天天关在房间里，外面火山爆发了他们也不会知道的。"但也仅限于念叨，一切都习以为常，念叨完她就给我收拾房间去了。

事实上，后来我每次回家，没有人可以拜访，没有旧可以叙，因此也只能关在自己的小屋里，成为和我父亲、我哥一样的人。

安顿好后，母亲说要带我出去走走。

路上每每遇到人，她就会一如往常开始她那浮夸的炫耀演出，她添油加醋地夸我在北京开公司，认识多少明星，住着多大的房子，脸上带着儿子衣锦还乡的招摇。

我预感我们将会溜达遍整个村子，然而没多久，母亲就倍感挫败，决定马上折返回家——所有乡邻的反应都一样，他们先是客气地附和母亲的夸耀，再假作不经意讨论起我的人生大事：怎么还没结婚呢？你家这俩儿子都不着急吗？我孙子都要上大学了。

在农村，这样的质疑算得上奇耻大辱了，而母亲出门前完全没有考虑到这一点。

母亲垂头丧气地走着。我伸出手,牵起她。她没有拒绝,只是低头缓慢地走。

"那么久没回来,也不知道你跟谁有仇。"她抱怨道。

"工作太忙了。"我随口说道。

"忙?你这样的老板当得有什么意思?当老板不就是为了挣钱过好日子?你这样一直在工作,家也不回,老婆也不找,我脸都没地方搁。"

母亲激动地唠叨起来,我很担心她会像二十年前去领录取通知书那样,再给我一个耳刮子。但她没有,她只是叹了口气,不再说话。

"行,我找一个,赶紧让你抱上孙子。"我逗她。

"那也不能随便找。我是很不高兴,但我的气消得快,你也别太当真。我不逼你的,我一直都是这样。"母亲的声音很微弱,"其实很久以来,我都不担心你成不成功。不成功的人太多了,你成功了当然很好,不成功也没有什么。"

母亲这番话让我感到诧异。我停下脚步,转过身看她,她也抬头看我,她的眼睛很浑浊,皱纹像蛛网般在脸上蔓延,但我感到她全身散发着光辉。我快四十了才意识到,一直以来,是我错怪了她。

"你觉得怎么样才叫成功?"我问母亲。

"你怎么问一个农村妇女这么深的问题?"她羞涩地笑了出来。

"那换个问题，你这辈子最想做的事是什么？"

"哪有什么最想做的事。"她侧头想了想，"无非就是你和你哥都过得很好。"

"如果没有我俩，你最想做什么？"

母亲沉默了。海风吹拂而来，撩动着她额上半白的乱发。许久，才像突然从脑海里搜索到了什么，她说：

"最想做的……画画算吗？我还是少女的时候，外婆家有个邻居，叫什么我忘了，太久远的事情了，只记得他大我们十几岁。是画画的，那年代画画多稀罕啊，我们姐妹伴很是敬重他。他会画我们去赶海，画我们在田地间干活，他画的蝴蝶像活的，画的浪花像真的。我们也跟着瞎画了一些，他夸我画得最好。后来他去了菲律宾，就没了消息。我真是喜欢，也说不上为什么喜欢。如果没有你们，我最想做的事是画画。但现在老了，啥也不想了。只想照顾好你们兄弟俩，等你们给我生了孙子，我再照顾好孙子。然后我就可以心满意足地死了。"

我攥紧她的手。

"要不你来北京，我找个有名的老师教你？"

母亲摇摇头，说："我一个老太婆，还学啥？再说，我也不想去北京。"

"不然在这里给你找一个，学点基础自己画着玩。"

"净瞎说，让别人知道了笑死。家里的事都操心不完，哪有那门心思？"

要从水泥路拐进家门口时，我跟母亲说我想去看看那条小河。母亲说小河早几年就被填埋了，也变成了水泥路，如今跟脚下这条路交织在一起，形成了一个三岔口。

"有啥好看的？"她说。

"我就想看看变成什么样了。"

"这有什么奇怪的？又不是现在才开始变。哪个年头它没在变？北京就没变过吗？"

我感到遗憾。母亲说得对，我这样的遗憾纯属无病呻吟。我压根就没见到过这座村庄最本初的模样，其实，在我记事前，在我出生前，在祖祖辈辈生于斯长于斯之前，它就摆出了一副振翅欲飞的样子，直到如今。我太渺小也太具象，因此没有资格感到遗憾，也没有资格无病呻吟。

我离开母亲独自往前走，走到那条铺满水泥的三岔口。以前我和秀惜会在这里度过每一个周末，每次她都会趴到我背上，让我背她过河，像完成一个重要的仪式。如今这里流动的，不再是荡漾着阳光的河水，而是往来不绝的车辆，它们的挡风玻璃反射出耀眼的白光，从我眼前呼啸而过。

我游荡在这座承载着童年记忆的村庄里，一切都是崭新的，它对我敞开着，有如一个陌生的与我毫无关联的迷宫。在这里，所有过往都是悬浮的，就像用绿幕拍电影，只有一些被抠像的人影，没有背景，没有依托，以致它们很快就会模糊，直至消失。

误打误撞地，我走到了十年前翻建的村庙。我记得那天凌晨，我们从这里出发去海边割香，母亲以无可辩驳的语气，要求我捐出年终的奖金。现在的村庙确实比以前气派多了，雕梁画栋，庙口还留出一大片水泥空地，安置着各式各样的户外健身器材。

我走进庙里，大门右侧立着两块石碑。一块旧的，是清康熙年间就已立在那里的庙志碑；另一块新的是翻建时立起来的，用于铭记捐赠者的善行。我从石碑上一堆密密麻麻的名字里，找到了"本村林北树 贰万元"几个字。

那一刻，我突然明白了所谓捐赠的真正意义：只要在这经久不烂的石碑上刻下了名字，就能证明自己曾经是、现在是、将来永远都是这个村的子民。而从未上过学的母亲，似乎早已参透这一点——

只有这石碑，才能证明，我的来处。

那天晚上，确切说是我回到家的第二天凌晨，母亲在黑暗中默默听我喝水、刷牙、洗澡。等我熄灯躺到床上，她推开了房门。

她坐到床沿，阻止了我开灯的手。

"我一直很不安。"她压低了嗓音，声音飘浮在暗夜里，像只扇动着翅膀的蚊子，"去年你奥爸在家摔过一次，回南天的时候。不知道为什么，现在回南天比以前更潮了，持续的时间也更久了，墙壁上、地上全是水，所有东西都发霉了。我们家铺的是瓷砖，特别滑，那时你奥爸正端着饭往他房间走，脚底一打滑，整个人就腾空了，后脑勺重重磕到地上。他就那样躺在地上抽着筋，还是你哥慌慌张张地把他送去了医院，幸好没有留下什么后遗症。"

我坐起身，背靠床头。母亲从没跟我说过这件事。事实上，她从不跟我说这种发生在家人身上的灾祸。她停住话，好像在脑子里组织着其实早已经组织好无数遍的语言，继而她才往下说：

"你奥爸没什么事，但房子还有很多问题。我想过把瓷砖地板拆了，铺上防滑砖，再给楼梯安个防护栏，以后你们有了孩子，爬上爬下就不危险了。但是，这样其实挺麻烦的，等过几年要盖新房子，这些新弄的东西就全浪费了。"她停顿了一下才继续说道，"你看，村里好多人把石头厝拆了，盖了小别墅。我天天吹嘘儿子在北京挣了多少钱，房子却始终没有动静。要是重新装修，他们又要来问我，怎么不干脆翻建？到时我就不知道怎么回答了。"

我所有的记忆，都是从这个石头厝开始的。据母亲说，我周岁那年，父亲攒够钱盖了石头厝，我们就从红土垒成的那座旧屋里搬了出来。起初石头厝只盖了一半，即四间小屋加一个厅堂，大门都没有。几块木板钉到一起，上个临时门框，加把锁，就这样凑合着住了。闽南人喜欢把一件事拆成多个步骤来干，都相信未来能把房子盖完。等我上了小学，父亲咬着牙，再借点钱，真就把另一半盖起来了。初一那年，又加盖了二楼的一半；高一那年，整座房子已经是完整的两层石头厝了。也并非所有人都能如愿，至今还有一些未完成的房子，孤独地蜷缩在村庄里的各个角落。

母亲突然问："总有一天，你也要回来的吧？"

我没吭声。任何抗辩都不如沉默。

她只好继续说：

"我问过菩萨，菩萨也赞同翻建的。你看这么多年了，是你哥在家照顾我和你奥爸，你才能安心在北京工作……"

在列举了翻建旧屋的无数理由后，此刻，母亲终于说出了真正的这个：我哥四十多岁了，至今未婚，这和他甘愿窝在家里当废物有关，也和我家这座破旧的将近四十高龄的石头厝有关——老家相亲，女方是要先到男方家看房子的，以前看的是石头厝盖了几层，现在则看是否翻建了小别墅。无论哪个年代，这片土地上的男人们终其一生，都背负着盖房的责任。父亲要给儿子盖房；父亲无能的，儿子要靠自己。然而，父亲没有完成他的任务，母亲就跳过我哥，直接把她的希望放到了我身上。

这是一直以来我最无法接受的那个理由，也是为什么明明足够宽裕，我却从不主动提出要翻建旧屋的原因。那天晚上，母亲终于还是小心翼翼地把它说了出来。也是那一刻，我才意识到：原来我并不是在和我哥较劲，而是在无意间，对把我哥包裹在羽翼下的母亲进行了长达二十年的报复！

我释然了，不再偏执顽固，同意了母亲的请求。

很快，我将推翻此刻我身处的这座古旧的石头厝，并在其废墟之上，建立起一座全新的洋房。这是我为这片土地所尽的最后一次所谓义务，是我与这片土地所进行的一场盛大的割席仪式。

2021 年　晚春

拆除旧屋那天，我见到了阿昌。

那时工人已经把二楼屋顶的石板撬开吊了下来，把挖掘机的铲斗伸向石条垒成的墙面。铲斗一拉，石条一截一截砸向地面，发出一声一声"砰"的巨响，尘土应声腾空而起。这场景就像春节放的鞭炮，一截一截炸出母亲内心的愉悦。她远远地站着，昂头挺胸，和身边十几个听到消息赶来的乡邻比画着。

我想她大概在说，要拆的不只是自家旧屋，她的小儿子已经把四周连房带地都买了下来，为此费了不少功夫。很快在这片废墟上，将挺立起两幢新式别墅，两个儿子一人一幢；这两幢别墅将共同拥有一个巨大的院子，有亭台楼阁，有花园、菜园，还有一个蓝色的游泳池——从她做出的游泳的姿势，我能猜到她说的是什么——这将会是全村最豪华的房子，哪怕它和其他房子一样，中不中洋不洋，没有丝毫审美可言，在这里，大家只在乎它有多大多高——在它面前，曾经侵占我家田地的荣夏的那座豪宅，都会相形见绌。

我独自站在更远处一棵老榕树下，看母亲用力过猛的浮夸的表演。这种肢体语言似曾相识，郝幽默在那部被寄予转型厚望的文艺片里，采用的就是这种拙劣的表演方式。讽刺的是，那部电影不久前在法国电影节拿到了最高奖。人生何处不幽默？原本希望它屹立不倒的，终究成了废墟；原本诅咒它死掉的，却一派欣欣向荣。因了转型的成功，郝幽默再不会拍喜剧片了，给公司再赚不了什么钱了；而他，以及我，却也或主动或被动地离或者新近的或者最原始的梦想近了一步。

也许，我们都应该欣然接受命运替我们做出的选择吧？

这棵榕树已经很老了。那年暑假秀惜跑来找我，专为告诉我她不再去平海了，整个午后，她就坐在这棵树下一动不动。它已经很老了，但我绝不会将它砍掉。想到终于也对这片陌生土地上唯一一座熟悉的房子下了手，我心里没有丝毫喜悦。这时，我看到母亲看向路口，神色慌张，然后她破口大骂：

"夭寿仔，你还真来了！滚开，滚开！"

我被旧屋挡住视线，看不见夭寿仔是谁，直到小跑过去，才看到了尘灰里的阿昌。

阿昌站在水泥路边，手里捏着块石头，那架势就像随时要发起进攻的士兵。但看着并不凶猛，反而很是滑稽：他瘦成皮包骨了，身上的短袖衬衣像个惨白的灯笼套在身上，过大的眼镜也从他鼻梁上滑了下来，他只好透过镜片上方窥视人群。很突然地，他龇着牙开始咒骂：

"你们这些傻狗！挖坟给自己住！住进去就变成了坏人！恶人！"

他一直重复着这些并不具备杀伤力的话，愤怒而又倔强。我母亲四处找扫把，要把这个扫把星扫走，走过我身边时，她对我嚷道："疯子，真是疯子！只要有人盖新房，他就来骂！"

我失神般走出人群，走向尘灰。

……少年时，我和阿昌说好要一起去更大的城市打拼。事实上，当那部文艺片在法国电影节拿到了最高奖时，我站在领奖台上，接过沉甸甸的奖杯，脑海里想的就是那个画面：我和阿昌在平海中学的教室里，隔着好几个同学相视一笑，那时我打开他传给我的纸条，上面书写了无数关于未来的美好愿景。

也许是认出了我，阿昌愣住了，他停止咒骂，像一株含羞草突然蔫巴了，垂下脑袋。

……再长大一些，阿昌与我分道扬镳，在阴雨连绵的初夏，如壮士般，出逃香港。在那里，经历了所有的幻灭，所有的，自由、爱情、梦想。所有。最后，他回到了这方土地，停下了出奔的脚步。

他慢慢蹲了下去，双手紧紧抱住满是白发的头。我走到他跟前，他侧抬起头看了我一眼，眼神里充满恐惧。

……那时我就觉得是我掉队了。哪怕是现在，哪怕你回到了这里，我仍觉得我差你差得远了，最起码你迈出去过，那些你想触摸的世界，至少你已经触摸过了。

他颤抖着说："我就想看看会不会挖出蛇来，挖出蛇，我就把它打死……"

"没有蛇，到处都是水泥，不会有蛇了。"我说。

"你身上有好多蛇，我害怕……"他蜷缩着身子，怯怯地说。

……我发现，我走得太远了。沿着这条红土路，走到了目不可及的天边。接过沉甸甸的奖杯，我终于体会到什么叫作真正的制高点，真正的满足。你看，我从没忘记我们一起许过的诺言。

我也蹲下。当我抬起手想抚摸他的头安慰他时，他突然起身跟跟跄跄地跑开了。他沿这条笔直的公路没命地跑。

……接过奖杯。就那么短短一瞬，我收起了所有的自鸣得意。那一刻我突然意识到，勇于冒险、超越平庸的，其实另有其人。是你，是你那一段我一再模仿其实从未真正经历过的出逃，不知不觉促成了我在人生追索上的价值体系的重构——对成功和自由的热望，同时也陷入与家乡永无休止的拉扯。

他没命地跑，一直跑，直到背影成为一个小小的白点，最终消失不见。

我不确定他有没有认出我来，但是母亲说他这次很是反常，竟只骂了那几句就走了。搁以前，他还会对人扔石头，不过准头不行，从没扔中过。母亲几乎忘了，我曾是阿昌唯一的兄弟群，当我一再追问这几年发生在他身上的事时，她才突然想起来，我去他的婚礼上帮过忙。

母亲警告我："离他远点，他已经疯了。"

那天，我才知道阿昌结婚后发生的那些事。母亲说他婚后没有一天消停，也不知道从哪一年开始，他成宿成宿不睡觉，永远都在屋里看书写东西，到处都是书，东西写完就撕，撕完就写，谁也不知道他写了啥。后来他就不跟舅舅做建材生意了，婚礼欠的债还过一些，剩下的再还不上了，老婆受不了跑了，幸好还留下个儿子，不然阿昌妈得去死。阿昌妈现在的一口气全靠孙子撑着，那么老了，背更驼了，踩不了缝纫机了，只能靠缝雨伞艰难养活一家。

"书读太多了，都读到壁上了。"母亲摇着头，不无惋惜地说。这是一句俗语，说的是没把学识用到正处上。她说有一回，阿昌妈用计支走阿昌，把他一屋子的书和锁在抽屉里的手稿全搬到院子里烧了，像烧纸给死人那样，烧了很久很久，烟尘几乎弥漫半个村子。阿昌回家后，发了很大的疯，眼睛血红血红的，跟只狼没什么区别。从那天起，但凡有人盖新房，阿昌就会跑去骂人，跟中了邪似的，也不知道他是怎么知道别人要盖新房的。

我没跟母亲争辩，但我也许能懂阿昌为什么疯。是这挖掘机，一铲一铲从他身上挖下去，使他遭受了永久无法愈合的创伤。我也明白，我的贪婪和我这发展中的故土如出一辙：我们都期待抵达后，再回过头来打扫堆积在灵魂深处的那一堆堆令人憎恶的瓦砾废墟；我们都以为自己在往前走，实际已积重难返。

2021年 初秋

那年初秋，在招提寺里，我倚着正殿廊檐下绛红的圆柱。我感觉离开很久了，像半生未归的游子靠在母亲膝头。

我就是在那时见到秀惜的。

她素面朝天，马尾系在脑后，她穿着黑色T恤，深蓝牛仔裤。以前她就是这样穿的。二十来年未谋面，如果脸色没那么苍白，眼神没那么黯淡，她还是我记忆中的那个模样。

那时我们多青涩美好啊，未经世事。我去渭州前，她偷走了我的录取通知书，以为没有通知书，我就报不了到，就只能灰溜溜回到我们的村庄。她知道我走了，就再也不会回来。

她在卜杯，口中念念有词，每次杯摔到地上，都是表示否定的两个凸面。她神色慌乱，只好转身朝门边的庙祝求助。这时，她看到了我。她手里还举着三炷香，就那样怔在原地，像飘忽的烟柱，许久才回过神来。然后，一连串泪水失控般从失神的眼睛里滑落下来。这是她不允许的，她向来好强，不轻易在人前示弱，她转过身快速擦掉，装作没人看到的样子。

她问我："你回来了？"

我说："待几天就走。"

她又问我："也来烧香？"

我说："嗯，也来烧香。"

她挤出笑容，嘴角有两个浅浅的梨窝。我演技不佳，没笑出来。这时一个小男孩闯了进来，喊她妈妈，嚷着要回家。小男孩的出现，为我俩贫瘠的对话增加了几句素材。

"几个孩子了？"

"四个，这是老幺。"

她不再找庙祝，转头把香插进香炉，然后慌慌张张地折纸钱，把供品收进袋里。最后，她用最客套的话向我道别：

"我先走了，有空来家坐。"

她走了，我看她远去的背影像当年她看我远去的背影。我考上大学时曾想过，除非靠我把她拉出去，否则她将步所有闽南妇女的后尘，每天起早摸黑做衣服，嫁个碌碌无为的丈夫，包揽所有家务活，伺候在家跷脚泡茶的男人——就像我母亲、她母亲、所有的闽南母亲一样。然而，她不能理解这么长远的人生，更无法想象在外地孤苦无依的漂泊打拼。于是，她偷走了我的录取通知书。

我翻找母亲那本破旧的电话本，上面歪歪扭扭的字迹里记着秀惜娘家的座机号码。我拨过去，谎称是学校的老师，要到了她的手机号。我打给她，约她见面。冲澡，刮脸，头发用头油梳成大背头，最后穿上西服。

她向来不喜拐弯抹角，拖泥带水。电话是我打给她的，但她却占据了主动权。她指定要去青林城区边上的金屋宾馆，说之前有个朋友和老公吵架去那里住过，破是破了点，但离家远，没人认识。

尽管有导航带路，我还是错过各种路口，走了许多冤枉路。我几乎困在青林绕不出去。儿时我对榕江的这个城区就很陌生，如今更是全无熟悉的记忆，一切都是崭新的，陌生的。土地的细胞比人体细胞代谢得更为迅速，更为彻底。它是我的故乡，我却从未真正认识它，就像此刻我也不再认识自己一样。

秀惜怯怯地打开房门，看着像等了很久。这是我第一次见她化这种艳丽的妆，紫色的眼影，粉色的腮红，透亮的唇色，及膝的百褶裙下，是一双簇新的过膝长筒高跟鞋。不恰当的装扮像新漆刷在了朽败的枯木上，更显得她老了七八岁。

她把头扭向一边，一副娇羞的模样，却没看到我凝固在嘴角的笑容。毫无预兆地，她开始脱衣服，一件一件，脱得很慢。这是我第一次见到她的裸体，但我知道，以前T恤牛仔裤下的风华正茂的身体，绝不会是眼前这番模样：一对乳房干瘪着挂在胸

263

前，肋骨条条清晰可见，双腿细极了，像一副圆规。这个四十出头的女人，被不幸的生活压榨得只剩一层皮了。这层皮上，散布着无数瘀青和新的旧的伤口，这些暗红色的结痂宛如这片红土地上的一座座石窟，扎眼而又司空见惯。我既震惊又心痛，脑子里纠缠着无数个问题：为什么我当初不把她拉出去？当初我应该怎么拉她出去？拉她出去后她又能得到什么？我出去后又得到了什么？哪里才是真正属于我们的去处？

这是一个无解的死循环，像把我困在其中的青林的路。

她低着头，挪动脚步走向我，准备解开我的衬衫。然后她愣住了，双手定在空中。她看到我胸前的领带夹，上面的镀金已经褪成锈黑，不复当年的色泽。那年我去渭州，她把领带夹夹到我领口，笑着说是纯金的，等我穿上西装，保证看起来像成功人士。那俏皮的笑，如今也褪去了颜色。

"你还戴着？多少年了。"她小心翼翼把它摘了下来，放到手心仔细端详，"我还记得它本来的模样呢，金光闪闪的。"

说完她走向垃圾桶，把它丢了进去。

"以后别戴了。你已经是成功人士了，它锈成这样，配不上你。"

她坐到床上，掩面抽泣，泪水从指缝间渗了出来。

我顺着泪水吻她。吻遍她身体每一寸干涸的皮肤，像雨点落到久旱的荒原上。热浪裹挟着沙石朝我们席卷而来，我把她轻轻放到沙地上，像干枯的沙棘和冬青那样，保护她，抚慰她。一切柔和得悄无声息，悲哀久久不愿散去。

我从未睡得如此踏实,却又在凌晨时分骤然惊醒。秀惜在我怀里安然沉睡,我从未见过她如此熟睡的模样,轻柔,宁静,像初生的婴孩。我猜想,她应该还是如那些年里的那般天真无邪吧。我想起我们走在青林的街道上,她说:"我一个女孩,不可能跑太远的。"想起我们在电话里无数次令人沮丧的争论。我想起阿昌在婚宴后说过:"你和秀惜没可能了,你们属于两个不同的世界。"阿昌,我想起我和阿昌那个共同的承诺。眼下我要做的,是接着走他曾经走过的那条路,往前走,继续冒险,超越平庸。绝不停下脚步。

我小心挣脱,穿上衣服,如逃亡一般离开那个破败的宾馆。宾馆后院,我坐进车里,不停抽烟,一根接一根,一根接一根。车里烟雾缭绕,我相信随时会有魔鬼从这浓烟中探出头来,对我咒骂:卑鄙下流的东西!

啊,我是这么个东西,二十多年来,我竟然成了这么个离经叛道的数典忘祖的下流东西……

我望向宾馆无数个窗口:秀惜醒了吗?她会找我吗?或许她正呆坐床边,窗子一夜未关,轻薄的窗帘被风吹起,像一面旗帜在房间一角飞扬。城市拥挤又孤独,在乡村我们却也同样无可依偎。

秀惜就像我们的故乡啊,此时我才终于理解了阿昌在婚礼后对我说的这句话。我曾以为,故乡是我唯一的后路,我试图融进它,像试图融进秀惜,然而,我再也不可能回得去了。一开始阿昌就知道,我们这样的人,从来就没有后路。

我丢掉烟头，发动汽车。这时我看到秀惜从门内走了出来，她停住脚步，倚在门边。晨光熹微，她的身影浸入灰色的晨雾里，我只能看到她单薄的轮廓：佝偻着背，紧裹披肩，风吹乱了长发。她在那里，好像在等待命运做出最后的裁决。就这样吧，就这样吧。我叹了口气，轻踩油门，车悄无声息从她眼前开过，扬起一团红色的尘土。

　　我对自己说：往前走吧，往前走，离身后越来越远，就是前进。

夫人妈

秀惜脱掉衣服，露出被包裹住的新伤旧伤。有发紫发黑的瘀青，有结了痂的长道血口，像穿村而过的那条年久失修的柏油县道，已然坑坑洼洼，却仍摆脱不掉继续被运载石材的大卡车碾压的命运。

回到家已经是下午了，一切还是老样子。空无一人的房子。很有些年头的家具。有序摞在厅堂角落的啤酒瓶。房门口，平车空荡荡的，让她想起洗澡时镜子里一丝不挂的自己。以前这里总是堆满各种各样的布料、辅料，以及做好的成衣。前晚，她把赶了通宵才完工的衣服送去服装厂，随口编了个理由，没再领新的活儿回来。

阳光穿透玻璃窗，看着像一条细长的白色透明塑料，封住那些无力挣扎的尘埃。

她叹了一口气，感觉今天的出走活像一颗石子投进湖里，确实在自己心里激起了不小的浪涛。但这浪涛只有她一个人感受到，其他人压根没有留意，湖面平静，连个细微的涟漪都没有。

她把背包放到地上，从里头掏出换洗衣服，放回那个散发着霉味的双门衣柜里。她没几件衣服，丈夫也没几件，它们井然有序地叠在那里挂在那里，像几具慵懒的尸体。放完衣服，她往床上一躺，觉得自己累极了，应该是要生一场病了，也许已经发烧了,不然不会那么疲惫,一阖眼就昏睡过去。

　　做了个梦。梦里她还是个小女孩,带着还同样年幼的弟弟在村子里挨家挨户乞讨。两人拄着等身长的木棍,挤出制式的笑容,见到个人就弓着身子伸出手。小孩怎么会驼背呢?这个姿势无疑是从别的乞丐那里学来的,好像只有低到泥土里,才能显出极致的卑微。天黑了,什么吃的也没讨到,悻悻然回到屋里——这个只亮着一盏昏黄灯泡的房子,是她现在的婆家。梦就是这么毫无逻辑。走进大门那一霎,弟弟变成了她的老幺儿子,她变成了大女儿,老二老三正跪在厅堂供桌前,虔诚地焚烧金纸,没注意到归来的姐姐和弟弟。

　　她生了四个孩子,最大的已经十六,最小的才不过六岁。三女一儿,这样的结构如今已不多见,在她孩童时倒属常事,且三个女儿中总得有一个叫招娣或亚男的。老幺出生前的那十年里,不管是谁,见了她总要苦口婆心地劝,好像不生个儿子就不配为人媳似的。她没想生那么多,但也不觉得多生几个有什么不好。对她来说,倒不是非得生个儿子才肯甘休,只是大家都这么说,她便也照着这么做罢了。

　　梦里,大女儿和老幺手里各自攥着一个讨来的包子。本是给老二老三的,但老幺不肯了,伸出舌头把浑圆的包子舔了个遍。老三倒是不介意,一把抢了过去,老幺只好躺到地上滚起来。撒泼的当口,这个男孩又变回了她弟弟。是如今的大人模样。他闭着眼,像条狗在地上滚,两腿弓起,脚底有节奏地敲击地面。她低头看弟弟(此时大女儿也变成大人模样的她自己了),见怪不怪的。弟弟被宠坏有什么可奇怪的？

奇怪的是，这个吵闹的场景在她梦里持续了很久——几乎占去整个梦的一半篇幅——直到有人推门进来才结束。破旧的木门咿呀作响，她转头去看，只看到一个模糊难辨的身影。

开门声把她从混沌中惊醒。是婆婆吧，她想，是婆婆接幼儿园的老幺放学回来了。睁眼时她感到一阵眩晕，窗外的光不再强劲，但还是白得晃眼。她把被子拉到头上，蒙住。隐隐约约听到婆婆一边唠叨着什么，一边打开电视。动画片里灰太狼狡黠的笑声穿透薄被，钻进她本就昏沉沉的脑袋里。

很快，闹钟响了。每天这个点，闹钟都要尖厉地响几声，吓她一跳。有一回正趴在平车上做衣服呢，铃声突然炸开，针脚直直扎进闯入运行线路的左手食指。她反应倒是快，右手一拨倒退钮，双脚轻踩踏板，把针从食指里退了出来。血溅得到处都是，除了止血，还得想办法把布料上的血迹清洗干净才行。可以算是工伤了吧，但缝纫女工们早都习以为常。闹钟是不能不开的，丢孩子的新闻那么多，怎么也不能错过接老三放学的时间。

就在她起身的当口，婆婆突然喊起来：

"秀惜，到点了！"

那声音尖厉得像把刀，扎到她的太阳穴上。她听得出婆婆憋了一天的气。婆婆总是这样，有问题不当面问清楚，憋着，再找机会爆发。其实婆婆向来是和善的，再说婆婆也没时间搅些什么是非，白天她爱坐在大门口缝雨伞，晚上则把家什搬到平车边继续缝，也算是和儿媳做个伴儿。婆婆话特别少，两人相对无言，

271

只是忙各自手上的活儿。缝雨伞不需要什么技术，自然远不如踩平车挣得多，哪怕踩平车也挣不到几个钱。多个人贴补贴补总比没有好吧，婆婆总是这么说。

秀惜在床沿坐了会儿，还是晕。勉强站起来，俯身在镜子前用手理了理头发，重新扎好马尾，走出房门。老幺沉迷于电视，看都没看她一眼。她走出大门，绕过低头缝线的婆婆，往学校的方向走去。

学校不远，也就半里路。前些年，村里的红土路陆陆续续铺上了水泥，树没留几棵，眼下已不再是夏天，就算夏天也没多少蝉鸣聒噪了。单从那稀稀拉拉几棵树身上，是看不出季节更替的痕迹的。南方的树不像北方，一进入秋天叶子就泛黄掉落，那种美景她只在电视上看过。她从没去过北方，也从未见过下雪。

路边有一座三层小洋房，一看就知道花了不少钱盖的，但主人一年也就春节时回来住几天，其余时间都上了锁。每次路过这里，她都要感叹太浪费。她家还住着一层楼的石头厝，算起来也有三十多年的楼龄了。倒不是艳羡，什么房子不是住？只是发自内心觉得浪费而已，何况她嫁到这个村那么久，也没见这家人几回面。村里越来越多人跑到外省挣钱了。以前榕江市这地方，有很多外地人过来打工。榕江人称外地人为"阿北仔"，这个称呼带着浓重的歧视色彩。如今倒好，阿北仔还没撤走，村里人倒跑了不少，为了谋生，心甘情愿去外省当阿北仔了。

还没走到校门口，她就住了脚。远远看到那里乌泱泱一片人头。她今天是不想再跟其他家长闲拉家常了，可不敢保证早上没人看到她背着包出门。她晕得厉害,懒得再撒什么谎。等时间到了,再往前走不迟。

她躲在榕树下,恨不得融进树影里。这棵树应该是树龄太大,才得以在铺水泥路时幸免于难的吧?她想。她尽量想些无关的事情,以此来放空脑子。等会儿见到老三,还得装出若无其事的样子才行,老三才九岁,却敏感得很。她很怕一会儿表情管理没到位,会被老三缠着不停查问,那可就麻烦了。

事实上,她的三个女儿都很敏感,像一个模子印出来的。老大刚上高中,老二刚上初中,都是念的寄宿学校,周末才回一趟家。上初一时,她也在隔壁平海镇寄宿过的。那年她父亲在工地被石头压断了腿,意志消沉,母亲问她要不要考虑回永风中学走读,好帮着分担些家务,她想都没想就答应了。她打心眼里不喜欢寄宿,离家太远了,永风中学虽然不是什么好学校,但她从来都不把上学看得太重,村里的女孩子能上完初中就不错了。

老三没发现什么异常。一路上叽叽喳喳说个没完,说的无非还是那老三样:今天得到了什么表扬,老师生了谁的气,谁又和谁打架了。她舒了口气,觉得是自己多虑了。到家后,老三叫嚷着摘不下校徽,非要她帮忙。她蹲下身,正细致地抠那个机关重重的别针时,老三突然问道:

"你的项链呢?"

项链?她往脖子摸去,在喉咙和胸口之间来回摸,再跑到卫生间照了照镜子,才最终确认,项链不见了。是什么时候丢的呢?早上出门前她还特意摸了摸呢,这漫长的旅途还得仰仗夫人妈庇护啊!

项链本身倒不值钱,铜镀金,掉色得厉害。主要是挂坠,挂坠是玉制的夫人妈刻像。二十一岁结婚那年,母亲特意去招提寺求了这条链子,请庙祝开了光,亲手郑重其事地戴到她脖子上。

"夫人妈会保佑你在夫家平安顺遂。"说这话的时候,母亲脸上洋溢着满足和期许。

这条项链,秀惜戴了十七年,从未离身,像长到了身上一般,如今竟在她未曾意识到的情况下消失无踪。她努力回想是什么时候在哪里丢的,毫无头绪,肯定是在路上吧,也可能是在火车上,绝不是她自己脱下来的,她从来没有脱过这条项链,那就是上火车时被挤掉了,或者被人当成金链子剪走了。等不再纠结这些问题后,她突然意识到,夫人妈是借此来谕示什么吗?肯定是这样。

头更晕了,她摸了摸自己额头,又摸了摸老三额头,确定是发烧了,滚烫地烧。婆婆做饭,老三写作业,老幺看电视,她坐到床上,感觉空落落的。吃饭的时候手一直抖,没吃几口就放下碗筷。婆婆没注意到她的异常,专心喂老幺吃饭。往常秀惜总会唠叨婆婆几句,那么大了,别再喂了。今天她就只是失神地看着。

夫人妈是有什么话要对我说吗?她脑子里只剩下这么一个念头。

她行尸走肉般洗了碗,走出厨房时,婆婆已经在平车边缝起雨伞来了。她从婆婆身边走过时,婆婆头都没抬一下,也没问她怎么不领活儿回来做。婆婆真的不爱说话,所有的话都积压在心里自己慢慢消化。直到九点多孩子睡下了,她才在房间里听到婆婆小声嘀咕了一句:不知道阿俊几点才会回来。

阿俊是她丈夫。

结婚时阿俊刚好三十,大她九岁。这个年纪,在那个年代的农村,可以算是讨不到老婆的了。初三那年,阿俊父亲开卡车打了个瞌睡,即将追尾前车时踩刹过猛,挂车上的铁管穿透驾驶室,把他的身体扎得千疮百孔。没了顶梁柱,家道一落千丈,阿俊初中毕业后也就没再念书,开始打石头。石头厂倒闭后,又当了三年汽修学徒直到学成,很快他和三两族亲举债创业,开了个汽修店,却因经营不善很快倒闭。直到二十八岁,阿俊跑了几趟青海,开始倒卖虫草,才总算挣了些钱。

媒人来说亲时,把阿俊形容为一路摸爬滚打、小有成就的商人。

"熬出头了,就绝不会再往下掉了。"媒人用她那三寸不烂之舌,信誓旦旦地说。

秀惜母亲被说动了,雇了辆摩的,偷偷去阿俊家门口溜达了一圈,心下凉了半截。等媒人再登门时,她冷淡地说道:"只有一层楼,乞丐婆也看不上的。等盖了二层再说吧!"

"等盖了二层三层,人就看不上你家了。"媒婆毫不留情数落,"她爸半身残废又好赌,她弟还上着学,全是负担。你也不想想,闺女趁早嫁过去,你一家趁早沾点光!"

第一次见阿俊,秀惜内心是嫌恶的。嫌恶主要来自他那个啤酒肚，像个巨型馒头被皮带绑在了腰上。后来见多了，却也习惯了，加上媒人不断吹耳边风，说成功商人不都这样的嘛，不喝酒应酬哪来的生意？慢慢地，在巨型馒头的衬托下，阿俊的小眼大脸盘以及那两片奇厚无比的嘴唇，好像也不怎么值得计较了。

办酒那天，阿俊请了几乎全村的人，开席一百二十桌。秀惜就这样风风光光地嫁了过去。世事难料，母亲吹了没几个月的牛，很快就瘪了——合伙人和供应商联手做局，卷走了阿俊所有的货款。

母亲的这位乘龙快婿又一无所有了。对阿俊来说，这次打击史无前例，他染上了和老丈人一样的赌瘾，终日沉迷于酒精，很长一段时间里，他都是喝到凌晨，才被那帮狐朋狗友抬回家。或许是出于心虚，狐朋狗友总是敲几声门，把他扔在家门口，然后扬长而去。

秀惜母亲很快收拾好心情。什么大风大浪是她没见过的呢？当初丈夫在工地被石头压断了腿，她也没哭爹喊娘；赔偿金被输得一干二净，她不也得伺候这位脾气糟烂的败家爷们拉屎撒尿？但总归是心疼女儿的，有一回女儿回娘家，母亲就把她拉到房间里，悄声安慰：

"刚娶了媳妇就破产，其实该庆幸，没人骂你是'扫把星'。你丈夫、婆婆都没提起过这三个字，也算仁义了。"

秀惜嘴上应和着，心里却不得劲，好不公平啊，为什么自己不幸嫁了这么个不争气的老公，到了还得庆幸没把罪名安到她头上？

毕竟经历过辉煌，阿俊眼界高了不少，要他回去打石头、修汽车，是绝对不可能的。如今他东一榔头西一棒槌，倒腾这倒腾那，秀惜压根不知道他挣的什么钱。后来她也不指望他了，便从服装厂领一台平车回家，边照看孩子边做衣服，贴补家用。

秀惜时常想，阿俊倒也不全然一无是处。正常的时候还算称职，会帮着做点家务，给她买好吃好喝的，有一次甚至毫无缘由花光身上所有的钱，买了个金手镯送她。可惜这种时光总是很短暂。比如那个手镯，就算她藏到只有自己知道的衣柜暗格里，也被他找了出来，悄无声息拿去卖掉。秀惜是在往暗格里藏私房钱的时候发现的，暗格里空空如也，所有钱都被一并顺走了。她明白了，丈夫这是给自己下了个套。但能怎么办呢，这种事还能报警不成？秀惜向来糊涂，饶是如此，她也知道丈夫大方的时候，也许就是赢了钱的时候。每个赌徒都这样。也许吧，如果做生意没被骗，那他就不会沾上酒精赌博，就应该也会是个疼老婆的好丈夫吧？

每次秀惜这样的自我安慰都无法持续太久，尤其当丈夫输了钱往她身上撒气的时候。都是深夜里醉醺醺回到家，关上房门，把她从被窝里揪出来，往死里打。她咬着牙不吭气。这种不光彩的事就不要声张了吧，声张了又有什么用呢，得到婆婆和邻居的几分同情又有什么用呢？然后他会把自己扒光，露出肥滋滋的剧烈颤动的巨型馒头，再暴躁地扯掉她的衣服，强奸似的发泄，一边发泄一边咒骂：你这个婊子，不是小学就跟男人搞到一起了吗？你以为自己有多纯洁？还装！呸！

这是秀惜最憎恨阿俊的时刻。一座瘫软而沉重的山，崩裂般镇压到身上，她咬着牙，把下唇咬出血来，不让自己发出半点声响。身体像块被压碎了的木头，脑子里却想着：谁让自己被他抓住了把柄呢？

算了算，所有的夫妻生活几乎都发生在阿俊酒后，连新婚夜都是稀里糊涂的。她从没在床上感受过男人给予的温存。每次怀孕，她都很认真地去医院做每一次产检。饶是医生给出正常的检查数据，每次分娩前，她都仍提心吊胆，生怕生出一个畸形婴儿，会哭不出声，会缺胳膊少腿。

她总觉得他会死。如果不是酒精中毒而亡，也会在某个深夜里，把他那台坐垫掉了一半皮的小绵羊骑进深坑里淹死。总归和他爸一样横死的宿命。她盼望着那一天，却又害怕那一天，信念总是在天平两端摇摆：他死了，自己当真就可以解脱了吗？况且，家里没有男人还是个家吗？

终于有一天，她把这个想法告诉了曾美珍。曾美珍只是摇摇头：“我太了解你了，你就是个没有主见的软蛋，也就只能这么意淫一下罢了。”

曾美珍是她在平海镇上初一时认识的同学。在那个有六十八人之多的班上，两人没有什么交情，一年同窗过后自然就失去了联系。十八岁那年临近春节，她去青林县城办年货，偶遇了同在逛街的曾美珍。要不是曾美珍喊她，她绝对认不出来。以前曾美珍又瘦又矮，现在反倒比她高了半头，走近了，她的视线要往上走三十度角才能抵达曾美珍那肉乎乎的脸蛋上。她感到奇怪，明明初一那年曾美珍就穿了文胸了的，文胸带子在白衬衫底下看得一清二楚，怎么还能长那么高的个儿呢？

曾美珍化着浓妆，有种过于成熟的妖艳感。她记得曾美珍嘴角有颗痦子的，显然被点掉了，她注意到有个小坑取代了那痦子；以前那浓密的自来卷长发也被拉直了，现在的发型绝对是走在潮流尖端的。

"我是曾美珍啊，你不会把我忘记了吧？"

曾美珍热情万分，拉着她忆当年，她才惊觉，世界上竟然还有人，默默记住了她秀惜少年时那么多好玩的趣事丑事。就是这样的，她头一回感到自己被惦记，被重视。依依不舍之际，两人互留电话号码，从此成为无话不谈的闺密。

去年生日那天，她放下手头的做衣活儿，去平海镇赴曾美珍的约。曾美珍拉她走进一家服装店，给她买了一条及膝连衣裙，浅绿色，稀稀疏疏印着白色茉莉花。虽然是人造丝，但很柔很滑，像柔嫩的婴儿手抚摸在刚洗完澡的肌肤上。打开试衣间，她对着门上的全身镜打量，像打量一个陌生的清纯少女，然后她才发现裙子有些透，且有些短。曾美珍凑上来，赞赏得浮夸：太优雅了！太有质感了！她羞涩万分，强烈拒绝，除了结婚那天，自己这辈子可从来没穿过裙子，都是T恤衫牛仔裤的。终究却是拗不过曾美珍，曾美珍板起脸，说她瘦得跟猴精似的，根本不适合穿牛仔裤，怪不得男人不疼不爱的。她还想顶嘴，说你打扮再美，家里那个不也不疼不爱？但曾美珍不给她机会，转身就找导购付钱去了。

回到家她又试穿了一番，看着镜子里陌生的自己，有种焕然一新的奇幻感。正是暑假，三个女儿都在家，人都有爱美的天性嘛，她们都夸妈妈适合这种淑女路线，以前真的太不注重打扮了。夸得她重新捡回了信心。半夜丈夫回来，她又美滋滋地穿上裙子转了个圈展示，裙角飞扬起来，让她感觉有种重回青春的轻盈。

放荡。阿俊冷漠地从两片厚嘴唇中间，挤出这么两个字。

受到这样的冷漠，也不是一回两回了。上一次曾美珍带她去做美甲，都没有做那种镶钻的长款甲片，只是涂了层玫红色的指甲油而已，阿俊就质问她要出去勾搭谁。

她倒不气恼。原本她也不怎么喜欢，原本也是曾美珍非要送给她的，原本也是女儿们不谙世事随口给了个赞赏。她想，况且我从小就不爱穿裙子，穿裙子干起活来多不利索。再者说，万一走光了怎么办？我可是见过穿短裙的女人不小心露出内裤的。

下一次见面，她把裙子拿回去给了曾美珍。

"要不我们去看看还能不能退？"她怯怯地说。

怕什么来什么，曾美珍果然生了很大的气。在她印象里，曾美珍虽然泼辣，但从未对她发过那么大的火，简直就是暴跳如雷。曾美珍把衣服摔到地上，狠劲用脚上那双蓝皮高跟鞋鞋跟踩，直到薄裙上踩出一个大洞。曾美珍边踩边说：穿裙子怎么了？你就不配漂漂亮亮的吗？你就只配穿牛仔裤吗？你欠谁的了，非要活得这么窝囊！踩完叉着腰，摆出一副恨铁不成钢的架势。

秀惜觉得委屈,我本来也没那么想穿裙子嘛,美是美,但我不习惯。

曾美珍说她脑子进水了,进的还是臭不可闻的脏水。

秀惜俯身把那条破裙子抱到怀里,愣着神。曾美珍把她推到镜子前,愤愤难平:

"你看你这张脸,人不人鬼不鬼的。整天被打得鼻青脸肿,你是木头吗?你不觉得疼吗?你怎么麻木成这德行了?"

秀惜看着镜子,里面那人面无血色,眼神闪烁,局促难安,像一根被随意丢弃在路边的木头。过了很久她才颤抖着双唇,喃喃重复曾秀珍说的那两个字:麻木。

声音太小了,跟蚊子一样。

曾美珍没听清,尖着嗓子问她:"什么?"

"麻木,你说的是麻木吧?"她重复着这个词。

"对!就是麻木!"曾美珍几乎是吼着说,"我跟你不一样,我就要闹!闹个天翻地覆才好呢!"

秀惜知道,曾美珍如果被老公惹恼了,是真的会大闹特闹的,谁都拿她没办法。曾美珍看似活得逍遥自在,其实日子过得很糟心,她和她老公都是脾气直硬的人,一言不合就大打出手。曾美珍力气大得很,不见得会落下风。没错,她的确是把老公打趴下了,但是夫妻间的情分也打得所剩无几了。

干完架,曾美珍就会把秀惜喊出来,去 KTV 吼几嗓子发泄发泄。曾美珍的保留曲目是《当年情》,每每点到这首歌,她都会气沉丹田,用一种陌生的嗓音模仿起张国荣来。

拥着你　当初温馨再涌现
心里边　童年稚气梦未污染
今日我　与你又试肩并肩
当年情　此刻是添上新鲜

　　曾美珍唱得婉转缠绵，以此缅怀她那青春年少时诸多无果的爱情。

　　秀惜不明白曾美珍的粤语怎么唱得那么标准。当然，也有可能只是她以为标准而已，因为她一句广东话也不会说。她从来不唱，甘当捧场的观众。不是唱得不好，而是压根就没有唱过。只有曾美珍才会把话筒递到她嘴边，鼓励她唱。她也有过唱的冲动，但又不确定自己能不能唱好，便只好躲开。她缩在沙发里，看曾美珍一边哭一边鬼吼的时候，觉得自己乏味极了。

　　曾美珍总说她太懦弱了。对这样的抱怨，她向来都是左耳进右耳出。谁都知道懦弱不对，但能怎么办呢？打又打不过，跑又跑不掉。跑了去哪里，孩子谁来管，别人怎么看？对她来说，横看竖看，都是个无解的死循环。

　　"接下来，你会劝我和我老公重归于好吧？"切歌的当口，曾美珍把麦克风举到嘴边，醉醺醺地问她。尖厉的声音经过麦克风的扩张，震得秀惜耳膜发疼。

　　但是她说：

　　"不，我不会的。"

秀惜不是没想过离婚。但她也只是很随意地把离婚的念头告诉了母亲，用的是那种平和的商量着来的语气。母亲的反应出乎意料的激烈，吓了她一跳。

"离婚？你怎么想的！"

母亲铁青着脸，五官拧到一起，像一把蓬松的青菜投入了油锅，瞬间坍缩。

秀惜脱掉衣服，露出被包裹住的新伤旧伤。有发紫发黑的瘀青，有结了痂的长道血口，像穿村而过的那条年久失修的柏油县道，已然坑坑洼洼，却仍摆脱不掉继续被运载石材的大卡车碾压的命运。

母亲眼里闪过一丝痛苦，却没有伸过手来抚慰。她想起母亲身上曾经也有过这样大大小小、新新旧旧的伤疤，她是亲眼见过的，父亲就连坐上轮椅后，也还要冲母亲砸东西。她意识到展示伤口这一举动的无用，所以快速地重新穿好了衣服。

母亲接着问："离了孩子怎么办？离了你住哪里？"

秀惜知道母亲在想什么，她赌气说道："放心吧，我不会回家的，我到镇上租个小单间。"

"哪个镇？他们镇，还是我们镇？"

"随便哪个镇。"

母亲沉默了，嘴唇颤动却没发出声音，好像在暗自酝酿着什么说不出口的话。时间过去了几分钟，就在秀惜觉得不如就此作罢的时候，母亲又开口了：

"你弟和他老婆也天天嚷着要离婚,万一他们真离了呢?"

母亲想说的就是这个,果然被秀惜猜中了。所以,她还是很平静地回应道:"过不下去就离呗,这样耗着也很痛苦。"

"离?你说得倒轻巧!"青筋在母亲那几道深深的额纹上跳动起来,像一串暴动的音符。

"我也没说非得离,当然是能劝就劝。"

她觉得有些烦了,转身准备走开。母亲一把拽住她,拽得她手生疼。

"我可以不拦你弟,但我必须拦你。要是你离了,你弟也离了,我的两个孩子都离了,那别人该怎么说我们家呢?"

虽说早有心理准备,但她还是感到错愕,第一次听说离婚还有名额的,而且很显然,母亲早就把这个名额内定给了弟弟。

念完初中,她就没再上学。原本是考上师范学校了的,母亲找她聊过一次,说家里负担不起学费,要不就算了,早点出社会,多少能帮她负担一些。她想也没想就答应了,少不经事啊,如今回想那段日子,好像她也并不怎么伤心,去厂里做衣服,领到第一份工资,甚至还雀跃着把钱上交给了母亲呢。那年弟弟刚升四年级,他倒是安安心心上学去了,只是几年后成绩太差没考上高中,只好走了和姐姐一样的路子,出社会讨生活去了。

原来那时候上学也是有名额的,她把名额让给了弟弟,而弟弟最终把这个名额生生给浪费掉了。

她悻悻然带四个孩子回了婆家。越想越不甘心,活这么久,从来没这么不甘心过。躲到卫生间无声地哭了一场,还是难以平复。然而生活还得按部就班进行下去,所以该做饭做饭,该吃饭吃饭,只不过洗碗的时候依旧有点心不在焉,摔碎了一只碗。婆婆闻声赶了过来,嘴里念叨着"碎碎平安",然后麻利地把陶瓷碎片扫走了。没有责怪,也没有关心,这算是好婆婆吧?至少让秀惜省去了假惺惺编造谎言的环节。

第二天她就把曾美珍约了出来。就算是暑假的最后一天,曾美珍也依然不用陪孩子,独自一人,好不潇洒,她只生了个儿子,十五岁了,正是躲在房间里疯狂打游戏的年纪。秀惜则带上了老三和老幺。她和曾美珍在商场里的儿童乐园家长区坐着,不时瞄一下围栏里玩海洋球的孩子。曾美珍跑开了一会儿,回来时手里举着两个冰激凌甜筒。

"你也不提前跟我说一声,孩子现在手脏,吃不得。"

秀惜说着,正打算把老三、老幺喊出来洗手吃冰激凌,曾美珍拦住了她。

"谁说给孩子吃的?大人就吃不得了?"说着就在她左边的塑料矮凳上坐下,把冰激凌递了过来。

脆筒是黑色的,冰激凌是粉色的,上面还插着一片草莓。

"大人吃,干吗还买这种贵的?"秀惜舔了一口,感觉舌头瞬间被寒气冻僵,话都说不利索了。

"大人吃才得吃贵的,小孩懂什么叫美味?"

她察觉曾美珍又要给自己上课了,赶紧用别的话题堵住她。这个话题正是离婚名额的事。她一边舔着冰激凌,一边断断续续地倾诉。曾美珍没有插话,任由她说。来商场的路上,她还以为自己应该会哭得一把鼻涕一把泪的,奇怪的是,现在她出奇地冷静,好像怨气也随着嘴里的冰激凌融化了,变成白烟悄然飘走。

"说完了?"曾美珍斜睨着看她,看得她毛骨悚然。她转过身正对曾美珍,曾美珍手上的冰激凌融化了,流到她那肉嘟嘟的手指上,大拇指上紫色的美甲被覆盖上一层浅粉色的流动薄膜。她抬头看曾美珍,曾美珍正憋笑呢,很快憋不住了,狂放的笑声配合两片大红唇,吸引了其他家长的目光。

"你笑啥呢?我都快伤心死了!"秀惜嗔怪着说。

曾美珍还是停不下来,前仰后合的,左手捂着肚子,感觉要岔气了一般。好不容易停了下来,曾美珍才说她突然想到一个比喻。

"你说你像不像这个东西?"曾美珍伸过手,托起秀惜的手腕,这样秀惜手里的冰激凌就在她自己的视线里了,"这东西,每个人都来舔一口,舔啊舔,就变成一个沾满口水的圆球,没有一点棱角。"

她知道曾美珍指的是什么,但她并没有不开心,反而跟着笑了起来,"你真恶心!"

曾美珍把大红唇凑近秀惜的冰激凌,得意地舔了一口,舌头沿红唇滋了一圈。搞怪完毕,两人不约而同,把视线投放到在海洋球里玩得不亦乐乎的孩子身上,然后陷入长久的沉默。

恍神之际,秀惜感到曾美珍凑过身子,在她耳边轻声呢喃:

"有件事,我一直瞒着你……"

她转过头看曾美珍。泪水掺和着眼线,在曾美珍肉乎乎的脸颊划下两条黑乎乎的轨迹；两片红唇颤抖着，像含着一个工作中的电动牙刷。

秀惜慌忙问："怎么了？怎么了？"

曾美珍幽幽地汇报："我离婚了，昨天终于去民政局把手续办了。"

消息太突然，秀惜感觉自己被一锤子打蒙了，半天没反应过来。起初她还以为曾美珍说的是她该离婚了，她该去民政局办手续了。

那孩子怎么办？你以后怎么办？住哪里？靠什么生活？等反应过来，秀惜向曾美珍抛出无数个问题。昨晚翻来覆去时，这些问题就在她脑子里盘旋着嗡嗡叫，当时她是自问，而现在却是在问曾美珍。

"我后天去东莞。"曾美珍说，平静的语气里带着股坚定。她说有个亲戚在东莞做女工，厂里招人，可以去投奔。有手有脚的，怎么着也不至于饿死街头吧？说着却又哭了起来。

秀惜把曾美珍的头拽进自己怀里，紧紧抱住她，任由她抽泣。边抱边说："这么大的事，你现在才告诉我，你怎么想的？你担心我骂你，还是担心我拽着你不让你离婚了？我自己都想离婚呢！只不过我要为我妈考虑，毕竟村里人多嘴杂，再说了，人不都靠一张脸皮活着吗？去东莞也没什么不可以，那句话怎么说来着，眼不见为净，耳不听为清。"

曾美珍收起眼泪，说："我倒不在乎这些，嘴长在别人脸上，哪里都有嘴，又不只是榕江人才有嘴。我知道别人肯定早把我骂过千百遍了,但我没亲耳听到,就当没人说。他们说的话又不是圣旨,我恨透了别人说什么我就得去做什么,凭什么呢?"

她们临时起意,去餐厅吃送行饭。点了一桌菜,四个人显然是吃不完的,但曾美珍执意要点那么多,说下次再吃就不知道什么时候了。秀惜感到心烦意乱,老三吵着要回家,老幺嚷着要喂饭,最后拿到手机,才终于都安静了下来。曾美珍说了很多去东莞后的打算,对未来的期待,大有扭转人生的雄心壮志。秀惜无言地听着,脑子里想的却是曾美珍将面对多少的挑战,将遇到什么样的挫折,这些担忧令她如坐针毡。

打到车已经将近十点。两个孩子都睡着了,老三躺着,老幺被她抱在怀里。司机没舍得开空调,她不想让孩子吹风,便也没摇下车窗。路灯明暗交替映照在她苍白的脸上,她茫然看向玻璃上自己的倒影。这个女人快四十了,又瘦又老,像六十的老太婆,眼角的皱纹、鼻翼的皱纹、嘴角的皱纹,全都藏不住了。没有丝毫的光彩,只有无尽的疲态。她像翻包一样,在记忆里搜寻自己年轻时的模样。她才四十呢,年轻时也许拍过一些照片吧,却没有保存下来哪怕一张。自己没有保存,母亲也没帮她保存。全都丢了。什么时候丢的呢?结婚时她大部分东西都搬到婆家了,留在家里的,慢慢也都失去了影踪。也许曾美珍的记忆里会有自己年轻时的影像吧,但脑子里的东西又没法打印出来,何况曾美珍也要离开这里了。曾美珍真的能在东莞开启新的人生吗?一个离婚的中年打工妹,对未来应该有多少的期盼,才算不是非分之想呢?

一路漫长,像经历长途跋涉。车停在门口,她一手抱老幺,一手连拖带拽把迷迷瞪瞪的老三拉进屋里。安顿好孩子,她绕过就着灯光缝雨伞的婆婆,走进房间。原本躺在床上的阿俊蹦了起来,吓了她一跳,她没想到他会那么早回来。也许是钱输完了,没得赌了,只好灰溜溜回家了吧。她打开衣柜,正准备拿换洗衣服去洗澡,后脑勺就被重重扇了一巴掌。没站稳,她摔到地上,紧接着一只大脚踹到她脸上,拳头雨点般落到她身上。她下意识地低下头,抬起手肘抵挡。此刻,她满脑子闪现的都是丈夫那张愤怒的脸。啊,如果有恶魔,再丑也丑不过这张脸了吧?猪头,油脸,鼠眼,塌鼻,厚嘴,黑牙龇着紧紧咬住下唇,狠狠地打,往死里打。

她没出声,一如往常。空气里只有那台破旧的风扇忙着转头发出的吱呀声,应和着拳头落在她身上的闷响。她以为过一会儿他就累了,就停手了,就跟往常一样,但是没有。她后悔刚刚进来没有顺手关门,便顶着拳头起身,撞开丈夫肥硕的身体,走向房门。这个举动激怒了他。他抢到前头,重重把门摔上,这一摔,发出了巨大的"砰"的一声,像打在耳边的响雷,震耳欲聋。随之而来的,是从他那被香烟熏得乌黑的牙缝里挤出来的脏话:

"婊子,一到晚上就出去勾引男人!"

他一直重复这句毫无凭据的话,从起初压低的嗓音到后来的怒吼。她害怕极了,仰起头满脸乞求地看着他。别说了,别说了。他顺势扯住她的头发,马尾辫散开,干枯的发梢和泪水一起打在她脸上。别说了,别说了!

门被推开了，发出沉重的咿呀声。

她惊恐地循声望去，看到了最不愿看到的场景：十六岁的大女儿光着脚，穿着素白的睡裙，披散着长发，泪水顺着她光滑的脸庞滑落，堆积在唇边、嘴角、下颌。

然后，悄无声息地关上门，一句话也没说，走了。

丈夫愣在原地，松开了扯住她头发的手。她无力地瘫坐到地上，浑身被无边的绝望死死地笼罩住。她感觉自己孤零零地悬吊在山崖，脖子被一条纯洁的白布勒着，紧紧地勒着，无法呼吸。

她想起曾美珍推她到镜子前，看自己这张脸。如今，在女儿脸上，她第一次看到了同样的木然。她看轮椅上的父亲操起水杯、碗筷以及手中任意一件东西向母亲扔过去时，母亲眼里，也是这种木然。

她一直以来承受的命运，她一直以来麻木面对的命运，也要这样压到女儿的头上了吗？

她感到自己被一条白布紧紧地勒住了喉咙。这条白布，来自于母亲，将来也将传承给她的女儿们。她不自禁哀号出声。十几年来，她第一次哀号出声。

那晚她一直在做衣服，没命地踩平车。偌大的厅堂，只有一盏日光灯在她头顶发出惨白的光，所有角落都是黢黑的。她没注意到，这盏灯就好像舞台上的追光灯，只打在她一个人头上，她要演出这场被灯光营造出来的孤独的独角戏。而这场戏怎么演，完全取决于她——她断然是不会有这种感受的。此时她就像一座挺立寒风的茅草屋，被烈火点燃了屋顶一角，从此以后，所有的所有，都将摧枯拉朽般，坍塌，倒地。

如果此时曾美珍就坐在面前，她会告诉曾美珍：所有的麻木，都觉醒了。

一宿，她都在做衣服。她要赶在天亮前把所有衣服做完，然后拿去交给服装厂。清晨，她得做好早餐，先送老大、老二去公交站，开学第一天，绝对不能迟到。然后回家，送老三去学校。老幺不用她管，他的生活，他的学习，他的一切一切，都牢牢掌握在婆婆手里。做完这些，她要打一辆摩的，去找曾美珍，告诉曾美珍，自己已经下定决心，要跟她一起走。

秀惜突然出现在曾美珍面前时，头发披散，脸色苍白，双眼浮肿，眼皮像挂了两只血红色的塑料袋。曾美珍吓了一跳，问她怎么跟含冤而死的女鬼一样。她没说话，等曾美珍侧身把她让进房间。曾美珍住青林县城一间廉价旅馆，就住几晚，一晚七十元。她是净身出户的。

"我们这些可怜女人，只有净身出户的份儿。在这种破地方，男人不放手，女人就没法离，离了就是坏女人。好不公平啊。"曾美珍淡然地说着，像看破了红尘。接着她说，"只有离开这个破地方，我们才有希望。"

曾美珍手忙脚乱查看她身上的伤，满嘴咒骂，却又无计可施。等秀惜坐下，曾美珍又拿手机给她看东莞的照片。秀惜用食指一张一张划着，划得飞快。无非就是工厂、宿舍、街道，和榕江没有什么区别。

曾美珍挨着她坐下，说："要有心理准备，等下了火车，我们就成了那里的阿北仔了。广东话可难讲了，你一开口，就会被瞧不起，像我们榕江人瞧不起阿北仔一样。"

秀惜从来不歧视阿北仔。她听孩子说过，班上有很多同学就是阿北仔。以前阿北仔来打工很少带孩子的，现在都是拖家带口，在这里扎根了。老三说，跟她玩得好的都是阿北仔，而且老师上课都讲普通话，跟秀惜小时候不一样了。

秀惜想起一个很大的词：天下大同。

目前最让她紧张的，是出这趟远门需要准备些什么，就半天时间，来不来得及准备。

曾美珍努了努嘴，示意她看自己那个被随意扔在皮革软椅上的背包，"一张车票，一张身份证，两身换洗衣服，那就是我将来闯天下的行囊。"

动身那天，天亮得早，一大早就湛蓝湛蓝的。她没感到神清气爽，相反，对未来的失控感和不安全感，铅一般注满她瘦小干枯的躯体。送完老三，她开始梳洗，用几分钟给自己化了个很淡的妆，随意拣了两身衣服塞进背包，再三确认身份证已经放进背包暗格。最后，她再一次来到镜子前，右手捧起夫人妈挂坠，祈求夫人妈护佑她旅途顺遂，此去再无忧虑。

在榕江火车站，她再三重复昨天问过的关于坐火车的无数问题，如何检票，如何进站，怎么样才能找到座位，几点到达，到达后怎么出站，等等等等。如此焦虑是有原因的，她票买得晚，没买到和曾美珍同一个车厢。曾美珍极有耐心，一再交代千万不要中途下车，快到东莞，她会提前去秀惜的车厢找她。

今天之前，秀惜出过最远的门，是安化县。安化在榕江隔壁，左不过百公里路程。大女儿三岁时，一家三口去那里拜拜。阿俊心血来潮，说要再次创业，只有创业才能赚大钱。据说安化远庆山菩萨求事业极为灵验，他要去问问菩萨，这次创业是凶是吉。那次她也如今天这般忐忑。她和大女儿跟着阿俊，一路摸瞎，从大早坐班车，倒班车，再换摩的，一路折腾，到景区门口已是午后两点。

那是2008年酷夏。为了那个此生去过的最远的地方，她郑重其事，搽了粉，涂了口红，戴上结婚时随嫁的金耳环（这些金子后来都不翼而飞了），穿上新买的T恤，以及压箱底的阔腿牛仔裤。还有高跟鞋，那双高跟鞋有五厘米还是六厘米，她记不清了。总之，她穿高跟鞋，背着装满供品和香火金纸的包，怀抱三岁的女儿，爬了几公里陡峭的山。下山时，大女儿睡着了，睡着的孩子卸掉了所有的力，更沉了。

她憋着一股气。但她知道这股气很快就会泄掉了，泄掉了就没事了。她的婚姻生活不也向来如此吗？

阿俊冷漠地在前面赶路，他从不回头看她。她也不想喊住他，就算出声喊，他也会只当没听到。他抽了个下下签。从庙祝手里拿到签诗时，她注意到他原本充满期待的脸变得无比阴沉，像六月的天，变得那么迅速，那么彻底。菩萨把他通往成功、富足以及幻想的门关上了。于是，在菩萨面前，他撕碎了那张粉色的签诗，扔到脚底，气呼呼地走出寺门。

许多年来，她都会这么想：肯定是那次得罪了菩萨，阿俊才会从此一蹶不振的吧？

这是她第一次以这样的视角，来看这个她生活了三十八年的地方。从高架桥上望去，车窗外各色各样的房屋、工厂、水泥路像被一根无形的线拽着，飞快往后跑。她贪婪地以全知视角浏览着，像在网上追一部开了二倍速的剧，一种不真实感油然而生。她默默感慨，三十多年前当她还是小女孩的时候，榕江这片土地，还到处是绿树红土呢。从来没有留意过所谓的变化，等猛然意识到后，一切都已经改变，或许成了定局，也或许仍在改变的进程之中。人们对自己生活的世界一点一滴的细微变化是不会有察觉的，就像丝毫不察觉眼前的小孩每天都在长大那样。哪一天察觉到了，免不了要惊叹一番，但也只是那么短暂的惊叹，并不会做太多的停留，更不会因此陷入某种大而不当、难以自拔的情绪里。这样的念头，如窗外风景一般，一闪而过，再不会出现。

车速慢了下来，停靠在闽城站。闽城是大站，上车的人比榕江多很多。对座新来了一对母女。她不时拿眼偷瞟她们。还得是大城市啊，年轻妈妈化着精致的妆容，大波浪鬈发泛着亮光，也许是新做的头发，更别说那身丝绸质地的连衣裙，和一看就便宜不了的高跟凉鞋了。年轻妈妈浑身上下闪耀着莫名的光芒，这些光，无一不在提醒着她：你应该自惭形秽了。

那小孩，和年轻妈妈穿一样的衣服。这就是母女装吧。头上扎两个小发髻，其中一个发髻上还别了墨绿色的小发卡，洋气得很，一看就是城里的孩子。小孩好奇地盯着她，没有丝毫生疏的羞怯。她向小孩挤出一个微笑。她知道自己这个笑难看极了，勉强、敷衍、自卑、苍白。她想，三个女儿从来都没有穿过这样贵的衣服，见人也都怯生生的，老大老二是长大了，老三没了妈妈可以吗？她们总会有办法自己长大的吧？我会寄钱给婆婆，不行就寄给母亲。对，到了东莞就给母亲打个电话，让她一定多照应这几个外孙女。

她把头扭向窗外，眼泪倏地就掉了下来。赶紧去擦，却擦不掉一丝一毫的惆怅。前晚，大女儿披散着的长发、木然的眼神深深印在她的脑海里。可怜的孩子，从出生起，就开始被动地接受爸爸和奶奶的冷漠。他们怎么可以这样对待一个孩子呢？那晚那最不堪的一幕，无疑只是罪恶阴影的开端，它又会拽着孩子滑向怎么样的境地呢？她是一走了之，去寻找新的人生了，但为人母，又怎么可以这么自私呢？

车厢广播又报站了，下一站，章县。她起身，径直往车门走，内心全然没有对下车后该怎么样才能回到榕江的焦虑。

下了车，她给曾美珍发了一条微信：

"我不去了。对不起。"

曾美珍没有回复。

榕江的海，呈现出来的是单调而沉闷的灰。从她儿时起，就一直如此。只有在这样炎热的午后，光点才会从太阳的母体脱落，直愣愣跌至平静的海面上，跳跃着，翻滚着，像一群戏水的少年,从细波里钻出头来,湿发闪耀着星星点点的光。

她坐在山崖边一块圆石上。从这里望去,整片海就这样广袤而壮阔地在眼前铺开,波光闪烁,一派静谧。山上有微风,轻轻拂着她额前的乱发。她放任风去,就这样安静地待一片刻,五分钟或十分钟。

似乎老幺也享受于这样安宁的片刻。他坐对面另一块小圆石,双腿盘着,专注地舔着手里的甜筒冰激凌,棕色巧克力味的冰激凌球被他舔得圆乎乎,开始往下滴水。从火车站回来几天了,她的烧就没有退过,但来招提寺的愿望却越发迫切。早上她跟婆婆说要来一趟,婆婆让她把老幺带上,他能不能快快长高、乖乖听话,全仰仗夫人妈了。走到寺门口,老幺看到冰激凌摊就赖着不走了。她反常地满足了他,然后拉他来到山崖边。

一路上,离招提山越近,她心里越不安。夫人妈的挂坠丢了,是不是谕示着什么,是夫人妈不想让我回来,还是离开本身就是个荒唐至极的错误?摩的在山脚下停住,她拽着老幺开始爬山,每爬一步,步履就沉重一分。最后全靠老幺生拉硬拽,她才终于来到山顶。她希望时间再慢一些,希望夫人妈的审判来得再晚一些。

招提寺很老了,从山崖边看去,小小的一座。她一手拎着供品,一手牵着老幺,缓缓跨过露出干枯黑木的门槛。目之所及,院墙、门板、椽柱,红漆遍布裂纹,竹影斑驳婆娑。寺里只有一进,正殿供奉菩萨,配殿供奉夫人妈。菩萨掌管男人的事业、生活的平安,至于求子求孙求姻缘,女人的事情,都只找夫人妈定夺。当年她连生三个女儿,母亲就是从夫人妈这里求了一朵花,塑料的,从供桌取下来,插到瓶子里,带回供奉在夫家厅堂上,后来果真生了个儿子。她心事重重,在配殿供桌上摆开供品,点燃三炷香,跪到蒲团上。她把香举到头顶,呆呆地跪着,该说些什么呢,该祈求什么呢?

好一会儿,她才艰难地起身,朝正殿走去。求了个签,找到庙祝,哆哆嗦嗦把这些天的抉择、遭遇和盘托出。庙祝须发全白,浑身散发着澄澈洞明的气息。他看着她慌乱无序地讲述,双眼含笑,最后说:

"不用求签了,我给你写句话。"

他转身,从身后一排签诗里挑了张上上签,轻轻扯下。随后伏在桌上,在签诗背后写上:

不向往远方,只向往自由。

她接过签诗,看着娟秀的笔迹,像看天书。她问:"是说我不能去远方吗?"庙祝摇摇头,说得玄乎:"问题不在于能不能去远方,也不在于该去哪里的远方。"她半知半解走到菩萨前,又点燃三炷香,等转身寻找老幺的身影时,她看到了林北树。

在她脑海里,这个名字早已斑驳泛黄,需要探寻搜索,才能显现出来。因此,她无法第一时间叫出他来。她已经很久没有想起过这个人了,就连丈夫指责她早恋放荡时,她都不会想起他来;哪怕终于决定出奔东莞,她也始终没有想起过,曾经有这么一个人，要拉着她一起去北京。

原本他无力地倚在橡柱上，累极了的样子，此刻他笔直地僵硬地站立，直视着她。时间过得很慢，直到她意识到一连串泪水失控般从双眼里滑落，她才转过身，倔强而又嫌恶地把它们从脸上抹去。

她问："你回来了？"

他答："待几天就走。"

她又问："也来烧香？"

他又答："嗯，也来烧香。"

她挤出笑容，嘴角有两个浅浅的梨窝。

这时老么闯了进来，嚷着要回家。

他问："几个孩子了？"

她答："四个，这是老么。"

她把香插进香炉，然后折纸钱，把供品收回袋里。最后用最客套的话向他道别：

"我先走了，有空来家坐。"

她把这次仓促的偶遇归结为插曲。插曲来得快，去得也快，终究成为不了主旋律。原以为就这样了，日子就这样日复一日，日复一日，三十多年都过来了，再过三十多年，浑浑噩噩，又有何妨？但是不期然地，林北树打来了电话。她不知道他从哪里找到了她的电话号码。接到电话那一瞬间，她意识到，也许这根本就不是插曲。她不顾一切，打断他本就踌躇迟疑的话语，掌握住这场临时起意的关键性的对话。

"你有几个孩子?"她问。

电话那头顿了一下,然后嗫嚅道:"我一直没有结婚……"

她再次打断,说出一个随意的时间,以及青林县城曾美珍住过的那个廉价旅馆的名字。

挂断电话,她对自己坚决的语气感到吃惊。明明只是刹那间浮现的念头,却像一个蓄谋多年的诡计,一切只等着林北树现身,并且死心塌地往里钻。

在旅馆那间狭小的肮脏不堪的卫生间里,她趴在镜子前专心细致地化妆。很浓的妆,她从未化过这样的妆。紫色的眼影,粉色的腮红,透亮的唇色。床上铺着她刚买来的衣服:白衬衫、及膝的百褶裙,床脚摆放着一双过膝长筒高跟鞋。

是的,她要把自己打扮得像一个妓女。这样的包装可以减轻她在施行报复时,所难免产生的羞耻和恶心。

等他进来时,她会在他面前,把刚刚穿好的衣服一件一件,脱到地上;她还会帮他褪去衣衫,亲吻他满是错愕的脸庞。他会露出轻蔑的眼神,甚至在言语上嘲笑她的低贱。但没关系,一切都将按照她的计划,稳步推进。

问题就出在那枚小小的领带夹上。

当她赤裸着身子走向他,把手放到他衬衫上的第一颗纽扣上时,她看到了夹在衬衫上那枚领带夹。领带夹是镀金的,已经褪成锈黑,不复当年的色泽。十八岁那年,他去西北上大学,她把领带夹夹到他领口,等他学成归来。

这枚小小的领带夹,像一束光照进暗房,尘埃般翻滚的记忆被乍然捕获。这些十几年来从未被释放过的记忆啊,此刻汹涌而来。

是从什么时候开始的呢?小学,还是初中?她记不太清了。总之,算是青梅竹马吧?好几年,他们在村里那条种着成片针叶树木麻黄的河边,度过每一个周末。初一暑假,她命令他蹲下,然后趴到他背上,让他背她过河。那一年,是父亲被石头压断腿的那年吧?家里的顶梁柱塌了,她还以为自己找到了可以托付的人。

如今,这个人就站在她眼前。那么多年过去,他并不见老,处处细节都在彰显他的精致打扮——乃至他过着的精致生活——梳大背头,穿西装,擦得锃亮的黑皮鞋。他看着比她年轻十岁,的确活成了他和她曾经梦想过的那种事业有成的人了。那个他们曾经为之争吵乃至分道扬镳的辩题,现在无声地宣告:由他取得胜利。此刻她意识到,就在几天前,她关于逃离的决定,就已经说明自己的一败涂地。

她努力控制情绪,眼泪却还是滑了下来,在厚厚的粉底上冲出两道水沟。她掩面,跌坐到床上。他轻轻地拿开她的手,亲吻她的脸庞。这是他第一次亲吻她,像细微的春雨,像轻盈的时光。她无暇感受,她只觉得累,脑子里挤满了无数个问题。如果那时跟他去了北京会怎么样?他是值得托付终身的那个人吗?那年没有坚定的决心,如今坚定了吗?

她沉重地闭上眼睛,所有感官,所有神经都从这具轻飘飘的躯壳里抽离而去,仿佛这样,周边的一切就与自己无关了。直到半夜她才苏醒过来,耳边是他沉重而浑浊的呼吸。她没有动,两眼在暗夜里巡睃。

不知道过了多久,也不知道几点,手机铃声骤然响起。她看了一眼,摁掉,关机。是阿俊。按照那个仓促的计划,她会对他说,我在跟别的男人睡觉呢,这下你可以把我休了吧,最好去跟我妈告状,然后跟我痛痛快快做个了断。我只要女儿,反正你们也讨厌女孩,给我女儿!我只要女儿!

铃声响起的瞬间,她才发现计划其实漏洞百出。这个发现,和这个计划一样仓促而突然。这真能算是报复吗?这样的报复能改变我未来的生活吗?摧毁再重建,真的可能吗?

后来,也许两个小时,也许三个小时,不知什么时候,他沉重的呼吸声已悄然变轻。她猜想,也许他也醒了过来,也许他也如她一般,装作熟睡的样子,脑海里却奔涌着无数个念头。许久,不期然地,她在黑暗中看到,他小心地从她头下抽出手臂,轻轻起身,穿衣,开门,一气呵成,毅然决然,如不道德的嫖客一般,如逃亡一般,离开了这个破败的宾馆。

窗子敞开着,轻薄的窗帘被风吹起,像一面旗帜在房间一角飞扬。她拥着薄被,坐起身,再一次感到自己如此地幼稚可笑。其实我压根不需要把自己托付给谁吧?我过得怎么样,跟去哪里,跟和谁在一起,又有什么关系?我过得怎么样,为什么要和别的人扯上关系?

她在床边摸索,终于从背包里掏出那张签诗,紧紧攥进手心里。

不向往远方,只向往自由。

这张签诗,跟医生写的处方笺一样,难以捉摸。但它总该是有用的吧,像一剂良药,或许苦口,或许药效很慢,但总该是有用的吧?她看向窗外,思绪在隐约的冷光中游荡,同时等待着晨光乍现的那一时刻。

图书在版编目（CIP）数据

装脏 / 林树京著 . -- 北京：作家出版社，2024.11
（2025.2 重印）
ISBN 978-7-5212-2796-3

Ⅰ.①装… Ⅱ.①林… Ⅲ.①中篇小说-小说集-中国-当代②短篇小说-小说集-中国-当代 Ⅳ.①I247.7

中国国家版本馆 CIP 数据核字（2024）第 085004 号

装　脏

作　　者：	林树京
责任编辑：	邢　与　桑　桑
装帧设计：	纸方程·于文妍
出版发行：	作家出版社有限公司
社　　址：	北京农展馆南里10号　　邮　编：100125
电话传真：	86-10-65067186（发行中心）
	86-10-65004079（总编室）
E-mail:	zuojia@zuojia.net.cn
http://www.zuojiachubanshe.com
印　　刷：	三河市北燕印装有限公司
成品尺寸：	145×210
字　　数：	205千
印　　张：	9.625
版　　次：	2024年11月第1版
印　　次：	2025年 2月第4次印刷
ISBN 978-7-5212-2796-3
定　　价：	58.00元

作家版图书，版权所有，侵权必究。
作家版图书，印装错误可随时退换。